我輩は猫魔導師である

~キジトラ・ルークの快適チート猫生活~

5

猫神信仰研究会
nekogami sinkou kenkyuukai
ill ハム

CONTENTS

72 王都への帰還

前巻までのあらすじ！

猫は宣《せん》した。「トマト様をあがめよ！」……

……本来、それだけで済むはずだったのだが、猫さんは何故かネルク王国の王位継承騒動に首を突っ込み、その流れで純血の魔族・アーデリア様の狂乱を鎮圧《ちんあつ》し、ついでに暗殺の鉄砲玉にされてしまった有翼人シャムラーグさんに同情して、人質となっていた彼の妹さんご夫婦をレッドワンドまで救出しに行く羽目になった。

まぁそれは良い。済んだことである。

妹のエルシウルさんと、その旦那のキルシュさんを救出する作戦は滞《とどこお》りなく成功し、我々はレッドワンドの首都、ブラッドストーンを見下ろす斜面に立ち、沈みゆく真っ赤な夕日を眺めていた。

……ワァ……なんておっきなトマト様……

「で、ルーク殿。次はどこに向かう？　ネルク王国に帰れば良いのか？」

俺を抱っこしたオズワルド氏が、耳元で呟く。今日だけでお互いだいぶ距離感近くなったな？

「そうですね。えっと……ネルク王国の、リーデルハイン領って転移できますか？」

俺の喉をわしわししながら、オズワルド氏が眉をひそめた。

「さきほど会ったライゼー子爵の領地か。地図はあるかね？」

「地図ですか？　いえ、手元にはないですけど」

「では一度、王都に戻って、私の手荷物から地図をとってくる必要がある。魔光鏡も置いてきてしまったしな」

ほう？　これは『転移魔法』の詳細を聞く好機かもしれぬ。

「転移魔法って、地脈を通じて移動する魔法だと聞いたのですが、地図も使うんですか？」

「地図を正確に把握しておかないと、どこに転移するかをイメージできないだろう？　このイメージが曖昧《あいまい》なままだと、その範囲内のどこかにランダムで飛ばされる羽目になる。だから魔族は転移魔法を覚えたら、まず年長者の指導で各国の首都や主要な都市を巡るんだ。こんな東方の田舎は対象外だが、私は正弦教団との関わりがあるから、拠点のある地は概ね頭に入っている。が……その『リーデルハイン領』というのは所在がわからん」

ふむ。これは……つまり転移魔法というのは、頭の中で地図を思い描き、「ここに移動する！」と指定する感じなのだろうか？　で、それが知っている場所ならより正確に転移しやすい、と——？

「たとえば王都の中でも、知っている建物ならピンポイントで移動できるけど、知らない施設だと誤差が出る感じなんですかね？」

「そうなるな。目視できる距離なら簡単に転移できるし、たとえば『壁の向こう側に』といった近距離なら、誤差も少ないから見えなくても問題ない。ただし、地脈のない土地、希薄な土地というのもたまにあって、そういった場所は我々にとっても禁足地《きんそくち》のような扱いとなっている。そのリーデルハイン領とやらの場合、位置もわからんし行ったこともないから、無理に転移しようとすると、ネルク王国近隣のどこかへ出ることになるだろう」

……それはそれで気ままなランダム旅ができて楽しそうではあるが、今やることではあるまい。

「わかりました。では王都に戻っていただいて、その後は私の『ウィンドキャット』で移動することにします。ついでにライゼー様にも、シャムラーグさんと救出したご夫妻を引き合わせますので、王都に戻ったらオズワルド様は宿でお休みください！」

オズワルド氏がちょっとだけ残念そうな顔をした。

「しばらく同行させてもらってもいいか？　助言できることもあるかもしれんし、私も暇な身だ」

んー……まぁ、いいか。ここまでお世話になった以上、オズワルド氏の好奇心を満たすくらいのサービスは必要であろう。

「いいですよ！　シェルター内で待機していただくことになるかと思いますが」

「むしろありがたい。あの空間は、なんというか……非常に、興味をそそられる」

いかにも空間魔法の探求者、オズワルド氏らしいお言葉である。

なにはともあれ、まずはネルク王国の王都に転移！

あっという間に着いた王都ネルティーグも、夕暮れに染まっていた。

オズワルド氏が出た場所は、ルーシャン様のお屋敷の庭。今は街のそこかしこで音楽が鳴り響いている。

そう、今宵《こよい》は『舞踊祭《ぶとうさい》』！　騒動こそあったが、中止にはならなかったようである。王様は無事なわけだし、無用な噂を生まぬためにあえて決行したのだろう。

ここでふと、俺はちょっとした疑問を抱く。

「……あのー。ふと思ったんですが、レッドワンドの首都と比べて、『時差』があんまりなさそうな気がするんですが……」

「そうだな。このくらいの距離なら、時差はわずかだろう」

……思えばルークさん、ネルク王国と周辺国の地図はリルフィ様に見せていただいたことがあるが、この世界全体の地図はまだ見たことがない。

リルフィ様も「魔法」や「香水作りのための薬草」などに関する書物はけっこうお持ちなのだが、地理系はさほど興味がない様子だったし、元交易商人だったライゼー様も、「ネルク王国国内の詳細な地図＋周辺国の地図」があれば充分という立場だったと思われる。探せばどっかにあると思うが、俺も特に気にしてなかった。まぁ猫ですし。

しかしレッドワンドは隣国とはいえ、地図上では結構な距離感があったと思うのだが……

もちろん、緯度が離れていても経度が近ければ時差は少ないのだが、地図では東西方向にもけっこう遠かった気がするのだ。

この世界、もしや……星そのものが、想像以上にでかい？

別にいちいち調べようとかは思わぬが、トマト様が制圧すべき土地が大量にあるというのは、ひとまずは喜ぶべきことである。植えよ、増えよ、地に満ちよ。

さて、転移したここは、先程も触れた通りルーシャン・ワーズワース邸である。

とりあえず……ライゼー様はいずこかな？

護衛につけている竹猫さんに呼びかけると、まだお城におられると判明した。軍閥の会合とかかもしれぬ。家主のルーシャン様もお城であろう。

「では、オズワルド様はシェルター内で休憩されていてください。お茶菓子の管理はクラリス様とルフィ様にお任せしています。おうちの方々へのお土産にはどれが良いか、味見しておいてください。あ、でももうちょっとでお夕飯にしますので、あまり食べすぎない程度に！」

「…………………ルーク殿は、あれだな……子守りとか得意そうだな……？」

そうでもないですけど。むしろペットなので私のほうが面倒見ていただく立場ですけど。

姿を消してウィンドキャットさんにまたがり、お城へ到着すると……ちょっとおもしろいものが眼下に見えた。

城の内庭。

人気《ひとけ》のないバラ園の一隅にて、街から流れてくる音楽に合わせて、若いカップルがダンスをしている。

社交ダンスほど優雅ではない。

軽快でちょっと雑な音楽に合わせ、戯れるように抱き合って、たまに振り回して、くるくると回ってみたり、転びそうになってみたり――それは「ダンス」というより「じゃれ合い」のようだったが、とても微笑ましく、楽しげだった。

もちろん、リオレット陛下とアーデリア様である！

庭に面した柱の陰では、ウィル君とうちのヨルダ様がそれを見守っていた。野次馬ではなく護衛だろう。

他にも騎士っぽい人達が、目立たぬように遠巻きに幾人か控えているようだが、それ以外の人影は見当たらない。お城の中でもあるし、そもそも最強の護衛役がアーデリア様御本人なわけで、まぁ充分ではあろう。

空の上からその様子を見守り、目を細めるルークさん。

リア充爆発しろとお決まりの祝辞を述べたいところだが、なんといってもお似合いであるし、うまくいきそうで何よりである！　リオレット様の女性不信にはそこそこ根深いものがありそうだったが、浮世離れしたアーデリア様とは相性が良かったのだろう。

コルトーナ家に良い婿養子を獲得できたウィル君も一安心、あとの問題は……弟君のロレンス様が順調に成長し、いいタイミングで王位を継いでいただければ言うことはない。

こちらについては今後、猫も陰ながらサポートするつもりである。

ライゼー様がネルク王国のお貴族様である以上、この国には安定していてもらわねば困るし、今後はトマト様の市場であり産出国となる大事な国だ。

あとライゼー様も、今回の一連の騒動を経て、「軍閥の中でのロレンス様担当・連絡役」みたいな立ち位置を獲得された。

実際に王位を継いだのはリオレット様であり、傍から見たらこの立ち位置は「ハズレの貧乏くじ」なのだが――そのリオレット様が、「数年で退位して弟に王位を譲る」と決めている以上、逆に大当たりの出世コースである。

ライゼー様ご自身はあんまりそんなこと考えてなさそーだが、あの有能ぶりを把握されれば、ロレンス様やルーシャン様達のほうがほうっておくまい。

ルークさんもリーデルハイン家の飼い猫として、さらには栄誉あるトマト様栽培技術指導員として、今後もより一層の奮励《ふんれい》努力を重ねる所存である。ただし昼寝の時間は断固として確保する。

城の庭先での、王と魔族の二人きりのダンスパーティーを眼下におさめつつ、俺は城の一隅へ潜り込んだ。

王様の執務室、その隣の控えの間に、ルーシャン様とライゼー様と……ついでにトリウ伯爵とアルドノール侯爵までもが揃っていた。

宮廷魔導師＋軍閥の偉い人達の密談、という図式である。ルークさんはもちろん姿を隠しておく。

「……にわかには信じ難い話ですな。あのアーデリア嬢が魔族で……その暴走を止めたのが、猫の姿をした精霊の加護だなどとは。しかも、陛下の暗殺を未然に防いだなどといわれても――」

アルドノール侯爵が威厳たっぷりな眉をぐっとひそめ、唸るように呟いた。

どうやら昼間の猫騒動について、ちょうどルーシャン様が説明を試みている最中だったらしい。

ごまかし方の筋書きはクロード様に届けてもらったが、内容が内容だけに、この反応は仕方あるまい。

『じんぶつずかん』を見たところ――

あの上空で戦っていたのが、陛下と最近親しげなアーデリア様だと、一部の貴族は気づいてしまったらしい。遠目ではあったし髪の色も違ったはずだが、ドレスも特徴的だったし、遠眼鏡で見れば顔も確認できてしまう。

で、事情を知っていそうなルーシャン様に、トリウ伯爵達が面会を申し込んだという流れである。

「しかし、ルーシャン卿を疑いたくはないのですが……猫？　いや、精霊とはいえ、猫がどうして魔族を圧倒できるのです？　そもそも本当に魔族なのですか？　あのアーデリアというご令嬢、私に挨拶をした時などは、実に優雅でほがらかで、人懐っこい印象の類まれな淑女でしたぞ？　あのお嬢さんが魔族ならば、うちの家内など魔王以上の存在感です」

……意外と尻に敷かれてるのだろーか。アルドノール侯爵様、顔立ちは亭主関白タイプなのだが……？

トリウ伯爵も困惑顔である。

「……それに、そんな内容を公式発表するわけにもまいりませんからな。何をどうごまかすか……ええと、魔族の存在は絶対に隠すとして、上空で起きた事象は精霊同士のいざこざで……アーデリア様は優れた魔導師の資質ゆえに、精霊に憑依《ひょうい》されて、依代《よりしろ》となってしまい……そして街に危害が及びそうだったため、猫の精霊がルーシャン卿の願いを聞き入れ、陛下と街を守ってくれた、と――いや、民衆相手にはそれで押し通すとしても、貴族や聖教会は納得するかどうか……？」

上官達のこの言葉に、ライゼー様が控えめに口を挟んだ。

「それでも、納得してもらわねば困ります。調査をしたところで、人の身では調べようがないことも含まれますし――ルーシャン卿の語られた真実に辿り着かれるのも困るでしょう。リオレット陛下とアーデリア様の仲について諸外国に知られれば、我が国は魔族の属国とみなされます。実情が違うにせよ、『そう見られる』ことは避けられません」

ルーシャン様が深々と頷いた。

「少々、過激なことを言えば……説得力はさておき、『公式発表』をすることに意味があるものと考えます。王家としては、また政府としてはこう考えている――それを発表することで、一つの区切りとなれば良いのです。その内容の真偽を疑ったところで、諸侯には何もできません」

トリウ伯爵が困ったように嘆息した。

「何も？　……いえ、残念ながら、『何もできぬ』ということはありません。『疑う』ことができて、なおかつ『嘘の噂を流す』こともできてしまいます。『説得力』というのは、時に事の真偽以上に大切なものです。残念な話ではありますが」

……ふーむ。

ルークさん、ちょっと考え込んでしまう。

個人的には「そんな大層な話ではないのでは」とも思うのだが、目撃者が多い分、変な噂が流れるのはやはりマズいのか。新しい王様の即位直後、という時期的な問題もあろう。

というわけで、ちょっとだけお話に混ぜていただくことにした。

メッセンジャーキャットさん、出番です！

『あのー。ちょっといいですか？』

「なんだ？　しばらく誰も近づけるなと――」

家臣の声と勘違いしたのか、アルドノール侯爵が扉のほうを振り返り、怪訝《けげん》そうな顔に転じた。

もちろん扉は閉まったままである。ルークさんは姿を消したまま、窓の隙間からするりと侵入してこの場にいる。

「……今、誰か……」

『皆様の頭に直接、声をお届けしております。たった今、お話に出ていました「猫の精霊」です。ルーシャン様の加護をしております』

それっぽく、語尾に「にゃ」とかつけたほうが良いのだろうか……？　いやしかし、ルークさんにそんなあざとい真似はできぬ。クラリス様とかリルフィ様がネコミミつけて「にゃ？」とか言う分にはかろうじて許されるかもしれぬが、ルークさんはダメである。いくら「猫だから」といっても許せることと許せぬことがある。通常時の「にゃーん」は許される。語尾につける「にゃ」は許されぬ。この違い、おわかりいただけるだろうか……？

俺のこの乱入に、ライゼー様は頬を引きつらせたが、ルーシャン様は喜色を浮かべ、トリウ伯爵とアルドノール侯爵はびくりと肩を震わせた。

「猫の……猫の精霊ですと……？」

「ルーシャン卿、これは貴殿の魔法による悪戯《いたずら》では……！」

『もちろん違います。私のせいでルーシャン様に変な疑いが及ぶのは心苦しいので……今、姿をお見せします』

そして、部屋に現れたのは——

俺ではなく、ウィンドキャットさん（ステルスモード解除）。

この子、白くて羽があるから、なんとなく聖なる存在っぽい見た目なのである。

邪心にまみれた欲望の塊たるルークさんより、よほど説得力がある。「説得力は時に真偽以上に大事である」と、トリウ伯爵もたった今、仰《おつしや》った。

「なんと……」

「ほ、本当に……猫の、精霊が……？」

瞠目《どうもく》する高位貴族のお二人とは裏腹に、ライゼー様は目元を覆ってしまう。いや、そんなに心配しなくても大丈夫ですから！　これはただの助け舟ですから！

『はじめまして、アルドノール侯爵、トリウ伯爵、ライゼー子爵。私は猫の精霊……このたび、ルーシャン卿に加護をもたらした者です。ルーシャン卿は長年にわたる猫への貢献が認められ、「猫の守護者」という称号を獲得されています。今回の加護は、その功績によるものとお考えください』

ウィンドキャットさんはすまし顔で待機。よくできた子である。

『で、人間社会で私の噂がどー広がろーと、別に知ったこっちゃないのでどーでもいいんですが、リオレット様とアーデリア様の仲については応援したく思いますので、お二人にとって不都合がない形で発表してください。平たくいうと、「魔族」のことは隠蔽《いんぺい》でお願いします。他に何か質問がありましたらどうぞ？』

アルドノール侯爵がごくりと唾を呑んだ。

「つまり、我が国は……猫の精霊に庇護されている、ということになるのか？」

『いえ、ルーシャン様だけですね。今回はリオレット様がルーシャン様の弟子という御縁もあったのと、あと王都にある猫の保護施設にも害が及びそうだったため、介入しました。国のことに関与する気はありませんし、戦争とかなら関わりません。魔族の狂乱は天災みたいなものですし、たまたま条件が揃ったのでうまくいきましたが、二度目はないと思ってください』

「……理解した。そのあたりの誤解が一番怖いのだ。精霊の加護をあてにして無茶をする貴族がいないとも限らない。精霊殿の戦いぶりは……あまりに凄まじすぎた。あの加護が王のもとにあるなどと思われたら、その利用を画策する者も出るだろう」

『そういうのは良くないですねぇ。やらかしそうな人がいたら、ルーシャン様にお伝えください。こちらから警告――あるいは粛清《しゅくせい》に出向きます』

オズワルド氏を真似て、ちょっと強硬な物言いをしてみたが、やはり凄みが足りぬ。ぜんぜん足りぬ。

ルーシャン様が眼を細めた。

「これ以上、精霊様の手をわずらわせるなど恐れ多いことです。王都の民は、我々も含めて皆、精霊様の御手によって命を救われました。ここより先の些事《さじ》くらいは我らでまとめねば、貴族たる者、官僚たる者の存在意義を疑われましょう」

『……わかりました。では、私は一旦、これで去りますね！　皆様、ごきげんよー』

代役のウィンドキャットさんが姿を消すと、トリウ伯爵とアルドノール侯爵が一瞬だけ言葉に詰まり、その後、深く頷いた。

この世界、精霊とか亜神とか魔族とか、そういった超常の存在と直に触れ合った経験を持つ人は少ないのだろうが――しかし、「それらが実在する」という事実は常識として扱われている。

ゆえに、そうした存在が実際に現れた時には、相応の敬意をもって対応するよう、知識層には心構えができているのだろう。

思えば、暗殺未遂直後のリオレット陛下もそんな感じであった。

その後は、話し合いをまとめた上で解散となり――トリウ伯爵とアルドノール侯爵は別の用事のために退室し、ライゼー様だけ、ルーシャン様の「公式発表草案」作成を手伝うために部屋へ残った。

そしてそのタイミングで、ルークさんも改めて姿を現す。

ライゼー様が、やや疲労感のうかがえる目つきで俺を見た。

「……さっきは驚いたぞ、ルーク。クロードからの伝言で、レッドワンドに向かうと聞いていたんだが……」

「あ、もう行って帰ってきました！　オズワルド氏の転移魔法に頼ったので、あっという間でした」

「………………………………おかえり」

……脱力感がすごそうなのは気のせいだろうか？

まぁ、仮に徒歩だったら何週間もかかる危険な道のりである。こんな簡単に往復されては困惑するのも致し方あるまい。

「それでですね。詳しい事情は改めてご説明しますが、リーデルハイン領で保護していただきたい人員が三人いるのです。有翼人のご兄妹と、魔導師が一人……街の近郊の空いている土地に、入植させていただきたいのですが」

「ああ、トマト様の栽培に従事させたい、という話だったな。それもクロードから聞いている。人が増えるのは歓迎だ。ルークが見定めた者なら、特に心配もあるまい。任せる。少し時間は必要になるが、山沿いの——うちの敷地の西側がほぼ空いているから、あのあたりを新たに開墾するか？」

……ライゼー様の俺への信頼感もえぐいな……！

奥方様へのお薬ご提供以降、猫力の上昇とともに、なんか信頼度のレベルが急激に上がった感じがする。

「しかし、魔導師まで確保できたのか。まさか、ルークが欲しがっている『魔道具職人』か？　トマト様輸出用の容器を作らせる予定の……」

「あー、いえ。その方は、職人というより研究者っぽいです。詳しい話はまだ聞いていませんが、シャムラーグさんの妹さんの、結婚相手というお立場です」

そういえばルークさんの王都出張、その目的は「缶詰の製造」であった……

缶詰製造機を作れる、または研究できる魔道具職人さんをスカウトするつもりだったのだが、何の因果か、想定外の厄介事に次々と巻き込まれてしまった。解せぬ。

しかし祭りも今夜で終わり。

明日からは「職人街」も通常営業に戻るはずで、いよいよ本番の人材探しができる！

……………………できるよね？　大丈夫だよね？

やや不安に思いつつ、とりあえずライゼー様にシャムラーグさん達をご紹介しておこうと、俺はキャットシェルターの扉を出した。

「一応、移住予定者をご紹介しておきます。ついでに晩御飯もご一緒にどうですか？　ルーシャン様もぜひ」

「ああ、じゃあ、ヨルダとウィルヘルム殿も呼んでくるか」

「アーデリア様と陛下もよろしいですか？　ルーク様のことを口止めしないといけません。人数が人数ですし、ルーク様のお部屋では少々手狭でしょう。城の一室をあけましょうか」

それはありがたい！

というわけで、今夜はお城の一室にて晩餐《ばんさん》とあいなった。

ライゼー様に抱っこされて移動しながら、俺は小声で問う。

「そういえば、クロード様とサーシャさんは？」

「もちろん街にいる。今夜は舞踊祭だ。しっかりエスコートしろと言い含めておいたが……」

ほう！　これは後でニヨニヨできそうな名采配である！

……しかし、とうのライゼー様は溜め息。

「……まぁ、何もできんだろうがな。何か進展があったら祝杯だ」

「……もう少し信じて差し上げましょうよ……」

ペットとして、ここは誠心誠意、応援せざるを得ない。まぁ、応援以外にできることがないだけですけど。

クロード様、がんばって……！

73 打ち砕かれた野望

お城の一室を借り受け、人数も人数なので、今宵は「大皿料理」とさせていただいた。

食器類はコピーキャットで出せないから洗う手間がかかる。めんどい。

あとシャムラーグさん達は軽食をとった後だし、エルシウルさんは妊婦さんなので、適量を自分でとっていただいたほうが良いと判断した。

とはいえ、葉酸、鉄分、カルシウム、ビタミン等、積極的にとるべき栄養素というものもある。具体的には野菜、乳製品、肉類、豆類、果物などをバランスよくご提供したいところだが、つわりもあるだろうし、なによりまずは「食べやすいもの」「食べたいもの」が重要であろう。

「エルシウルさんは、何かお召し上がりになりたいものとかありますか？　郷土料理とかだと難しいですが、果物とか、味の好みとか、酸っぱいものとか甘いものとか……」

「そふとくりーむがいいとおもいます」

ピタちゃん……気持ちはわかるけど……いや、これは有りか？

冷たいものというのはちょっとアレだが、食欲がない時でもさっぱりしていて食べやすいし、栄養にも期待できる乳製品である。とはいえ、やはりデザートだ。

「ピタちゃん、それは食後にね？　エルシウルさん、どうでしょう？」

「あ、あの……木の実、とか……？」

正しい。

クルミには葉酸、カシューナッツには鉄分が多く含まれている。食べすぎは良くないが、どちらも妊娠中には特に重要な栄養素である。

割と日持ちもするし、後で袋に詰めてお渡ししておくとしよう。

というわけで、まずは『鶏肉とカシューナッツの炒め』を中心にメニューを組み立てることにした。

となれば、ここは中華系で良かろう。

他の品目は五目チャーハン、八宝菜、肉団子の甘酢あんかけ、青椒肉絲《チンジャオロースー》、卵とフカヒレのスープ、小籠包《しょうろんぽう》。

デザートには杏仁豆腐《あんにんどうふ》＋希望者にソフトクリーム。

……ちょっとルークさんの好みに偏《かたよ》ってしまった感はあるが、これらをそれぞれ、用意していただいた大皿にコピーキャットで錬成する。

初見となるリオレット陛下やアーデリア様には唖然とされ、少々の問答はあったが、味にはご満足いただけたようで、大皿の上は見る見るうちに減っていった。

エルシウルさんもあまりつわりは酷くないらしく、眼を輝かせてがっつり召し上がっている。さっきの軽食では足りなかった模様。

……体格は細めなのだが、もしやそこそこ大食いキャラ……？

シャムラーグさんも当たり前のよーに健啖《けんたん》であったので、もしかしたら有翼人の特徴なのかもしれない。

インテリ系のキルシュさんは見た目通り少食だったが、テーブルマナーが割としっかりされている。どういう人？

お食事を進めながら、ライゼー様による面接が始まった。「食事中は喋らない」というマナーがあるのだが、ライゼー様はこの後も軍閥の別の会合に顔を出し、宿に戻ってからは手紙の作成や返信、書類の整理と大忙しの予定であり、ガチでスケジュールが詰まっている……貴族の社交は、むしろ「祭が終わってからの数日間が本番」らしいので、せめて今夜の晩ごはんはおいしいものを食べていただきたい。

「だいたいの事情は、ルークからもう聞いているが……キルシュ殿は、どういったお立場だったのかね？　奥方にも『先生』などと呼ばれているようだが」

キルシュさんは姿勢を正して一礼した。

「私はレッドワンドの人間ではなく、ホルト皇国から流れてきた旅人です。古き伝承を巡り、有翼人の里で調査をしていた折に、こちらのエルシウルと恋仲になり結婚しました。考古学者のつもりではありますが、それで生計を立てられるわけではありませんので、集落では治癒士の真似事もしていました。基礎的な薬学と、それから治癒系の神聖魔法にも少しだけ心得があります」

謙遜《けんそん》、もしくは韜晦《とうかい》である。神聖B、薬学B、どっちも優秀評価だ。こんな能力でフリーの人材はめったにおらぬ。

ホルト皇国は、近隣では一番大きな国である。

ネルク王国とは国境を接していないのだが、両国の関係はそこそこ良い。

理由は単純で、「国境を接している」とどうしても領土紛争が起きがちだが、間に一国挟むと「敵の敵は味方」理論で歩調を合わせやすくなる。

ここでの共通の敵とはぶっちゃけ、レッドワンド将国のことである。

長年の歴史的経緯とか外交の結果とか、要素はいろいろ複雑に絡み合っているようだが、ともあれネルク王国とホルト皇国は「レッドワンド将国」という問題児への対処で利害が一致しており、何代か前には王家同士で婚姻関係も結んだらしい。

ただしホルト皇国は大国なので、レッドワンドとしても喧嘩を売りにくい相手らしく、侵攻が起きるのはもっぱらネルク王国側の国境である。めいわく。

ご夫妻が収容所に送られたのは、キルシュさんのこの出身国の問題もあったのかもしれぬ。

ルーシャン様が青椒肉絲に感激しながら首を傾げた。

「ピーマンがこれほど美味になるとは……ああ、失礼。大国たるホルト皇国ならば、魔導師として生きていくのに何の不自由もなかったでしょう。調査のためとはいえ、なぜわざわざ国を出て、レッドワンドなどという政治情勢の不安定な土地に？」

「行方不明の師を探すためです。我が師は考古学の研究のため、レッドワンドへ赴き、消息を絶ちました。山賊や盗賊に襲われたのか、あるいは急な病などで行き倒れた可能性もありますが……結局、手がかりが見つからぬまま、師の研究を引き継ぎ、エルシウルの協力で現地の調査を進めるうちに、月日が経ってしまいまして──」

「ほほう。師のお名前をうかがってもよろしいか？」

「マリウス・ラッカです。私の祖父の弟、つまり大叔父にあたりますが、調査中は偽名を使っていたかもしれません」

ただの師匠ではなく親戚か。

ついでに、俺からも聞きたいことがある。

「キルシュさんとお師匠様の研究テーマというのは？」

「不可思議な猫にまつわる伝承の収集と調査です。サング教をはじめ、この世界に流布する一般的な創世神話には、『猫』がほとんど登場しません。しかし、土着の信仰や少数民族の記録に眼を向けると、有史以降に、神獣以上の奇跡を起こす不可思議な猫の記録がそこそこ残されています。誰かが命名したのか、あるいは本人達がそう名乗ったのか、事情は定かでありませんが、それらの多くは『トライハルトの眷属』と呼ばれており、現地住民との間で『食料の交換』をおこなったという記録です」

「ほう！　それは興味深い」

さっそく食いついたのはルーシャン様であった。

この方は生物としての猫を溺愛しておられるので、考古学的な伝承云々にはあまり詳しくないはずなのだが、しかし猫の話題となると食いつかずにはいられない。

この好反応を受けて、キルシュ先生の弁舌がより軽やかさを増した。

「伝承にはいくつかバリエーションがありまして、邪神を追い払ってくれた礼に人が捧げ物をしたとか、飢饉《ききん》の折に食料を恵んでもらい、豊作の年に返礼をしたとか、そういった微妙な違いも混在しています。西方に現れたという黒猫、『アルカイン』の伝承は、それらとは少し趣が違い、食料を介した話ではないのですが、類型の一つである可能性は大いにあるでしょう」

皆様の視線が俺に集中した。

不可思議な猫。食料の交換。つまり食いしん坊……

……認める。共通項はある。しかし俺は断じてトラなんとかではない。ただのキジトラである。例の超越猫さん達がそう名乗った可能性までは否定できぬが、それこそルークさんの知ったことではない。

「その話は、まったく心当たりがないですねぇ。お役に立てず申し訳ないです……私の存在とは別口だと思います」

「左様でしたか……これはあくまでこの世界における記録ですし、それは仕方ありません。たとえば――我々がちょっと魚釣りに出かけるような感覚で、世界の境界を越えられる猫達がいるのかもしれません。一説によれば、神々の世界というものは無数に存在し、それぞれの世界にもまた数多《あまた》の神々がいると……我々の祖先も、そうした世界の一つからこちらへ渡ってきたのではないかと、よく師が申しておりました」

リオレット陛下がくすりと笑った。

「ルーシャン先生と同じことを仰っている。やはり同時代の賢人は、似たような推論《すいろん》に到達するのかな」

「異界より現れる者が実在している以上、これはむしろ自然な推論ですぞ。ルーク様もまさにその一例であり、より高次の存在といえます」

……偏差値高そうな人達の頭良さげな会話をよそに、アーデリア様はチャーハンを頬張りすぎて、クラリス様に背中を撫でられていた。

「ぐむっ……！　す、すまぬ、クラリス殿。ちと急ぎすぎて……！」

「アーデリア様、無くなったらまたルークが出してくれますから、ゆっくり召し上がってください」

「う、うむ。わかってはいるのだが、しかし、これは……理屈でなく、無性に頬張りたくなる！」

わかる。チャーハンとはそういう食べ物である。

それにつけてもクラリス様のコミュ能力よ――物静かで口数は少ないはずなのだが、ごく短時間で魔族のアーデリア様と仲良くなってしまわれた。

一方、オズワルド氏も料理に舌鼓を打ちつつ、何故かヨルダ様と談笑している。

「貴殿は称号持ちだな。人にしては図抜けた武技をお持ちのようだ。こう言ってはなんだが、一子爵家の家臣に収まる器とも思えんが……」

「滅相もありません。宮仕えには不向きな性分でして……それに、俺とライゼーは義兄弟の盃をかわした仲でしてね。おかげでルーク殿とも知り合えて、こんなに美味い飯も喰える。伯爵位や侯爵位なんぞより、今の状況のほうがよほど価値がありますぜ」

「……違いない。私とて、二百年以上生きてきてこれほど胸躍る状況は初めてだ」

それぞれの会食風景を眺めつつ、俺はリルフィ様のお傍で小籠包を貪る。

さすがにこれは、猫の口ではちょっと食べにくい……そのまま噛むとスープが溢れてしまうので、行儀は悪いが先にスープを吸い出してからかじるしかない。

「あの、ルークさん……食べにくいようでしたら、切り分けましょうか……？」

「いえ、大丈夫です。そもそも切って食べるものではないので！」

「ルーク様、この白くてプルプルしたやつ、牛乳みたいな色ですけど、風味が全然違いますよね？　なんなんですか？」

「甘いのにさっぱりとして……まるで口の中が洗われるようです」

デザートの杏仁豆腐《あんにんどうふ》を食べ始めたアイシャさんとウィル君が、会話に入ってきた。

「えーと。牛乳は少ししか使ってないですね。杏仁《きょうにん》という、アンズの種から取り出した成分を、いろいろやって柔らかく固めたモノです」

杏仁の原料はアンズの種である。殻をとった後の白い胚乳の部分。

これを粉末にしたものが「杏仁霜《きょうにんそう》」であるが、昨今市販されている杏仁霜は、ここに糖分やコーンスターチ、場合によっては全粉乳や脱脂粉乳など、様々な添加物をどかどかと加え、杏仁豆腐に使いやすいよう配合したものが大半である。

今回お出しした杏仁豆腐は、ルークさんがこの杏仁霜を使って、以前にご家庭で手作りしたもの。

市販されている杏仁豆腐は、乳業系のメーカーがよく作っているせいか、昨今ではほぼ「牛乳プリン」や「牛乳寒天」に近いモノばかりなのだが……

あれらは甘みは強いのだが、濃厚、こってり感を重視しすぎており、あまりに牛乳の風味が強すぎる。

あと「やわらか」とか「とろーり」系が流行ってしまったせいで、スプーンですくって食べるものばかり。

ルークさん的には、包丁で菱形に切り分けられる程度には硬めで、もうちょっと後味のさっぱりしたのが欲しい……ということで、仕方なく自作するに至った。

案の定、エルシウルさんにもたいへん気に入っていただけたようで一安心。こういう「するり」と入るスイーツは、妊娠中でも胃に入りやすいはずである。

しかも（少量とはいえ）アンズの種を使ったデザートなので、実はこれも「木の実」というリクエストに合致していたりする。

ピタちゃんも眼をキラキラさせて「おかわり！」と要求。

どうしてそんなに餓えているのか……もしかして限界がない？　それとも胃袋が本来の姿（象サイズ）換算だったりする？

ルークさんの胃袋も、猫サイズではなく人間サイズと思われるので、亜神とか神獣とかは体格的なサイズ感と臓器的なサイズ感が一致しないのかもしれぬ……

なお追加のソフトクリームは、全員がご希望であった。

一応、ミニサイズにしておいたが、油が多い中華料理の後に冷たいソフトクリームはお腹が冷えてよろしくないはずなので、温かいプーアル茶も一緒にご提供させていただいた。

初見組はともかく、ピタちゃんはちょっと続きすぎではないかと懸念しているのだが、あいも変わらず真顔でひたすら集中……

そのうち「ソフトクリームの下僕」みたいな変な称号でも獲得するのではないかと心配である。

そして食後。

俺はライゼー様達から少し離れ、リオレット陛下＋アーデリア様とソファで改めて向き合った。なんか大事なお話があるらしい。

目の前には、充ち足りた笑顔のお二人。

まぶしい。すごいまぶしい……これが伝説のリア充か……今にも爆発しそう……

ルークさんは腹を見せてソファにスコ座り。おっさん座りとも言う。腹を掻きやすくて割と楽な姿勢である。

まずはリオレット陛下が深々と頭を下げた。

「ルーク様、改めまして、このたびの御礼を申し上げます。ルーシャン先生からはあえて詳細を聞いておりませんが、大方の察しはついております。狂乱したアーデリアを止められる存在など、ごくごく限られておりますので――」

「わらわからも礼を言わせていただく。それに、聞けば妹のフレデリカもルーク殿に救っていただいたと……この御恩、一生忘れませぬ」

アーデリア様、すっかりしおらしくなってしまわれて……

……『じんぶつずかん』確認。うん。「亜神」だって気づかれてる……まぁ、いくらルーシャン様に口止めをしたところで、アレはさすがにバレる。

しかし『猫魔法』の威力はさておき、ルークさんの中身は猫でありただの小市民なので、王様とか魔族のご令嬢とかに頭を下げられてしまうととても反応に困るッ……！

「あー。いえー。そんなー（棒）……あの、私はなんとゆーか、リーデルハイン家のペットとして、飼い主に降りかかりそうな火の粉を払っただけでして……お礼とかはいいので、なるべくそっとしておいていただけると……」

………………アレ？　それでいいんだっけ？　なんか忘れて……あ！

「……思い出した！　あの、リオレット陛下！　ちょっと小耳に挟んだのですが、リオレット陛下って、魔道具の研究もなさっていたんですよね？　なんでもその中に、収穫物の保存技術にまつわるものがあるとか？」

リオレット陛下が首を傾げた。

「はい？　ええ、確かに研究中ですが……よくご存知ですね。まだ未完成ですが、私がこんな立場になってしまったもので、今後の研究は後輩に引き継ぐ予定です。ご興味がおありですか？」

「はい、とても！　実はリーデルハイン領にて、これからトマト様という農作物を名産品として広めていくつもりなのですが、効率のいい貯蔵手段があれば導入したく思っていまして。ついでに他の作物にも流用したいので、もしご協力いただけるなら、たいへん嬉しいです！」

ククク……！　先日、ロレンス様が正妃様相手に語っていた、「農作物の長期保管技術」云々というヤツである。

それがどういった技術なのかはさっぱり不明だが、農作物関係とあらば無視できぬ。隙あらば技術供与をお願いしたいと思っていたのだ。

リオレット陛下は、自分の研究の話が出て嬉しそうだったが、同時にひどく困惑されていた。

「協力はもちろん惜しみませんが……しかし未完成の技術ですし、それがお礼にはなり得ません。ルーシャン先生からも、『ルーク様は土地や権力、名声や爵位などには興味をお持ちでない』とうかがっておりますし、そうしたものが礼になるとは我々も考えておりませんが、他にも何か、お力になれることはありませんか」

ほほう……！　飛んで火にいる夏の虫、この隙を逃すルークさんではない！

さっきは小市民モードだったので「いえ別に何も一」的な反応をしてしまったが、よく考えてみれば欲しいモノは山程ある！

こちとら曲がりなりにも狩猟動物である。むざむざと隙を見せた獲物に食らいつくのを、躊躇《ちゅうちょ》する必要はあるまい。

「では僭越《せんえつ》ながら！　ただいまリーデルハイン領では、さきほど申し上げた『トマト様』という野菜を加工、製品化し、その輸出を目論んでおります！　この品の普及を国策と位置づけ、各領地での通行税の免除か軽減、あと国内での販売許可などをいただければと……！」

……場に戸惑いと沈黙が訪れた。

…………………む。これはさすがに過大な要求だったか……？　図々しかった？　特権商人とかでもなかなか得られぬ特典であろうし、猫にはちょっと厳しい感じ？

「ぐぬぬ……わかりました。では、せめて販売許可だけでも……！」

「い、いえ！　大丈夫です！　可能です！　すべて可能ですが、その……ちょっと意外な要求すぎて、驚きまして……！　……ルーク様はもしや、商売を司る神様なのですか？」

リオレット陛下、冷や汗混じりの半笑いである。ルークさんは招き猫のポーズで頬を擦った。

「いえ、特にそういうわけではないですけど、私は『トマト様をこの世界に広める』という崇高《すうこう》な使命を帯びて、この世界にやってきたのです」

「使命……なるほど、そうでしたか」

一転して、陛下の顔が引き締まった。

「……それはつまり、我々にとっても、神々からの試練ということになるのですね。我々人間が、そのトマト様を世に広められるか否か——それによって、我らの信仰心が試されると？」

……ん？　うん、ぜったい違う。違うけど、

「解釈については、お任せいたします！」

…………ルークさんは、トマト様による世界征服のためなら、詐欺師にも悪党にもなれるのだ……クク……この際、利用できるものはなんでも利用してくれる！

トマト様が世に広がれば、人々の栄養状態は間違いなくより増進し、世界はこの恵みの前にひれ伏すであろう。なにせ前世では、「トマトが赤くなると医者が青くなる」とまで言われたほどだ。ちなみに大根や柿、リンゴなどにもそんな感じの言い回しがあるので、ルークさんは彼らを「医者いらずの四天王」と勝手に呼んで敬っている。ありがたやー。ありがたやー。

俺の隣で、ルーシャン様が控えめに口を挟んだ。

「陛下、その件につきましては、私のほうでもこれから話を進めます。ルーク様との共同経営の形で、

王都にトマト様の専門店を開き、庶民にも手の届きやすい価格帯で広めようと……またルーク様は、その加工品をどう運搬するかについても心をくだいておられまして、瓶詰に代わる保存手段を模索しておられるようなのです。今回、王都へいらしたのも、その研究開発に携わる魔道具職人をスカウトするためでして……」

「瓶詰に代わる保存手段……？」

リオレット陛下が驚いた様子を見せた。やはりこの方も本質は「研究者」である。新技術への好奇心が相応にお強い。

「はい。『缶詰』と言いまして、金属を円筒形に加工し、これに底と蓋をつけることで長期保存を可能にする技術です。加工技術もさることながら、サビ対策とかコーティングとかいろいろ必要なので、一朝一夕には難しいのですが、実現すれば輸送する荷物の大幅な軽量化を実現できます。仮に落としても変形するだけで割れません！」

「金属の筒……なるほど、それはおもしろそうな技術ですね。コストは跳ね上がりますし、貴族か商人でなければ手が出ないかとは思いますが、高級品に限るならば実に有用かと思います。興味深いお話です」

……………………今、聞き流してはいけない見解が出たよーな気がした。

「えーと、その、加工の手間を軽減するための機械を、職人さんに製作してもらおう、と思ってたんですが……それでもコストってけっこうかかります？」

陛下とルーシャン様が顔を見合わせた。

ルーシャン様が小声になる。

「まぁ、庶民には手が出にくいでしょう。ネルク王国は鉱山に乏しいため、金属は他国からの輸入が頼りです。我が国の軍隊が歴史的に『拳闘兵』を重視し、教会を保護して治癒士の育成に力を注いでいるのも、『金属製の武器や鎧の少なさを補うため』という世知辛い事情がございました。私も、その『缶詰』に関しては、貴族向けに利益を確保するための高級品かと思っていたのですが……違うのですか？」

鉱山が、乏しい……？

……缶詰については「将来的に実現できたらいいな！」とゆーことで、あんまり細かい説明をしてこなかった。

ライゼー様やリーデルハイン領の人達にも「この猫は変なことを考えるんだな」的な反応をされたが、アレはもしや「未知のもの」とか「猫の野望」への戸惑いではなく、「それコストやべぇんちゃう？　大丈夫？」的な違和感だったのだろうか……？

確かに「庶民用」とは明言していなかったし、皆様にとっては常識すぎてツッコミ所にならなかったのか……？

慌てて金属の相場をうかがい、この場でざっと計算してみたところ——

……成立はする。成立はするのだが……材料費だけで、同容量の瓶詰の三倍から五倍以上に及びそうな事実が判明した。

庶民的にはあまり嬉しくない価格帯である……！

「需要が増えれば金属の価格も今より上がってしまうでしょうし、大量消費は難しいでしょう。他国にもその技術が広まれば、なおのこと――瓶詰の場合、瓶を回収して溶かし、再利用が可能です。物によっては洗うだけで済みますし、重さは難点ですが、使い勝手はさほど悪くないのです。鉄や銅は不足していますが、ガラスの原料となる珪砂《けいさ》や石灰《せっかい》ならば国内でも大量に採掘できますし、今では小さな町にも回収業者がおりますので」

と、リオレット陛下自らご講義いただけた。

……よ、よもやこんなトラップが……ルークさん、久々に大きめの挫折《ざせつ》である……！

「……ルーク様は、算法も心得ていらっしゃるのですな……」

と、ルーシャン様には別のことに感心されてしまったが、そんなことはどーでも良い。小学生レベルの算数である。

ソファでがっくりと項垂《うなだ》れ、絶望にぶるぶる打ち震えていると――背後に歩いてきたアーデリア様が、不思議そうに俺を抱え上げた。

「ルーク殿。わらわには、ルーク殿の無念がよくわからぬが……そのトマト様というものは、瓶詰で広めても良いのではないか？　それでも支障ないのであろう？」

「……それは、そうですね……」

ごろごろごろ……にゃーん。

言われてみれば、『他の品々と同様の条件になる』というだけの話である。トマト様の魅力をもってすれば、缶詰はなくとも……あぁ、でもラベルのデザインまで考えていたのに……いや、それは瓶詰でも流用できるか。

かくしてルークさんの「缶詰量産計画」はあっけなく頓挫《とんざ》し、俺はアーデリア様のお胸に埋もれてニャーニャー鳴きながらモフられるターンへと突入したわけなのだが――

……後になって思えば、この挫折こそがトマト様のお導きであったのだ。この時の俺は「缶詰」に固執《こしつ》するあまり、他の選択肢が頭から抜け落ちていた。

視野は広く。前世の常識に囚われず。この世界の知識を貪欲《どんよく》に吸収し、この世界の人々にきちんと眼を向ける――

突破口は、そこにあった。

74 フランベルジュの大人買い

猫の旅団による大騒ぎ&レッドワンドでの救出劇から、明けて翌朝。

猫カフェで一夜を明かしたシャムラーグさんと妹のエルシウルさん、その夫のキルシュ先生には、ひとまずリーデルハイン領へ行っていただくことになった。

彼らの救出作戦は、若干の紆余曲折《うよきょくせつ》……というにはど真ん中ブチ抜き真っ向勝負オズワルド氏無双だった気がしないでもないが、とりあえずの紆余曲折（？）を経て、どうにか成功した。しかし立場としては「脱獄者」なので、さすがに今、レッドワンド側の元の集落へ戻すわけにはいかない。

で、地図を確認したオズワルド氏による『転移魔法』で移動しても良かったのだが――この機会に、

「空路で王都～リーデルハイン領はどのくらいの時間がかかるのか」を検証しておこうと、『ウィンドキャット』さんにご登場いただいた。

同行する皆様にはキャットシェルターのほうでくつろいでもらい、俺一匹が颯爽と猫にまたがって王都から飛び立つ。

馬車だと片道約一週間の道のり――道は蛇行していたり、山や斜面ではいろは坂並の難所もあった。しかし、「直線距離ではそう遠くないのでは？」という感覚もあったため、試してみたのだが――

結果、所要時間はだいたい十分以下。

……空路やべぇ。

マッハ2・5くらいの超音速戦闘機だと、本気を出せば東京～大阪間を十分程度で移動できる、なんて話を聞いたことがあるが、ウィンドキャットさんは一体、どのくらいの速さで飛んでいたのだろうか……安全飛行を優先したので、まだ本気ではないはずなのだが……

「え？　もう着いたの……？」

「……そんな、まさか……え、着いてますね……？」

「……うわぁ……どんなにはやくても、二、三時間はかかると思ってたんですけど……」

リーデルハイン邸の前に扉を出してクラリス様、リルフィ様達をお呼びしたら、びっくりを通り越して疑われてしまった。アイシャさんなんて完全にドン引きである。この世界、「飛行機」がまだないので、空路のヤバさも想像の範囲外だったのだろう。

でも空飛べるオズワルド氏まで「えぇ……」みたいな顔してる……やはり完全に速度超過か。

ともあれ朝のうちにお屋敷へ着いてしまったので、そのまま執事のノルドさんや庭師のダラッカさん達に、移住予定の皆様をご紹介。

まずは有翼人のシャムラーグさん！　その妹のエルシウルさん！　さらにその旦那のキルシュ先生！

互いの挨拶が済むと、執事のノルドさんがそれぞれと握手をした。

「ほう、移住希望者ですか。ライゼー様のご許可があるならば、もちろん何も問題はありません。お預かりいたしましょう」

「よろしくお願いします！　あと、こちらの有翼人のシャムラーグさんは、今後、私と一緒にトマト様の栽培育成に従事してくれます。しばらくは、ダラッカさんの弟子のような感じで面倒を見ていただけましたら幸いです」

「おう、ちょうど手が欲しかったところだ。ありがたい。よろしくな、シャムラーグ」

庭師のダラッカ老人と俺は、トマト様の栽培や実験畑の世話を通じて、もはやすっかり仲良しである。手間賃代わりにお酒やおつまみもご提供しているが、俺の正体とか能力とかあんまり細かいことには興味がないようで、普通に猫扱いしてくださる貴重な人材である。てゆーかリーデルハイン家の人達、みんな割と普通に適応力高いよね……

シャムラーグさんも今は借りてきた猫のようにおとなしく、「お世話になります」と平身低頭であった。

さらに猫からの申し送りとして、

・彼らが今後のトマト様育成に関わる重要な人材であること。
・キルシュ先生は優秀な魔導師であり、治癒士でもあること。
・エルシウルさんは身重なので、産婆さんを手配し丁重に扱うこと。
・ピタちゃんについては、またちゃんと帰ってきてから改めてご説明。
・……ついでに何故か同行しているオズワルド様やアイシャさんのことは詮索不要。気にしちゃだめ。
などの説明をし、ライゼー様からの今後の指示や、王都の動向などもお伝えした。

お屋敷の皆様から特に期待の目を集めたのは、やはり魔導師のキルシュ先生。

地属性の魔導師というのは、「土木工事」や「開拓」「開墾」「土地改良」などの分野で非常に頼もしい存在らしく、いろんな土地で引っ張りだこらしい。

かつてはリーデルハイン領にもいたのだが、疫病が流行《はや》った時に亡くなってしまい、それ以降は「必要な時にはトリウ伯爵の領地まで行って人材を借りてくる」という状態だったとか。

『植生管理』のシャムラーグさんと、『地属性』のキルシュ先生――このコンビは、これからトマト様の量産において絶大な役割を果たしてくれるはずである！

そして一時的にとはいえ帰邸できたので、ついでに皆様のお茶菓子の備蓄を増やし、クラリス様の母君のお薬も新品に錬成し直したりと、なんだかんだでやることがあった。

ついでに、士官学校に通っているクロード様にとっては久々の我が家である。

「実は、学校に持っていき忘れていた私物があって……諦めてたんですが、この機会に一時帰宅できて助かりました」

「ほう？　何を忘れたんです？」

こっちにあるよーなものなら、だいたいは王都でも手に入ると思うのだが……俺が問うと、クロード様が小声に転じた。

「香水です。夜会の時は学生でもつけるのが普通らしくて……以前にリル姉様から貰ったのを大事にしまっておいたんですが、王都で買うと高いんですよ……」

あー……確かに本来、「学校」には不要なはずの品であり、わざわざ持っていこうとも思わなかったのだろうが、お貴族様だと必要になるのか――

ちなみにリルフィ様の作る香水は、エタノールや各種の香料に加えて秘密の薬草が加えてあり、よそのものより長持ちするらしい。蠱惑《こわく》的ながらもおとなしめで、どこか優しい香りである。

ついでにトマト様の生育状況も確認したが、順調そのもの。

コピーキャットで複数の苗木を用意し、それぞれに肥料の配合や土質を変えて実験中なのだが、「どれも元気」とゆー、逆の意味で悩ましい状況となっている。あとは収穫して味を見る必要があるが、トマト様の環境順応性にはやはり瞠目すべきものがある。

そしてクラリス様から母君へ宛てたお手紙を、執事さんに託し――お昼ごはんをみんなで一緒に食べた後、シャムラーグさん達を置いて我々は再び王都へとんぼ返り！

このタイミングで、お世話になりまくったオズワルド氏とも、再会を約束して別行動となった。

お土産には大量のクッキーアソートと、甘く煮詰めたりんごをチョコレートでコーティングしたお菓子などをプレゼント。

オズワルド氏はほくほく顔で、「暇を見て、領地のほうにもまた遊びに行く」と仰っていたが、味方にしてみるとなかなか気のいいお方である。もはやたまに来る親戚のおっちゃん的な距離感。

正弦教団に用ができた時には連絡できるよう、合言葉と最寄りのアジトまで教えていただいた。さすがにリーデルハイン領に拠点はなかったが、王都にあるそこその規模の商店が拠点化されていると知り、びっくりした次第である。

彼には引き続き、「正弦教団の人員を使って、レッドワンド将国を含めた近隣国の動向を探る」というお仕事をお願いしてあるため、再会の日はそう遠くあるまい。報酬はお菓子で良いらしい。安上がりである。

さて、早朝から王都とリーデルハイン領を往復し、午後になったところで――我々一行は、祭りの後の王都を散策し始めた。

メンバーは俺とクラリス様、リルフィ様、ピタちゃん、クロード様とメイドのサーシャさん。さらに案内役として、宮廷魔導師の弟子であるアイシャさんもまだ同行中である。

しかしこの面子で歩いていると、クロード様が完全にハーレム主人公状態であり、道行く人々の視線が……いやこれ、むしろ「従者」とか「下僕」として見られてそう。

なお、この中で一番目立つのは問答無用でアイシャさん。

彼女はそもそも王都における有名人である。宮廷魔導師の愛弟子にして、ハツラツとしたうら若き才媛《さいえん》……明らかな陽キャ。まごうことなき陽キャ。

しかも有名人で偉い人なので、無礼なナンパ男とかはぜったい寄ってこない。リルフィ様達の防壁としても優秀である。

「それでルーク様、平日の市場を見ておきたいとのことですが……トマト様は専門店で売るんですよね？　市場は関係なくないですか？」

「とんでもないです！　人々の消費行動は参考になりますし、いろいろな物品の価格を見て、相場の感覚も養っておきたいですし……もちろん、トマト様と合いそうな食材もこの目で確認したいです。商売のヒントは山ほどあるはずです」

缶詰開発計画が頓挫《とんざ》し、一時は意気消沈したルークさんであったが、この程度の失敗で足踏みするわけにはいかぬ。世界はトマト様を待っているのだ！

というわけで、本日の視察先には市場をチョイスした。

王都にはいくつも市場があるが、これから行くところは全店が露店形式らしい。

同じ店主が毎日出店するわけではなく、場所はレンタルで、日毎に店が切り替わる。

見世棚は常設のものを使用し、そこに日毎、商人がそれぞれ持参した売り物を並べる感じだ。生鮮品、調理品や加工品に加え、食べ物以外の商品も多い。

ここへの出店者は、「自分の店を持っていない商人」「他の街から来た行商人」だけでなく、「王都に店があっても、人通りがイマイチ」だとか「店で売れ残ったものを、腐る前に急いでさばきたい」とか、それぞれの理由があって来ている人達だそうである。

ルークさんとしても、こちらの世界のオリジナル食材は以前から気になっていたので……今日は少量ずつでいいので、いろんなものを買っていただく予定だ。

まずは王宮の庭で以前にチラ見した「食用にできる桜草」があったので、こちらを一袋購入。

アイシャさんは、「……それ、苦いばっかりであんまりおいしくないですよ……？」なんて言っていたが、フキノトウなどのように、苦味がおいしさにつながる植物もある。好き嫌いはあろうが、あれの天ぷらは格別である。

この食用桜草も、前の国王陛下がお好きだったそうだし、ぜひとも試してみたい。コンソメスープにいれるのが定番らしいが、見た感じだと味噌汁や天ぷらでもいけそう。

他にも珍しげな山菜・野草・薬草っぽいものをいくつか見繕い、ちょっとずつ調達。これらは香水の材料にもなりそうで、リルフィ様も興味を持っておいでだったが、他の果物や肉類に比べると格段に安かった。どうやら王都の近隣で手軽に採取できるモノらしい。

こちらの市場では、ルークさんはもちろんただの猫のフリをしていた。

欲しいものがあると、抱っこしてくれているリルフィ様の腕をポンポンポンと三回叩き、メッセンジャーキャットで詳細をお知らせするという流れ。人前で喋るわけにはいかぬので、これは旅行中に編み出した苦肉の策である。

リルフィ様はお店の人と会話するのも苦手だったはずなのだが、俺がおねだりするとなんかこー機嫌が良くなるとゆーか、「私がしっかりしないと」的な使命感が出てくるらしく、むしろかつてなく楽しげであった。

そんなリルフィ様を見て、クラリス様とクロード様が兄妹そろって感慨深げな優しいまなざしをされていたのは印象的であった。まるで我が子の成長を見守るゲフンゲフン。

……しかしリルフィ様……意外と健気《けなげ》に尽くす世話焼きタイプっぽいので、将来、悪いオスに引っかからないか、ちょっとだけ心配である……

一通り市場の露店を巡った後で、近くの広場に移動してちょっと一休み。

露店で「フランベルジュ」とゆー炎の剣みたいな名称のソーセージを「どー見てもフランクフルトだなぁ」と思いながら買っていただき、むしゃりむしゃりと頬張る。

これもルークさんが肉球で掴んで食べていると通行人に驚かれてしまうので、リルフィ様に手に持っていただき、それに横からかぶりつくという小芝居が必要となった。うみゃー。

ケチャップもマスタードもないので、味付けは醤油。これはこれで美味しいが……いや実際、香ばしくてかなり美味しいのだが、やはりケチャップが欲しい。

王都にケチャップを輸出する際には、ソーセージ系のお店に売り込んでみるのも一興かもしれぬ。

ちなみにこのフランベルジュさん、アイシャさんの豆知識によれば、元々の名称は本当に「フランクフルト」であったらしい。が、その当時、既に「フランクフルト伯爵」という方がいらして、「その人の発案」と思われたり、「ソーセージに貴族の名前をつけるとは不敬」みたいな批判があり、後から名前が変わったとか。

……つまり、発案者は同郷の方であろう。転生者仲間のクロード様も「あー」と納得顔をされている。

「私もお師匠様から聞いただけなんですけどねー。ネルク王国に限らず、各国で『名称の由来がよくわからん』みたいなモノを辿っていくと、他の世界から来たっぽい人物の仕事に行き当たることが多いんですよ。昨日救出したキルシュ先生も『考古学』が専門だそうですし、たぶん私より詳しいと思いますよ」

こちらの世界の『考古学』には、どうやら『過去における、異世界の人間の足跡を探す』的な要素も含まれているらしい。

さて、香ばしく焼けたフランベルジュさんを食べ終わろうとした頃。

「あーーーっ！　アイシャ姉ちゃん！」

「いつ王都に帰ってきたのー!?」

アイシャさんの名を呼ぶ、お子様達の甲高い声が広場に響いた。

見れば平民の少年少女が五人ほど、簡素な袋を背負ってどこかへ運んでいる最中である。

服装は少々みすぼらしいが、活気のある元気なお子様達であった。

「あれ？　ご兄弟ですか？」

「え。あー。うーん。まぁ、はい。ちょっと失礼します」

うっかり喋ってしまったが、周囲に他の人はいないので大丈夫であろう。

俺の問いに曖昧《あいまい》に頷いて、アイシャさんは子供たちのほうへ歩き出した。

「こらー、チビども！　街中で大声出すなって言ったでしょ？　あんたら、ただでさえうるさいんだから、まずはちゃんと近づいて、『こんにちは』とか『おひさしぶりです』とか、やんなさいって！」

そんな小言をまじえつつもけらけらと笑い、アイシャさんはチビどもの頭をわしわしと大雑把に撫で回し始めた。

チビどもはその周囲にまとわりつき、きゃっきゃと騒がしい。

「アイシャちゃんずるーい！　私もそれ食べたーい！」

「アイシャ姉ちゃんの留守中、ユナちゃんが来てたよ！　王国拳闘杯で負けちゃったから、また特訓に付き合って欲しいって！」

「ええー……まじでー……？　私じゃもう相手にならないと思うんだけどなー……てゆーか、疲れるからヤダ……」

「あのね、あのね！　アイシャちゃんも、昨日の猫さん見た⁉　すっごいかわいかったやつ！」

「私の真上にもおっきな火の玉が降ってきたんだけど、白い鎧の猫さんが助けてくれたの！」

「孤児院の上にも降ってきたんだよ！　おっきな猫さんが防いでくれたけど！」

「……あー、見た見た。すごかったよね、アレ。あんた達がいつも猫さんのお世話を頑張ってるから、きっと助けてくれたんだよ」

そしてアイシャさんは財布を取り出し、フランベルジュ屋さんに声をかけた。

「おじさん、フランベルジュ四十本ちょうだい！　出来上がったら、この子達に持たせてください。チビども、つまみ食いしないで、ちゃんと持って帰って、みんなで食べなよ？　後で確認しに行くから！」

『はぁーい！』

返事は揃っていて、なかなか統制が取れている。「ありがとー、アイシャちゃん」なんて言われて笑い返しているアイシャさんは、なんだか別人のよーにお姉さんっぽかった。

我々のもとへ戻ってきたアイシャさんは、若干照れ笑い。

「お騒がせしてすみません。私が育った孤児院の子達なんです。普段は、うちのお師匠様が運営している猫の保護施設で働いているんですが、今日は祭りの後片付けの日雇い仕事があったみたいで……元気があるのはいいんですけど、ちょっとやかましいんですよねぇ」

口ではそんなことを言いつつも、表情は明らかに柔らかい。

俺はリルフィ様のお膝で毛繕いをしながら、ゴロゴロと喉を鳴らした。

「アイシャさんって、孤児院のご出身だったのですね。ずいぶんと懐かれているみたいで、いいおねーさんって感じでした！」

「あはは……一応、一番の出世頭ってことになってますから。魔力の才能って先天的なものなので、お手本にはなれませんけど、就職先とかは力になってあげたいんですよね。だからおいしそうな案件には、なるべく首を突っ込んでおきたいんです」

む。

アイシャさんが儲け話に敏感なのは、そういう事情であったか……明るくフレンドリーな陽キャに見えるが、この子もいろいろなものを背負っているのであろう。ルークさんちょっと認識を改めた。

「そうでしたか……トマト様の専門店、店員さんの人選については、アイシャさんにもご相談に乗っていただこーと思ってます。あと、田舎での農業に興味を持っている子とかがもしいたら、その時は紹介してください。リーデルハイン領はちょっと遠いですが、とても良い環境ですので！」

なんといっても、これからトマト様の恵みに満ちる予定の地である。だんだん怪しい宗教じみてきたが、いっそ新興宗教でも立ち上げ……いかん。この発想はいかん。

宗教というのはあくまで人間が作るものであって、神様はノータッチである。一応は亜神という建前になっているルークさんがそんなことをやらかしたら、いかにトマト様のためとはいえ、自作自演もいいところ。そんな羞恥《しゅうち》プレイ……はずかしいっ……

思わず目を肉球で覆っていると、リルフィ様のお膝からすっと抱え上げられてしまった。

その手の主はアイシャさん。

「ふふっ……ルーク様、ありがとうございます。ルーク様のそのチョロいところ、大好きです♪　言質《げんち》とりましたからね？」

頬ずりしながらの、いかにも冗談めかした物言いであるが……これは「本心を素直にさらけ出す」という、この子なりの「礼儀」であり「信頼」の表明なのだと、最近気づいた。

天然っぽく見えるアイシャさんだが、実は割と賢いし計算高い。嘘をつくべき場面ではちゃんと嘘をつけるし、貴族達をあしらう程度の話術も備えている。

そんなアイシャさんが本心をぶっちゃける相手は、実はそんなに多くないらしい。

俺の場合は「神様相手に本性を隠してもムダ」とか「かわいい猫さん」という要素があったから、最初から信頼してくれたのだろう。

……「かわいい猫さん」である。異論は認める。ぶっちゃけ「ブサかわいい」の領域に踏み込んでいる自覚はあるが、まぁ無害そうな見た目だとは思う。

しかし俺とアイシャさんがあまり仲良くしていると、リルフィ様のご尊顔からだんだんと表情が消えていってしまうので、適当なところでそそくさとお膝へダイブ。

このタイミングの見極めが、ペットとしての肉球の見せ所である！

その時、クラリス様が俺のしっぽを撫でた。

「……ルーク、あれ」

クラリス様が指さした先では、移動式の露店が設営の準備中であった。

扱う品は焼き魚らしい。王都は海から遠いので、鮎とかヤマメのような川魚であろう。

手描きの立て看板には、お魚くわえた黒猫の絵。だいぶデフォルメされているが、まるで魔導師みたいな帽子と外套を身につけており、なかなかかわい……見覚えがあるな？

店主のおっちゃんが威勢よく声を出し始めた。

「さあー、いらっしゃい、いらっしゃい！　昨日の猫騒動の折！　こちらが猫の使徒様にご賞味いただいた、香魚《こうぎょ》の塩焼きだ！　王都を救った猫様もお認めになった極上の味、今日の仕入れは先着四十九匹！　早いもの勝ちだよー！」

まだ焼き上がる前から、ちらほらと人が並び始めた。

……アーデリア様を迎撃した『猫の旅団』。

その中でも、街中に散って王都上空に魔力障壁を展開した『黒猫魔導部隊』――

あの戦いの最中、露店の店先からぽろりと地面に落ちてしまった焼き魚を、何匹かのドラ猫どもが失敬し逃亡した。その略奪の光景を、ルークさんも上空から見ていた。

あの店か。

（……リルフィ様、すみません……三匹ほど購入をお願いします）

まさか名乗り出て「ごめんなさい」するわけにもいかぬ……！

また先方も商売に利用できているようだし、申し訳ないがご勘弁願おう……

「あ、私も食べたい」

と、クラリス様が手を挙げた。

「三匹と言わず、人数分でいいんじゃないですか？　フランベルジュ一本じゃおやつにも足りません し。僕とサーシャで買ってきますから、ルークさん達はここで待っていてください」

主のために無言で先に立っていたサーシャさんに続いて、クロード様もベンチから立った。

やがて、並ぶ人達の会話が漏れ聞こえてくる。若い親子連れだ。

「しかし、あの大量の猫達、なんだったんだろうなぁ……精霊同士のいざこざだったって噂、信じるか？」

「信じるも信じないも、わけがわからないうちに消えちゃったし……うちのベランダに来てた子は、優雅にお水飲んで帰っていったけど……」

「ねこさんかわいかったーー！」

ルークさん、ほんのりとドヤ顔。お子様ウケの良いデザインは大事である。

……ついでに俺が把握していないやらかし案件が他にもありそうだが、何か大きな被害が出ていたら噂になってるだろーから、とりあえずは大丈夫だろうか……たぶんルーシャン様のほうで（趣味で）情報収集してくれているとは思うけど、近いうちに確認しておこう。

おさかなの焼ける香ばしい匂いにじゅるりと唾液を飲み込み、俺はフランベルジュの肉汁と脂がついた肉球を、ぺろぺろと舐め回したのであった。

余録1　夜会の作法

人間の指というものは、多くの野生動物に比べて、細長く器用にできている。

それは道具の製作と使用に適した形状である反面、多くの獣が持つ「鋭い爪」と「頑強さ」を犠牲にしており、この長い指をわざわざ畳んで「拳」にすることで、人はどうにか「打撃力」を確保してきた。

掌打、という攻撃手段もあるにはあるが、基本的に「相手を殴ろう」と思えば、人は「拳」を握る。

「……というわけなので、ユナさんも夜会では拳を握らないでくださいねぇ。それは淑女のたしなみではありません」

「――でも私、淑女じゃなくて拳闘士なんですけど……」

「……あくまで一般的なマナーの話ですよぉ？　私、そんなに難しいこと言ってます？」

拳闘場『戦乙女の園』の広報官、ジェシカ・プロトコルは、自らの業務からは逸脱した『個別マナー講習』の場にて、どうにも途方に暮れていた。

今日の生徒は『ユナ・クロスローズ』――先日の王国拳闘杯で準優勝を果たした、人気急上昇中の若手拳闘士である。

清楚っぽい見た目とは裏腹に、脳筋だとは知っていた。

根っからの体育会系だということもわかってはいた。

しかし一応、社会常識や上下関係はわきまえている様子だったし、言葉遣いや態度もそれなりに丁寧だったため――正直に言って、油断していた。

……まさか、ここまでひどいとは。

「……あのですね、ユナさん。社交会の場で、殿方を殴ったらいけないということくらいは理解してますよねぇ？」

とうのユナは、やや不思議そうに首を傾げる。

「当たり前じゃないですか。街でもそんなことしませんし、リングの上で殴ってるのも女の子ですし」

「間違っても『殿方じゃなくてご令嬢なら殴っていい』って言ってるわけじゃないですからねぇ？　さっきから言葉の端々に想定外の受け答えが混ざるので、なんか不安になるんですよ。もう一度言いますが、夜会では拳を握らないでください。指は『こう』、あくまで自然体です。あの場に、貴方が殴ってもいい相手は誰一人として存在しません。あ、ノエルさん以外には、っていう意味ですが」

「それはもちろんわかってます。ただ、あの……私、緊張すると、つい臨戦態勢になっちゃうっていうか……とりあえず拳を握っておけば『いつでも殴れる』っていう安心感があるので、気分が落ち着くというか……」

「……そこだけ聞くと小動物みたいな怯え方なんですけど、ぜんぜんかわいくないですからね？　それは人としてダメなレベルですからね？」

ユナが上目遣いに確認を求める。

「あの、でも……たとえば体を触られたり、喧嘩を売られたらさすがに殴ってもいいんですよね？」

「……だめですよぉ？　貴族ですよぉ？　たとえ相手がタチの悪い酔っ払いでも、絶対に手を出しちゃダメですからね？」

ユナが心底、不思議そうな顔をしている。これはヤバい。

「……いいですか、そういう時はノエルさんを呼んでください。ていうかもう、夜会でもなるべくノエルさんと一緒にいてください」

あの王者のほうが『まだマシ』という事実に恐れ慄《おのの》きつつ、青ざめたジェシカ・プロトコルは必死で対策を考える。

どうする？　いっそ自分もついていくか？　いやしかし、招待状はあくまでユナとノエルにしか届いていないし、付き添える立場でもない。

プロトコル家は学問に強い家柄だが、貴族ではない。かつての当主や親族が、一代限りの官僚用の爵位を得たことは幾度かあるが、当代は無爵である。

一応、今後の期待株としては、姪のナスカ・プロトコルが王立魔導研究所に在籍しており、宮廷魔導師ルーシャンの弟子になっているが――この姪がまた癖の強い性格で、少なくとも監視役や引率役が務まるタイプではない。しかも魔導閥の人員だけに、アルドノール侯爵の夜会などには出ないだろう。

頼れる相手がほとんどいない場に、眼の前の世間知らずな脳筋を放り込む――それがどれほど危険な賭けか、ジェシカは今更のように思い知った。

こうしてみると、本人が「夜会なんて出たくない」としきりに言い張っていたのも、むしろ「そのほうが周囲に迷惑をかけなくて済むから」という、彼女なりの気遣いだったような気さえしてくる。

「……ユナさん。当日、参加しそうな、貴族の知り合いとかいないですかぁ？」

「いないです。夜会なんて初参加ですし、普段は練習と試合ばっかりですから、そういう知り合いができる機会もあるわけないです」

淡々と応じるユナの前で、ジェシカは机に突っ伏した。

……ジェシカの知り合いの貴族を頼ることは、できなくもない。だが、もしもユナが夜会で問題を起こしたら、そちらにも顔向けできなくなる。

「…………侯爵家での夜会は、明後日《あさって》の夜です。それまでに完璧なマナーを身につけるのはもう不可能ですので、せめて『やっちゃいけないこと』だけ憶えてください。罵詈雑言《ばりぞうごん》とかは言う性格ではないので大丈夫そうですが、まず『誰も殴らない』『手を出されても殴らない』『反射的に殴るのもなし』『拳を握るな』――以上です」

拳闘士相手とはいえ、このレベルの助言が必要になるケースなどそうそうない。ジェシカの言葉に、ユナは一応、神妙に頷いている。『この助言が冗談として笑い飛ばされず、ちゃんと通じている』時点で、その事実が余計に怖い。

「……軍閥の貴族の夜会は、基本的に変な人は少ないです。少ないですが、『いない』わけではないので、もしも絡まれたら逃げてくださいね。『ちょっと気分が悪くて』とか言っておけば大丈夫です。あと、普通に体目当てにナンパしてくるアホもいるかもしれませんが……ユナさん、たとえばどうやって断りますか？」

ユナが少し考え込んだ。

「えっと……殴ったらダメなので……こう、鼻先に、寸止めのジャブ――」

「殴る『ふり』もダメですぅ。拳に頼らない生き方を覚えてくださいねぇ……」

……いや、気持ちはわかる。アホ相手にはそれでもいいと、ジェシカも内心思ってはいる。しかし通じているようで、やはり致命的なズレが発生している。

相手が『貴族』である以上、誘いを拒絶するにもそれ相応の気遣いや話術というものが求められる。

「そういう時はですね。『ご冗談を』とか『お戯《たわむ》れが過ぎますわ』とか微笑んで、そそくさと逃げればいいんです。向こうも体裁《ていさい》があるので、人目があれば無理強《むりじ》いはしてきません」

「なるほど……勉強になります」

ユナは律儀に、手元のメモへ『ごじょうだんを』『おたわむれがすぎますわ』などと書き込んでいる。根は真面目なのだ。だから余計にタチが悪い。

「……でも、そんな相手に微笑むのは難しそうですね……睨《にら》んじゃダメですか？」

「……本当はダメですけど、もうユナさんはそれでもいいです……殴るよりは全然マシなので……ていうか、夜会の雰囲気を知っていればそうはならないと思うんですけど、せめてそういうシーンがあるお芝居とか小説とか見たことないです？　童話でもいいですよ？」

「ないです。本当に子供の頃から、ボクシングの練習ばっかりしてきたので」

……この方面で一流に至る人材というのは、やはりどこか常軌《じょうき》を逸《いっ》している。こんな化け物に普通の感性を持つ一般人が勝てるわけがない。

そしてその化け物が、小声で心細そうに呟く。

「そんなに心配なら、ジェシカさんも一緒に来てくれませんか？」

ジェシカとしても、そうしたい思いはあるのだが――

「ええとですねぇ……伯爵家、子爵家くらいの夜会なら、相手にもよりますが、先方に相談した上で潜り込めないこともないんです。ホームパーティーみたいな規模のものもありますし。だから事前に、そういう場で予行演習をしておきたかったんですが――これが侯爵家や公爵家となると、もう付き添いであっても一般人は入り込めません。暗殺とか不審者とかを警戒しないといけないお立場ですから、よほどの事情がない限り、招待客以外は無理なんです」

それを見越して、手近な伯爵邸の夜会へまず連れていくつもりだったが……前後にユナが試合を組んでしまったため、これは流れた。練習不足で試合に挑ませるわけにもいかないし、休養日に連れ出すのは規則違反である。

広報官たるジェシカの立場では、いろいろと嫌なことも言わなければならないが、ユナ達はあくまで『拳闘士』であり、その本分は練習と試合だった。

その意味では、ユナは非常に模範的な……いや、さすがに彼女を『模範』とまでは認めたくない。一般的な常識くらいは身につけて欲しい。

「一緒に行くのは無理ですが、何事もないように心から祈ってます……えっと、あとは夜会に着ていくドレスの調達ですねぇ。紹介したお店にはもう行きました？」

「まだです。明日、行ってみようと思ってます」

ジェシカは呆れた。

「夜会は明後日の夜なんですけど、なんでそんなギリギリなんです？　いえ、所詮はレンタルなんで仕立て直すわけではないですし、あそこの商品はその場でも調整できるので、間に合いはしますが……」

「はぁ……家に置いておくと、飼い猫が汚しそうなので――ギリギリのほうがいいかな、って。どうせデザインとか、あんまりこだわりもないですし」

いっそジャージでもいいくらいです、という恐ろしい幻聴が後に続いた気もしたが、これはさすがにジェシカの考えすぎであろう。もしそうでなかったとしても全力で聞き流す。

「猫ですか……まぁ、夜会のピークはもう過ぎてますんで、今ならドレスの品揃えも充分で、お客も空いている時期だとは思います。あそこの店長は元拳闘士で、うちの服飾部にもいた人ですから腕も確かです。要所に伸縮する素材を使った、無駄に動きやすいドレスも多いですし……いえ、今のユナさんに必要なのは、むしろ手が動かない拘束着《こうそくぎ》みたいなやつかもしれませんが」

ユナが困ったようにかわいらしく笑う。こういう表情も一応はできるのだ。

「いえ。動きづらいやつだと、たぶん普通に動いているだけで引きちぎっちゃうので」

「皮肉なんですよぉ……真面目に答えなくていいんです……」

……不安はあるが、案外、この会話のテンポは貴族相手にウケる可能性がないわけでもない。また、皮肉も平然と受け流す面の皮はむしろ好材料かもしれない。

声質は穏やかで、言葉遣いそのものはまぁまぁ丁寧でもある。そして『拳』に頼りすぎではあるが、滅多なことでは怒らないという美点もあった。

（……実際、悪い子ではないんですよねぇ……）

付け焼き刃にもならないマナー講習を終え、部屋を出ていくユナを見送り——広報官のジェシカは改めて思案した。

（軍閥の、アルドノール・クラッツ侯爵の夜会なら……当然、リーデルハイン子爵家も呼ばれているはず。ライゼー子爵はもちろん出るとして、場合によっては、先日お会いしたクラリス様やクロード様も……いや無理無理！　あんないい子達を巻き込むなんてもってのほか！　……あー、でもノエルさんとは知り合っちゃったから、夜会で会ったらそっち経由でユナともつながるのか……）

色々と葛藤《かっとう》はしつつ——ジェシカ・プロトコルは、悩んだ末にペンをとる。

便箋《びんせん》に綴り始めた文言は、ライゼー子爵に対する過去の非礼への詫びと——少々不安な拳闘士に、夜会でそれとなく気を配ってもらえるよう、懇願《こんがん》する類のものだった。

余録2　スパーリングへのお誘い

市場の露店で巡り会った香魚《こうぎょ》の塩焼きは、たいへん美味であった。

猫さんにとって魚は憧れの味。というか魚食が盛んな国かそうでないかで、猫の好みも違ってくるらしく、海外の猫さんだと魚はあんまり食べないなんて話も聞いたことはあるのだが……猫には禁忌なモノすら平然と飲食する、基本雑食なルークさんには関係のない話である。

前世において、「香魚」とは鮎《あゆ》の別名であった。こちらの魚は鮎とは少し違いそうだが、おそらく近縁の種であり、味覚的にはほぼ同じ。

旨味の中にほど良く潜んだ苦味が実に香ばしく、塩気もちょーど良くてぺろりと平らげてしまった。

これは素材の勝利であろう。手のこんだスイーツも美味しいが、シンプルな焼き魚の美味しさにもまた格別なものがある。ついでに塩にも旨味があるとゆーか、ネルク王国で流通している塩は、ミネラル豊富な実に良い塩である。

フランベルジュに香魚の塩焼きと、二本続けて良質な動物性タンパクを完食し、おなかも膨れたところで――

「……あれ？　アイシャ？」

「え？　あ、ユナ？　……あー……おっすー」

アイシャさんの知り合いらしい通りすがりのお嬢さんが、我々に声をかけてきた。

ジャージ姿ながら、かなりの美少女……見覚えがあるな？

青みがかった黒髪、当然と言わんばかりに整った顔立ち、健康的で引き締まった肌のアスリート系美少女なのだが――

彼女と会うのは、俺も二度目。見るのは三度目だ。

初対面の時は、八番通りホテル前の路上で猫としてモフっていただいた。そして二度目に見かけた時、彼女は熱狂が渦巻くリングの上で、ボクシンググローブをはめていた。

その時のルークさんの知見としては、

「人を見かけで判断してはいけない」という前世と同じ教訓を再確認し、

「打撃の威力を決定づけるのは体重よりも体内魔力」というこの世界ならではの常識を知り、

「筋肉とかわいいは両立する」という重要な新発見をも得た。

つまりこの子は、あの「王者、ノエル・シルバースター」の推し――「ユナ・クロスローズ選手」である！

リルフィ様と出会う前ならルークさんも一目惚れしていそうな逸材であり、先日の拳闘観戦時に入手したポスターもこの子のものだった。

肩や腕などはそこそこ筋肉質だし、腹筋などもキレーに割れているのだが、それでいてゴツくは見えない。まるで美術品のよーに麗しき女子拳闘士様である。

試合中のお姿もとにかくひたすら格好良かった。

飛び散る汗、躍動する肢体、熱い駆け引き――格闘技の試合を生で見たのは、前世も含めて初めての経験であり、たいへんなカルチャーショックであった。

わー、サインとかもらっ……大丈夫ですちゃんと猫のふりしてますバレてないです。

強い上に美人さんであり、王都では人気、実力ともに五指に入るくらいの有名人らしいのだが、アイシャさんとは親しいお友達であるらしい。

「この間はごめんねー。せっかくの王国拳闘杯決勝、応援に行けなくて……ちょうど急な出張入っちゃってさぁ」

「どうせ負けたし、それは別にいいけど……えっと、後ろの方々は？」

我々を見て、ユナさんは不思議そうなお顔。

……いや、実は市場でもちょっと目立ってはいたのだ。

士官学校制服姿のクロード様はともかく、クラリス様もリルフィ様も平民っぽくないし、傍にはメイドのサーシャさんもいるしで、明らかに「貴族」か、もしくは「大きな商会のお嬢様一行」が、王都を見物している感があった。

しかも案内が『宮廷魔導師の弟子』であるアイシャさんなので、見る人が見れば「えっ」と驚いたはず……というか、実際にびっくりして二度見されたことが二度、三度とあったのだが、特に親しい関係ではなかったよーで、孤児院の子達以外に声をかけてくる人はいなかった。

さて、ユナさんに問われたアイシャさんは、ちょっと困り顔。どこまで紹介したものか、俺の判断が気になったのだろう。

でももちろん、我が飼い主たるクラリス様がちゃんとご挨拶をしてくださる。

「はじめてお目にかかります、ユナ様。私はリーデルハイン子爵家のクラリスと申します。こちらは兄のクロードと、従姉妹《いとこ》のリルフィ姉様です。それから親族のピスタ様と、メイドのサーシャ、飼い猫のルーク――」

それぞれが、クラリス様からのご紹介のタイミングに合わせて会釈をする。俺もそつなく無言で一礼……

「えっ……？」

……した後で、「やべぇ」と気づき、何度か頭を振って「こーゆー癖があるんスよ！」みたいな感じに虚無のお顔でごまかした。雑ぅ。

ともあれ、先にお貴族様に名乗らせてしまったユナさんが、慌てて返礼をした。

「……ど、どうも、ご丁寧に恐れ入ります……あの、ご存知みたいですが、拳闘士のユナ・クロスローズです。アイシャの友人でして――」

クラリス様がにっこりと微笑む。社交のためとあらば、こうしてスマートに猫をかぶれるのが我が主の非凡なところである！

「存じています。実はつい先日の、イリーナ選手との試合も観客席から拝見しまして……素晴らしい戦いぶりで、一目でファンになってしまいました」

いわゆる社交辞令とも言い切れぬ。先日の拳闘観戦、意外なことにクラリス様にはけっこう刺さったようで……俺が残念賞で引き換えてきたユナさんのポスターを見て「猫カフェに飾りたい」と言い出したのは、なんとクラリス様である。

でもサーシャさんが「……護身術にご興味が？」と聞いたら「見るのはいいけどやるのはやだ」と

バッサリだったので、猫も一安心。さすがにあぶないからね……体操競技とかフィギュアスケートを見て「すげぇ！」と驚きはしても、「自分もやりたい！」とまで考える人はやはり少数派なのである。

ユナさんが驚いた顔に転じた。

「あの試合を御覧になっていたんですか？ ……あっ！ リーデルハイン家って、もしかして、広報官のジェシカさんのお客様の――？」

「はい。ジェシカさんは私の母の親友なんです。先日、母からの手紙を届けに行ったところ、拳闘場の見学に誘っていただいて。途中から王者のノエル様も合流して、一緒に試合を見ていました」

「あー……ノエル先輩からも聞いてます。そうでしたか……」

ユナさんの視線が、サーシャさんとピタちゃんにちらちらと向いた。これはもしや……強者に反応してる？

サーシャさんは武力Bで拳闘術適性もB、ピタちゃんはあんまり戦いそうな雰囲気ではないのだが、武力Aで兎式格闘術Aである。ていうか兎式格闘術って何。たぶん蹴り技主体のような気がするが、そういや前世にもボー◯ルバニーという即死系のクリティカルヒットを仕掛けてくるウサギがいたような……いや、まさかな……？

一方、話を聞いていたアイシャさんが何故かびっくりしている。

「えっ。クラリス様達のボクシング観戦って、ノエル先輩も一緒だったんですか!?」

これにはリルフィ様が柔らかく応じた。

「はい……ユナさんの試合の前に合流されて、丁寧に試合の解説までしていただいて――」

「だ、大丈夫でした？　失礼なことは……たぶんあったと思いますが、何か理不尽なこととかされませんでした？」

あの王者、信用ねぇな!?　いや、たぶん相当、仲良しさんなだけであろうが……

「いえ、失礼なことなどはまったく……明るくほがらかで、とても素敵な方でした」

リルフィ様のお褒めの言葉に、アイシャさんは苦い顔。

「……そーだった、リングの外では外面《そとづら》いいんですよ、あの人……試合とか練習だとめちゃくちゃ性格悪くて、素人相手にフェイントからの見えないパンチとかぶちこんできますからね。大人げないなんてものじゃないですよ」

これにユナさんが嘆息《たんそく》を返す。

「いや、素人相手って……アイシャは素人じゃないでしょ。職場でも『お行儀のいい狂犬』とか言われてるみたいだし、私とだってほとんど互角に戦えるんだし」

たちまちアイシャさんがキレた。

「何年前の話よ？　今はもう互角とか無理！　こっちは必死で逃げ回ってるだけ！　あんた、私に練習相手やって欲しいとか、うちのチビどもに伝言したみたいだけど、もうほんと勘弁して。普通に次の日、筋肉痛すっごいの。洒落《しゃれ》になんないの」

「えっ……でも、相手がアイシャなら、私も気軽に本気で殴れるし……」

「えっ……なんでそんな『さも当然』みたいな顔して、そんなヤバいセリフ言えるの……？」

——仲良しさんである！（断言）

なかばぼーぜんとしていたクロード様が、控えめに口を挟んだ。

「ええと、あの……お二人は、ご友人だったのですね？」

アイシャさんが疲れたよーに頷く。

「えぇ、まぁ……かれこれ十年来の付き合いです。私、孤児院にいた頃に、拳闘の才能があるって言われてボクシングの練習場に出入りしていまして……そこでユナ達と知り合いました。その後、たまたまお師匠様とも知り合って、魔導師としてスカウトされたんですけど……弟子になってからも、『運動不足解消のために』って理由で、ちょくちょく通わされてしまって……特に、ユナはそもそもの練習量が頭おかしいから、こいつの相手をさせられる機会が多くてですね……まぁ、他の子達も大概なんですけど」

ユナさんがアイシャさんの頭を子供扱いに撫でた。慣れているのか、アイシャさんは抵抗しない。

ちなみに、実はアイシャさんのほうが一つ年上である。前世基準なら学年は同じと思われるので、ほぼ同い年と言って良かろう。

「またそんなこと言って。運動不足がどうこうなんてただの建前で、実際には『友達に会わせるための理由づくり』だったんだから、ルーシャン様の心遣いにちゃんと感謝しなきゃ。あんなにいいお師匠様、なかなかいないよ？」

「……そーね。お師匠様には普通に感謝してるんだけど……でも、人を『気軽に本気で殴る』連中を友達扱いするのはちょっとなぁ……」

そういう競技である。いやまぁ、今のアイシャさんは魔導師なので、確かにガチの練習相手にされるのは不本意であろうが……

さて、この流れでユナさんがちらりと視線を向けた先は――

「……ところでさ、アイシャ。そちらのメイドの、サーシャさんって……経験者だよね？　それもかなりイケる口《クチ》の……もしよかったら、スパーとか……」

「…………いやいやいや。ダメだからね？　やらせないよ？　止めるからね？」

アイシャさんが慌てて遮《さえぎ》ったが、ここでとうのサーシャさんがわずかに首を傾げ、クロード様の顔色をうかがった。

「……あの、クロード様……せっかくの機会ですので――もし、差し支えなければ……」

「え」

クロード様が頬をひきつらせる。猫もさっと視線を逸らす。展開は読めた。しかし猫から言う事は何もない……

「サーシャ、えっと……もしかして？」

「……正直に申し上げますと……王都までの旅路と、この滞在期間で、かなり体が鈍《なま》ってしまったもので……できればそろそろ、思いきり体を動かしたいというのが本音です」

リーデルハイン家の武闘派メイド・サーシャさんは拳闘適性B――これがどのくらいのレベルなのか、以前の俺には把握できていなかった。しかし王都での拳闘観戦を経て、彼女の武力は王都の一流拳闘士達と近いレベルにあるのでは？　という推論を得ている。

さすがに王者ノエル先輩やユナさんには及ばぬだろうが、おそらく「いい勝負」ができてしまうレ

ベルであり……割と脳筋である！（ぶっちゃけた）

いや！　日常生活はしっかりしているし、家事とかもお得意だし、気遣いも細やかな優しい女の子であることは間違いないのだが！

それは！　それとして！　脳筋でもある！（二回目）

サーシャさんからの珍しくもかわいいおねだり……おねだり？　を受けて、クロード様はしばし困惑した後……妹のクラリス様へ視線で助けを求めた。

「ク、クラリス？　いいのかな？　ちょっと僕には判断がつかないんだけど……」

「別にいいんじゃない？　ノエルさんからも練習場へ遊びに来てって言われたし。サーシャにもストレス解消は必要だと思う」

「ええ……ル、ルークさんは……？」

「にゃあーん」

今の俺はただの猫さんなので、リルフィ様に抱っこされて甘えるのみである。ちょっと興味があったりもするし、サーシャさんがやりたいなら別に構わぬ。

……クロード様とサーシャさんのデートコースとしてはだいぶアレだが、それはまぁ今更であろう。てゆーかユナさんの目の前で猫の俺に確認を求めるとか、クロード様もだいぶ動揺しているな？

「じゃあ……うん。あの……サーシャ？　怪我しない程度でね……？」

「はい。ありがとうございます。では一度、宿に戻って、練習用の靴とウェアをとってきますね」

なし崩し的に一応の許可を得たサーシャさんは……笑顔こそないものの、明らかに目をキラキラさせていた。そっか……サーシャさんって、楽しいとこういう感じになるんだ……てゆーか、楽しいんだ……？　あんまり似てないと思ってたけど、やっぱヨルダ様の娘さんだな……？

そんなこんなで我々（とゆーかサーシャさん）は、まるでお茶会に誘われるかのよーな気安さで、現役拳闘士からスパーリングに誘われたのであった。

……大丈夫？　こっそりスポ根ルートとかに入ってない？


宿でサーシャさんの着替え一式を回収した後、ユナさんの案内で辿り着いた「練習場」は、職人街からほど近い運河の傍にあった。

要するに前世でいうところの「ボクシングジム」である。王都にはこの手の施設がいくつもあり、こちらは拳闘場『戦乙女の園』が直接管理している物件、もちろん女子専用。ユナさんや王者ノエル先輩達のグループは、主にここを根城にしているとか。

別に他の選手が使えぬというわけではなく、「戦乙女の園」の所属選手であれば出入りは自由。近所の子が集まる練習場、という立ち位置だ。

選手寮住まいのノエル王者にとってはちょっと遠いのだが、アイシャさんいわく、ノエル先輩はユナさん目当てにここへ通っているそうな……別にホストクラブとかキャバレーの類ではない。本人の感覚としては近いのかもしれぬ。

練習場の敷地は、道からは見えないようにレンガ造りの高い壁で囲われていた。その内側に建つ二棟の建物は、片方がリングや運動器具などを揃えた練習場、もう片方が更衣室、シャワー室、休憩室など、水回りその他をまとめた施設となっている。屋外の運動場などはないが、ちょっとお茶を飲むのに良さげなオシャレなオープンテラスとかもある。前世の一般的なボクシングジムより環境いいな……？

メインの練習場は一階建ての木造建築で、かなり天井が高い。ほぼ二階の高さの吹き抜けといって良い。床は板敷きで、「狭めの体育館」といった雰囲気。

高い位置に採光用の窓がそこそこあり、だだっ広いので風通しも良い。

中央にはしっかりとした標準サイズのリングがあり、その周囲にパンチングバッグやら筋トレ用の器具やら、ボクシンググローブを収納した棚といった、前世でも見覚えのありそうな器具類が並んでいる。

その多くが金属製ではなく木製なあたりは異世界感があるのだが、まぁ転生者とか転移者の遺物だろーな……そしてここでもやっぱり、「金属は高い」という世知辛い現実を思い知るルークさん……トマト様の缶詰……（意気消沈）

さて、室内には三人の練習生。

パンチングバッグを叩く子と、反対側でそれを押さえる子と……あともう一人、見覚えのある現役王者が縄跳びをしている。

あれはノエル先輩……！

先日の拳闘観戦で同席してくれた陽キャである。

真面目に練習している光景はいかにもボクシングジムっぽいのだが、王者の手足についている「重り」がやけにでかい。おそらくは砂を詰めた布袋で、もう見るからに重そう。

「あっ！　ユナとアイシャと……えっ、リーデルハイン家の方々⁉　ほんとに来てくれたんだ⁉　わー、うれしー！」

ノエル先輩がたちまちクラリス様へ飛びつきそうになり……自分が汗だくなのに気づいて、直前で踏みとどまった。かしこい陽キャである。

「えっ、お貴族様の見学ですか？」

「ノエル先輩とユナの知り合い？」

残る二人の拳闘女子も、練習を中断して我々のもとへ駆け寄ってきた。この子達も現役選手のようだが、やっぱり顔がいいな……？　ネルク王国の顔面平均値高すぎでは？

ご挨拶（俺以外）の後、「ユナさんとサーシャさんがスパーリングをやる」と聞くなり、彼女達はユナさんの背中を軽くひっぱたいた。ツッコミ役かな？

「あんたって子は、また……！　夜会は明後日《あさって》でしょ？　わかってんの？」

「怪我しても治癒士に治してもらえばいいやとか思ってるでしょ？　あの子達だって忙しいんだからね？　そもそも回復魔法だって使う側は疲れるんだから」

ユナさんが軽くむくれる。

「最近、練習とか試合とかすると怒られるんだけど、理不尽すぎない？」

「時期を考えろって言ってんのよ」

「せめて夜会の後なら誰も何も言わないよ？　あんた一応、王国拳闘杯の『準優勝者』だからね？」

ユナさんは不満げだが、一応、道中で「打撃は当てずに寸止めのマスパーで」「準備運動の後に3分3ラウンドでやってみて、お互いに物足りないようなら追加」という感じで、いろいろ配慮した提案をしてくださっていた。

グローブも綿が柔らかめで大きめのものを使うそうで、これは当たってもほとんど痛くないらしい。そもそもの身体能力がヤバすぎるので、ガチ殴りだとそれでも危険なのだろうが、とりあえず先日見た試合のよーな激戦にはならぬはずである。

あと練習生二人からは軽めに叱られたが、一方で王者ノエル先輩は「私も！　私もやりたい！」と手を挙げてアピールしてきたので、「やっぱり似た者同士なのでは？」という疑惑が深まった。

せっかく確保した練習相手を横取りされまいと、ユナさんがいそいそとサーシャさんの手を引く。

「じゃ、サーシャさん、こっちです。更衣室とシャワー室は隣の建物なので……あ、ここ、魔道具で沸かした温水のシャワーも出るんですよ。練習後にぜひ使ってください」

ほう？　給湯器（※魔道具）があるのか。こちらの世界ではかなり高価な品だと聞いているのだが、よくこんな練習場に――とか思っていたら、お二人が移動した後、アイシャさんがそっと耳打ちしてくれた。体裁としては、俺を抱えているリルフィ様へ話しかけている感じである。

「この練習場は、拳闘を積極的に支援してくれている貴族の敷地と隣接していまして……そこのご当主がユナやノエル先輩のファンなんです。その御縁で、お湯も配水管を通して分けてもらっています。

お湯が冷めやすい冬場なんかは、竈《かまど》で沸かした普通のお湯をタンクに足したりもしますけど……これはまぁまぁ手間ですね。あ、シャワーそのものは魔道具じゃなくて足踏み式です」

あー、そういう流れか……こういう金銭面以外での支援は、なかなか馬鹿にできぬ。日々のことだし影響も大きいと思われる。

明らかにわくわくしているユナさんとサーシャさんが更衣室へと移動し、残された我々は手近なベンチへ。

俺はリルフィ様に抱っこされたまま、そしてクラリス様はピタちゃん（人間形態）に抱え込まれ、並んで座る。ピタちゃんはにこにこしているがおとなしい。

喋ると「あれ？　幼児？」と思われてしまうため、「人前ではなるべく無言で」と指示してあるのだが、こういう指示にはちゃんと従ってくれるあたり、やはり賢い子である。ちょくちょくボロを出す猫より賢い可能性まである。

しかも黙っているとけっこう高貴な雰囲気まで漂ってたりするので、深窓の令嬢っぽく見えて割とごまかしが利く――重ねて言うが、喋ると台無しである。

さて、ユナさん達が更衣室へ移動した後。アイシャさんとクロード様は、何故か互いに頭を下げあっていた。

「……なんか、すみません……うちのユナが、ご迷惑を」

「あ、いえいえ……あの、うちのサーシャこそ、お手数をおかけして……」

そして「あははははは」と空虚に笑い合い……揃って溜め息。息ぴったりですね……？

「ユナもねー……練習相手に餓《う》えていて……まぁ、仕方ない面もあるんですよ。上位ランカーには警戒されちゃってあんまりスパーとかしてもらえないですし、相手してくれた場合でもお互い手の内は隠すのが当たり前なんで……ノエル先輩はよく相手してくれてますけど、いつも同じ相手っていうのも微妙ですし。かといって下位の選手だとだいぶ物足りないみたいで、新しい刺激が欲しいんだと思います」

「はぁ……でも、よくサーシャが拳闘の経験者だってわかりましたよね？　そんな感じには見えないと思うんですが、拳闘士ならわかるものなんですか？」

「んー。ガチ勢にはわかりますね。姿勢と、重心と、歩き方と、筋肉の付き具合と……一番のポイントは目線ですかね。ユナいわく『この人の強さはどのくらいかな』って、お互いに探りあう気配が伝わってくるとか……」

ノエル先輩もこの話に加わる。

「むしろサーシャさんはわかりやすいかなー。警護役としての習慣なんでしょうけど、『相手の強さ』を見極めようとするところがありますよね？　要人警護のためには、周囲にいる人間の強さを把握するのって大事なので。そういう視線には、私らもけっこう敏感に反応しちゃいます。ただ……そんなの一切関係ない、格の違う強者もたまにいますけど」

ノエル先輩が、そんなことを言いながら若干そわそわ。

タオルで汗を丹念《たんねん》に拭《ぬぐ》った後、彼女は上目遣いにリルフィ様を見た。

「ところで、あのー……実は私、猫大好きで！　もし差し支えなければ、ちょっとだけ、ルークさんを抱っこさせていただけませんか？」

ふむ？　まぁよかろう（えらそう）

王者には媚びを売っておきたいし、猫扱いしていただけるなら望むところである。

俺の意思をどう確認したものかと戸惑うリルフィ様に、取り急ぎメッセージを送る。

（こちらはＯＫです！　怪しまれても困るので、普通に渡しちゃってください）

「あ、はい……それじゃ、あの……どうぞ――」

リルフィ様の返事は俺に対してではなく、ノエル先輩に向けてのものである。

俺はあくまで普通の猫のふりをして、ぐんにゃりと身を預ける。

む。以前に路上で抱っこしてもらった時はジャージなので暖かかったが、今日は肌がちょっとひんやりしてる。薄着で運動して汗を拭った直後なので、むしろ肌の表面温度が低くなっているのだろう。

お胸に埋もれるよーに抱っこされ、間近で見つめられること数秒。

――ノエル先輩は、くりくりした眼を見開き、じっっっっっっっっと俺を観察していた。

「やっぱり……ねぇ、アイシャ。この子さぁ、この間、王都上空で、猫の大軍を指揮してた子に毛並みが似てない？」

場の空気がぴしりと凍った。

……ノエル先輩は、陽キャの癖に細かいことを気にする……（カタカタ）

数日前に拳闘場で遭遇した時も、「もしかして神獣では？」みたいなことを言われてびびったが、あの時はうまくごまかしたはず――

アイシャさんが「何を馬鹿な」と言わんばかりに肩をすくめた。猫より演技が上手い……

「……いやいや、上空のあんな高いところにいたのに、まともに見えるわけないでしょう。適当なこと言わないでくださいよ」

「えー？　でも私、めちゃくちゃ目が良いんだよ？　あの日、急に現れた猫さん達はみんなかわいかったけど……特にあの、白い翼の生えた猫に乗った、マントを羽織って帽子をかぶったキジトラ柄の猫さん！　顔の大きさといい手足の短さといい、丸々とした体型が、もうほんと理想的なかわいさで……」

お胸に埋もれた俺の頬肉をむにむにと指先でいじりながら、ノエル先輩はにこにこと……何やら確信に満ちた眼差しで、こちらの目をじっと覗き込んでくる。

……にゃーーーーーん。

肉球から冷や汗ダラダラで毛を逆立《さかだ》てていると、アイシャさんに首根っこを掴まれて引き上げられた。ぐるるるる。

「もー、急に何言ってんですか、ノエル先輩。先輩がヤバい顔するから、猫ちゃん怯えちゃったじゃないですか。かわいそーに。ほーら、よしよし。こわかったねー。こわいおねーちゃんだったねー。もう大丈夫だからねー」

あやし方がとてもわざとらしい。全力でごまかそうとしているのは理解できるが、逆効果ではあるまいか？

しかしそうは言っても、「どうすんだこの空気」とみんなが戸惑う中で、アイシャさんがこうやって冗談めかして対応してくれるのはほんとありがたい……！　精神的強キャである。

ノエル先輩がけらけらと笑った。

「あはは、ごめんごめん。あんまり毛並みがよく似ていたから、ついね。あんな距離じゃ、確かに顔つきまではわからなかったし」

話題が一段落したところで、クロード様がおずおずと控えめに手を挙げた。

「あの、ところで……今更なんですが、僕、普通にここにいていいんでしょうか？　いま気づいたんですが、この練習場ってもしかして男子禁制なんじゃ……？」

スポブラ姿のノエル先輩が近くで当たり前のよーにくつろいでいる状況に、ふと不安がわいたらしい。さらなる追及に怯える猫への助け舟も兼ねた話題転換であろうが、この不安も間違いなく本音と思われる。

年下の男の子の猫よりかわいらしい反応に、ノエル先輩が「あはははは！」とおかしげに笑った。

「ゲストはさすがに大丈夫ですよー。もちろん普通の飛び入り見学とかはダメですけど、私やユナが呼んだんですから、そこは安心してください。むしろ一緒に練習していきます？　スパーの相手なら承りますけど」

「いえ、結構です」

日頃は割と優柔不断気味なクロード様であるが、こういう時だけはちゃんと即座に拒否できる……現役王者との対戦とか、話の種としては美味《おい》しいと思うのだが、そこはまぁクロード様なので仕方あるまい。猫的には拳闘AとCの適性の差をちょっと見てみたかった感もあるが、それをクロード様に願うのは酷であろう。

そうこうしているうちに、着替えを終えたユナさんとサーシャさんが戻ってきた。

揃ってスポブラ＋短パンという軽装で、足元にはリングシューズ兼用のスニーカー。

……そう、スニーカーである……このネルク王国、鉱物資源には乏しいのだが、代わりに植物を原料とする紙系、布系、縫製系の技術力が半端ない。

靴底などに使われる天然ゴムは樹液の一種であり、該当する木さえあれば、技術的には抽出《ちゅうしゅつ》、加工が容易である。前世でも南米の原住民が靴底とか防水布とかゴムボールとかに活用していたそれを、コロンブス以降の西洋人達が発見して母国に持ち帰り、産業の発展に活用したわけで——原料そのものは、別に近代の発明品ではないのだ。

コルクや植物油、特徴の違う様々な木材など、その他の植物系原料もかなり良質なものが普及しているし、魔獣からとれる前世にはない特殊素材などもあるので……なんとマジックテープやファスナーまで既に発明されている。どうやって作っているのか、企業秘密の壁もあって猫はまだ知らぬが、精度は前世に劣るもののちゃんと実用範囲だ。

ファンタジー感は薄いものの動きやすいスポーツウェアに着替えたお二人は、リングサイドで準備運動を始めた。いわゆる動的ストレッチというやつである。軽く跳ねたり手足を振ったり、シャドーとか——そして練習生二人にミットを持ってもらい、軽快なミット打ち。

……わかりやすい笑顔とかはないのだが、サーシャさんがいつになく生き生きとしておられる。顔立ちは美人さんなのに、思考と嗜好《しこう》が完全に体育会系なのだと改めて思い知らされた。武闘派メイドェ……

「兄様、心配？」

ウォーミングアップを続けるサーシャさんとユナさんを眺めつつ、クラリス様が問う。

クロード様はなんともいえない苦笑い。

「ユナさんも加減はしてくれるはずだし、別に心配ではないんだけど……どういう展開になるか、不安ではあるかな――」

アイシャさんが深々と一礼した。

「……先に謝っておきます。ごめんなさい。ユナはリングの上では手加減とかできません。あのバカは常に猪突猛進の全力全開『しか』できないので……本人がどんなに『ちゃんと手加減している』と主張しても、あくまで本人がそのつもりなだけで、周囲から見たらガチです。そこは諦めてください」

クロード様の頬が引きつった。

「……え、えぇ……？　い、いえ、でも、使うのは練習用の柔らかいグローブで、魔力も込めないでしょうし、さすがに怪我とかは……？」

「……怪我はさせないと思いますけど、吐いたり普通にＫＯされたりは覚悟してください。相手が弱ければさすがに配慮しますけど、たぶんサーシャさんもかなりの実力者なので、お互いに調子が出てきたら、流れでガチバトルになると予想しています」

「………………セコンドにつきます。いいですよね？」

クロード様は哀愁漂うお顔に転じつつ、足早にコーナーへ向かった。

次いでアイシャさんは、かたわらのノエル先輩を見る。

「先輩もレフェリーお願いします。あんまり白熱するようなら、うまく誘導して冷静にさせてくださいね」

「えー、ガチバトル見たい……ごめんなんでもないです誠心誠意務めさせていただきます」

アイシャさんから猛獣じみた笑顔を向けられて、王者は即座に戦略的撤退をした。アイシャさんはね……そうそう怒らないけど、たぶん怒らせると怖いタイプだよね……

そして練習生Aさんがユナさんのセコンドにつき、Bさんが砂時計とゴングの担当。

クラリス様、リルフィ様、ピタちゃん、アイシャさんと猫が、観客席とゆーか壁際のベンチに陣取ったため、俺もごく小声でなら会話できる状態となった。

ノエル先輩とか耳も良さそうなのであんまり大っぴらに話す気はないが、一言二言であれば問題なかろう。

「サーシャ……大丈夫でしょうか……緊張はしてなさそうですが……」

リルフィ様はちょっぴり心配げであるが、本人がやる気満々なのでまぁ……

一方、我が飼い主たるクラリス様は泰然自若《たいぜんじじゃく》である。

「あくまで練習なんだし、本人も体を動かしたいだけみたいだから、そんなに心配しなくていいんじゃない？　それにたぶん、いい勝負になると思う」

確かにどっちもステータス上の武力はBなんだよな……

ユナさんはBの上澄み、あともうちょっとでA！　という立ち位置ではないかと予想しているのだが、サーシャさんの実力がどうにも不明である。

俺としてもこのスパーリングは見逃せない。

両者が練習用の大きめなグローブをつけて、リングへ上がり——

ただのスパーリングとは思えない緊迫感が漂う中、開始のゴングが鳴らされた。

余録3　全力全開ガチバトルは夜会の直前にやるものではない

——ゴングが鳴った瞬間、「バシィ！」とやべぇ音がした。

どちらかの打撃が当たった……わけではなく、ユナさんが繰り出したジャブを、サーシャさんが利き腕のパンチで弾き返した音である。

互いのグローブが絶妙なタイミングで衝突した結果の音であり、野球でたとえるなら「様子見の速球（ボール球）を、あえてファールで狙いすましてカットした」ような……要するに、「挨拶」と「それに対する痛烈な返礼」であり、この瞬間、ユナさんがはっきりと笑顔に転じた。かわいいけどこのタイミングだと完全にやべぇ顔なんですよね……

相手めがけて突進するユナさん。

対するサーシャさんは、サイドステップとバックステップを織り交ぜていなしつつ、すれ違う勢いで前にも出て、闘牛のようにこれを翻弄《ほんろう》する。

第1ラウンド開始早々に繰り広げられたこの「間合い」を巡る攻防は、さながら鍔迫《つばぜ》り合いの様相であった。

リルフィ様に抱っこされた猫がぼーぜんと見守る中、ガードした腕を殴る音、パンチをパンチで弾く音（パリィとかパリングというらしい）、リングに踏み込んだり、タタン、とリズミカルに跳ねる足音が幾重にも重なり——特に有効打がないまま、緊迫の1ラウンドが終了する。

……いや、そもそも「寸止め」という約束だったし、有効打があったらマズいのだが、初っ端からとんでもないものを見せられた……

ひたすら突進、相手を追い詰めようと追いかけ回すユナさんと、それを華麗すぎるフットワークでさばき続けるサーシャさん——これが実戦であればめちゃくちゃ相性の悪い相手だが、練習相手としてはまさにベストマッチ。ユナさんなんかもうキラキラを通り越してギラギラし始めてる……

運動量がえげつないため、たった1ラウンドでも双方汗だくである。

早くもドン引きしている猫とは裏腹に、クラリス様は冷静に状況を見ていらした。

「フットワークはサーシャのほうが上……でも突破力とか一撃の重さが文字通りの桁違いだから、かわすので精一杯なのかな。第1ラウンドはユナさんも様子見だったみたいだし」

あれが様子見!?　……こっちの世界ではきっと、強行偵察で手当たり次第にロケットランチャーとか乱射しても「あくまで様子見なんで！」って感覚なのだろう。単純に翻訳の不具合かもしれぬ。

アイシャさんが目元を押さえ唸っている。頭痛かな？　きもちはわかる……

「……だいたい想像していた通りではあるんですが——あれですね。サーシャさんのフットワークも切れ味がものすごいですね。ユナの突進をあれだけきれいにさばける拳闘士なんて、上位にもそんなにいません。だいたい付き合わされて打ち合いに持ち込まれて泥仕合、っていうのが基本パターンなんで……ああいう捕まえにくい相手は、ユナにとって天敵なんです。期待以上にいい練習相手になっちゃいましたね」

なんかあれだな……ユナさんがやんちゃな猫さんで、サーシャさんが猫じゃらしみたいな感じ……？（猫的視点）

さて、リングのほうでは、サーシャさんのセコンドについたクロード様が、汗を拭いたり口に水を含ませたりと甲斐甲斐しくサポートをしつつ、耳元に何か囁いている。

ボクシングの中継映像とかでよく見るシーンだが、あれは何を話してるんでしょうね……「相手をよく見て」とか「手を出していけ」とか「落ち着いて体力を温存しろ」とか、そういう戦術的な助言だとは思うのだが、クロード様が今のサーシャさんに向けて何を言うのか、ちょっと想像がつかぬ。

というわけで竹猫さーん。

（にゃーん）

盗聴が得意なスパイ系猫さん、中忍の竹猫さんに、音声を拾いに行ってもらった。

『……圧がすごいです。ステップを一歩間違えただけでもコーナーに押し込まれそうで──』

必死に呼吸を整えながらサーシャさんが呟けば、クロード様もしかめ面で応じる。

『生半可《なまはんか》なパンチじゃ止まらない勢いだ。カウンターをいれようにも、ガードが固いし反撃も怖いし……フットワークはどうにか通じたけど、2ラウンド目ではたぶん慣れてくる。動き方とテンポを少しだけずらしていこう』

『はい。行ってきます』

たった一分のインターバルを経て、サーシャさんがコーナーから再び立ち上がる。

呼吸は整っているが、汗はぜんぜん引いていない。

一方のユナさんも似たような状態であるが、ゴングと同時にコーナーから飛び出し、一気に加速して突っ込んでくる。

そのまま迎え撃つと逃げ場のないコーナーに押し込まれるため、サーシャさんはロープに沿うような形で華麗にサイドステップ――足さばきがスムーズすぎて、もはや氷上を滑っているかのようだが、ユナさんもそれに反応し方向を調整してきた。

そして暴風じみた鬼ごっこがまた始まる。

「マススパーだから！　二人とも、寸止め忘れないでよ!?　特にユナ！　後でアイシャに怒られるの私なんだからね!?」

レフェリーのノエル先輩が、リング上で邪魔にならぬよう立ち回りながら声をあげた。

有効打はないのだが……ユナさんの空振りは傍目《はため》にも恐怖を感じる勢いであり、練習用の柔らかいグローブでさえKOにつながりそうな迫力。てゆーかガードできても、やべぇ音とともにガードごとサーシャさんの体が浮く。いや、アレは自ら飛んで衝撃を逃がしているようだが、大きく弾かれるせいで余計に迫力がマシマシであり、猫さん的にはもうあわあわと口元を肉球で覆ってしまう。

一応、以前の観戦時と違ってグローブが光ったりはしていないので、体内魔力は込められていない

とわかるのだが、微塵も安心できない。

俺を抱っこしたリルフィ様までおろおろしていらっしゃる。

「……あ、あの、寸止めのはずでは……？」

「ガードの上から殴るのと空振りに関しては、寸止めしなくてもいいんです……私も納得いかないんですけど、拳闘士の間ではそれが常識らしくて。私がユナ達の練習に付き合いたくない理由の一つですね……」

あー。いや、それはわからんでもない……ガードの上から殴って、相手がよろけたところを狙うとか、あるいはガードに意識を向けさせて別のところを叩くとか——そういうコンビネーション系の練習をする場合、すべてを寸止めにすると成立しにくい。有効打になりそうなパンチだけ止める、というのは、少々危険ながら合理的でもある。

とはいえガードした腕が腫れることもあるだろうし、やはり夜会の二日前にすることではない。ユナさんはたぶん「それくらいなら長い手袋で隠せばいいや」とか思ってそう。

……あ、でも体内魔力を防御に使ってたら、それぐらいは平気なの？　このあたりのさじ加減が一介の猫さんにはまだわからぬ……

サーシャさんのパンチも、鞭のようにしなってピシパシとガードの上に当たってはいるのだが、突っ込んでくるユナさんの勢いを止めることはできず、また腰が入っていない手打ちの打撃なので威力もない。

踏みとどまって強い打撃を打とうとすれば、たぶんユナさんとの相打ちに持ち込まれ——パンチ力の差で潰される。この打撃こそもちろん寸止めにしてくれるだろうが、実質的には『負け』である。

そしてユナさんがサーシャさんのフットワークに慣れてきたのか、1ラウンドに比べて際どい場面が多くなってきた。

先程まではかわせていた打撃を、ガードする――ガードさせられる展開が増え始め、そのたびに激しく汗が飛び散る。

一方、攻勢に出ているユナさんのほうも決して楽なわけではないらしく、表情は真剣そのもの。練習上の想定が「3ラウンドマッチ」なので、それまでに有効打をぶち込みたいのだろうが、現状ではまだ翻弄され続けている。突破口を見つけたいのはこちらも同じか。

そのまま第2ラウンド終了のゴングが鳴り、両者がコーナーへ。

『サーシャ！　呼吸に集中して』

『……すみません……水を』

マウスガードを取り出して、クロード様が甲斐甲斐しくストローで水を飲ませる。サーシャさんはロープに両腕を引っ掛け、ややぐったり――

『やっぱり、練習不足でだいぶ鈍《なま》ってます……2ラウンドでもう息がきつくなるなんて』

『いや、よくしのいでるよ。相手はあのユナ・クロスローズ――小手先の技が通じないはずの相手をフットワークでここまで翻弄できてるんだから、もっと自信をもっていい』

セコンドのクロード様はそう励まし、サーシャさんの汗を拭きつつスポンジの水で肌を濡らして、少しでも疲労を回復させようとしていた。なんか手慣れてるな？

対するユナさんのほうは、まだ少し余裕がある。でもセコンドについた子は、サーシャさんの動きにびっくりしているようだ。

『すごいね、あの子……ユナの突進をあんなきれいにさばける人なんて、上位にもそんなにいないでしょ？』

『うん。当たりそうで当たらない距離を見切られてる感じ』

『ガードも上手いよね。わざと派手に跳んで衝撃を逃がしたり、パンチをタイミングよく弾いたり――ああいう防御方向にテクニカルなタイプ、判定に持ち込まれやすいから苦手でしょ？』

『まぁね。でも苦手な分、練習相手としてはすごい助かる』

うれしそう。たのしそう。これで状況がボクシングのガチバトルじゃなかったらたいへん微笑ましいのだが、いかんせん猫には刺激が強すぎる……

第3ラウンドのゴングが響くと、ユナさんが身を低くしてダッシュで飛び出した。勢いが衰えないどころか、むしろ加速している。体力お化けにも程がある。

サーシャさんのほうはやや疲労が出始めており、動けてはいるものの少しだけ分が悪い。

たぶんこのラウンドで捕まると猫にもわかる。本人も言っていた通り、これは旅路と王都滞在中の練習不足が響いたのであろう。そもそも彼女の本職はメイドさんである。なんでトップクラスの一流拳闘士といい勝負ができてるの……？（恐怖）

ユナさんのパンチを数発、ガードさせられた後に、サーシャさんが反撃のストレートを放つ。ユナさんはガードなんてせず、そのまま突っ込……もうとして、弾かれたように慌てて後ろへ下がった。

「ご、ごめんなさい！　寸止めルールでしたよね。ガードしないで受けちゃいけないんだった……」

……ユナさんの得意戦法は『肉を切らせて骨を断つ』系の、「相手の打撃を受けつつ同時に反撃」というアレなので……実は寸止めルールと相性が悪ぃ。

そもそも「相手のパンチを受けている」状態というのは、つまり「こちらの打撃も相手に届く」距離であり――しかも相手はパンチを出しているため、残るガードも片腕のみとなり、そこには打ち込む隙が生まれている。

こうした「相打ち」を効果的な戦術として成立させてしまう耐久力・精神力がユナさんの長所なのだ。

で、今の「ガードしないで受けちゃいけない」というのは、サーシャさんとしては普通にガードしている腕を叩くつもりだったのだが……ユナさんは『わざと』そのガードを解いて、ガードに使っていた腕で相打ち気味にサーシャさんを殴りに行こうとし、慌てて踏みとどまったという流れである。

……あのさぁ。

サーシャさんはたおやかな微笑を返しているが、アレ、冷や汗も混じってるな……今の攻防は『実戦なら相打ちが成立していた』と確信しているのだろう。その場合、パンチ力と耐久力で勝るユナさんに、そのまますり潰されていたはずなので……おそろしい。

そしてドン引きする猫の傍らでは、アイシャさんがお目々を見開き震えていた。

「ユ、ユナが……ユナが、このタイミングでまさか自重《じちょう》できるなんて……！　いつもだったら普通に殴りつけて『ごめん、つい』の一言で済ますのに……！」

ゴング担当の練習生さんが、振り返って首を横に振った。

「いやいや。それ、アイシャや私らが相手の時だけよ？　ユナは新人さんとか練習体験の子達にはちゃんと対応できるから。練習メニューの量だけは頭おかしいけど、安全面はきっちりしてるから」

「……あ？　初耳なんだけど？」

アイシャさんキレそう。落ち着いて。猫撫でる？

そのまま第3ラウンドは事故もなく進み、一段落。

ゴングと同時に、ユナさんが健闘を讃えるように、サーシャさんと両手のグローブをあわせた。

「ありがとう、サーシャさん！　すごい楽しかった！　そのフットワークは誰に習ったんですか？もうほんと、速いだけじゃなくて動きがきれいで、びっくりしました！」

「基本は母から……あの、母も若い頃は、『戦乙女の園』で拳闘士をやっていたんです。今は引退して、織物の工房をやっていますが――それから、練習はあちらのクロード様と」

サーシャさんが、セコンドについていたクロード様を振り返ると――

ユナさんがぱちくりと目をしばたたかせ、レフェリーのノエル先輩が「わお」と笑い、練習生二人が赤面した。

「えっ……？　お、男の子と練習してたんですか……？」

「ちょっ、ちょっと待って。それは、その……どこまで……？」

「どこまで？」

質問の意図が掴めなかったのか、サーシャさんが汗だくのまま首を傾げる。

「えっとほら……練習っていっても、走ったりとか、縄跳びとか……」

「まさか、一緒にスパーとかは……」

「もちろんスパーリングもです。そもそも相手が、クロード様しかいらっしゃらなかったので」

黄色い歓声が響く。サーシャさんはわけがわからぬようだが、クロード様が引きつり笑いで固まっていた。

「……だ、大胆っ！　マジですか⁉　え、付き合ってるってことですよね⁉」

「……すっご……リーデルハイン領だとそれが普通なんですか⁉」

「二人とも、落ち着いて。失礼だから。お貴族様とその婚約者だから」

「いえ、婚約者などではありませんが……？」

「えっ。ち、違うんですか⁉　すみません！　自然体でセコンドまでこなしていらしたから、てっきり……！」

一度は止めに入ったユナさんまで何故か動揺している……猫的にもちょっと彼女らの反応はピンと来ていない。リルフィ様も不思議そうである。

ぽかんとした顔の俺とリルフィ様を見かねて、アイシャさんが耳打ちしてくれた。

「……王都の拳闘界隈《けんとうかいわい》では、年若い男女が一緒に練習するっていう状況は、まず有り得ないんです。せいぜいロマンス小説のネタになる程度で……つまりそれが許されるのは、恋人同士とか許婚《いいなずけ》同士という意味になります。これはあくまで王都の環境での話なので、地方ではまたいろいろ違いがあるかとは思うんですが、『戦乙女の園』に所属している子達には、だいたいそういう固定観念がありまし

て……お気にさわったら申し訳ありません」

ほう。文化の違いということか。たとえば前世でも、「男女のハグ」は西洋圏ではただの挨拶なのだが、日本だと恋人とかよほど親密な関係を連想させる、みたいな印象があった。

このあたりの感覚には個人差もあろうが、とりあえずこの王都において、クロード様とサーシャさんのご関係は「周囲からそういうふうに見られる」ものであったらしい。

クラリス様が首を傾げた。

「アイシャ様は、そういう固定観念をお持ちでないみたいですね？」

「いえ、持っている印象としてはみんなと同じですよ。ただ知識として、『別の土地ではそうとも限らない』っていう認識があるだけで……場所が変われば常識もマナーも変わるから、そこに留意《りゅうい》して行動すべきというのは、王宮に勤める官僚の心得でもあります」

……アイシャさん、こういうところはちゃんと真面目なんだよなぁ……やはり本質的には優秀な子である。

「……でもまぁ、クロード様とサーシャさんに関してはどっちも確信犯だと思ってますけど。特にサーシャさんのほうは、天然なんで本人に自覚がないまま、無意識のうちにいろいろやらかしてきたものと想像しています。クリンチのつもりで抱きついたり必要以上に密着したり、他にもクラリス様にはお聞かせしにくい数々のやらかしで、クロード様の性癖《せいへき》を順調に歪《ゆが》めてきたんだろーなぁ、とか」

……優秀だなあ……ほんと……でもそっちの優秀さは伏せといても良かったなぁ……

猫がノーコメントを貫き毛繕いをしている間に、リングの上ではサーシャさんによるフットワークの技術解説が始まっていた。

ユナさん達にとっては非常に気になる内容のようだが、なんかクロード様まで追加の説明役として呼ばれてるな？

「——ええと、最初はダンスの教本に出ていたステップを流用したんです。ホルト皇国の本だったので、こっちでは手に入りにくいかもしれません。体幹を鍛えた上で、体重移動を瞬発力に上乗せする感じで……動く先を読まれにくいそのステップを下敷きに、実戦で使いやすいように工夫しました。つま先とかかとを状況に応じて使い分けるので、足首の柔軟性も大事です。僕には習得できませんでしたが、サーシャには向いていたみたいで」

「ステップ自体はクロード様にもできています。ただ、実際にどう動いたらいいのか迷うタイミングが多いせいで、反応が遅くなっているだけです」

「……だって実際、動いちゃいけなかったほうに移動しちゃうことが多くて……」

クロード様、拳闘適性Cだしね……サーシャさんとは明確な差があるのだ。

いつもよりちょっと楽しげな珍しいサーシャさんのお姿を見て、我が主クラリス様もご満悦。我が主にとって、メイドのサーシャさんは自身の世話係であると同時に、姉のような存在でもある。「もしクロード様とサーシャさんが結婚した場合には、実際に義姉・義妹の関係になる」という認識もお持ちのようで、世間一般の主従関係とはちょっと違うのだ。

一方、リルフィ様はびっくりしたままである。

「サーシャ、あんなに強かったのですね……まさか王都の一流拳闘士と渡り合えるほどとは……」

「万全の状態で3ラウンドマッチなら、判定勝ちまで狙えそうですね。5ラウンド以上になるとやっぱりユナが有利かな……」

アイシャさんの分析に内心で同意しつつ、俺は小声で問いかける。

「さすがにノエル先輩には通じないですか？」

「先輩て、なんでルーク様までそんな呼び方を……いえ、まぁ、さすがにちょっと厳しいですね。フットワークである程度は翻弄《ほんろう》できますが、フェイントにも引っかかりませんし、普通に先回りされそうです。1ラウンドで観察、2ラウンドで対応されて、3ラウンドで仕留められる流れかなぁ、と。あと、サーシャさんからのパンチがまともに入らないのと、向こうのパンチが強すぎて……あの人、耐久力のお化けみたいなユナを普通に力押しでKOできる脳筋なので」

やはり絶対王者は格が違うらしい。俺もノエル先輩の試合はまだ見たことがないので、気になってはいるのだが――ヨルダ様と同じ「武力A」という時点で、やべぇ人なのは理解できる。

ともあれ、スパーリングはユナさんにもサーシャさんにも怪我がなくて何よりであった。なんだかんだいってどちらも社会常識のある大人……ではないが、お嬢様である。いくら脳筋思考（直接表現）とはいえ、そうそうヤバい事態は起ききな……

「あの、サーシャさん。フットワーク、すごく参考になりました。十五分休憩して、追加でもう3ラウンド、お願いできませんか？　次はこちらからの突進を控えるので、私のフットワークを見てもらう感じで、お手本を見せてもらいつつ、ご指導いただけると……」

「あっ。ユナずるい！　私！　次は私！」

「お付き合いします。ただ、今みたいな緊張感のあるスパーはもう無理ですので、ラウンドを区切らない軽い練習としてなら……」

「わぁ！　ありがとう！」

ユナさんと王者ノエル先輩とサーシャさんが、楽しそうにキャッキャウフフしておられる……みんなかわいいので見方によっては尊く見えなくもないのだが、それでもあえて猫は言いたい。

この脳筋ども！

75 拳闘興行と職人街

サーシャさんとクロード様はおいてきた。

ここから先の戦《たたか》……もとい、観光にはついてこれそうもないからな……

そんなわけで、ボクシングに夢中なお嬢様方をジムに残し、我々はアイシャさんの案内で、しばらく職人街をぶらつくことにした。

女子の園《その》に取り残されたクロード様は「えっ!?」と動揺していたが、そもそもこっちにいるオスも俺一匹なので、いまさらそんな……

ちなみにクロード様はサーシャさんの練習相手であると同時に、ある意味、トレーナーみたいな立ち位置だったようで——理論的・技術的な説明に関してはサーシャさんよりわかりやすいとバレてしまい、ユナさん達から強めに引き止められた。

少々居心地は悪いかもしれぬが、これも試練と思って耐えていただこう。リア充め（嫉妬）

「練習風景自体はおもしろかったけど……長々と見るものでもないしね」

クラリス様も、むしろ街のほうを見たかったようなのでちょうどよい。

現在は春の祝祭が終わり、各店舗が通常営業に戻っている。職人街の各種工房も活動を再開している。

缶詰製造機については金属価格の都合でもう諦めたのだが……

しかし瓶詰の場合にも「ラベル」などは必要であり、そのための「紙」や「印刷」の技術については今のうちに確認したい。

これは品を発注すれば済む話なので、職人さんにわざわざリーデルハイン領まで来ていただく必要はないが、工房に目星はつけておきたいし、理由の大半は個人的な好奇心である。技術的に可能な範囲とコストについても、きちんと確認しなければならぬ。

……そう、コストは大事である。缶詰計画ではこの部分の早期確認を怠《おこた》ってしまった……

ネルク王国の工業水準を把握《はあく》するためにも、今日の見聞は重要だ。

頼れるガイド役はアイシャさん！

「えー……ノエル先輩とかユナ達の前で言うと調子に乗りそうなので、別行動になっている今のうちに言っておきますが――この王都の発展と職人街の成立には、ボクシングが密接に関わっています。

鉱物資源に乏《とぼ》しかったネルク王国では、建国当時、金属鎧や槍などを必要としない『拳闘兵《けんとうへい》』の拡充《かくじゅう》に活路を見出しました。その訓練を安全にこなすためのボクシンググローブが必要になり、意外と複雑で縫製《ほうせい》の難しいグローブの製作によって、皮革系の腕利き職人達が育ちました。この皮革職人達は革鎧の製作にも活躍し、さらに縫製技術の発達は服飾分野にも波及《はきゅう》します。それらを支える足踏みミシンの開発には精密な加工技術が必要とされ、この技術は他の工業製品、たとえば印刷機などの開発にも……」

……アイシャさんのちょっと長めなご説明を要約すれば、ボクシングの人気を産業の核として、

・皮革の加工、縫製技術の発展
・衣装や練習着に使う布系新素材の開発
・投票券用の紙の大量生産技術
・オッズや払い戻し金の精算を素早く行うための様々な効率化
・試合告知や宣伝のためのポスターやチラシ製作
・それらに伴う印刷技術や複製技術の革新
・印刷技術の発展に伴う書籍の低価格化と識字率《しきじりつ》の向上
・闘技場の建設による大規模建築のノウハウ蓄積《ちくせき》
・リング禍を防ぐ治癒士の育成と継続雇用の創出

などなど、影響の及んだ分野は多岐《たき》にわたるという。
ぱっと聞いただけでも、皮革、服飾、印刷、製紙《せいし》、金属加工、建築などの各分野、さらに治癒士や拳闘兵の育成——

もはや「影響がなかった分野」を探すのが難しいレベルか。

金回りの良い娯楽が一つあると、それを中心に周辺が活気づくとゆー好例であろう。風が吹けば桶《おけ》屋《や》は儲かるのだ。

特にこの王都の「職人街」は、王都におけるボクシングの発展と密接に結びついており、「ぶっちゃけ、もしも拳闘興行が破綻《はたん》したら、このあたりの工房の半分は潰れますね」との見解であった。

続いてアイシャさんは、俺の耳元で小悪魔の囁《ささや》きを……

「……トマト様を使った軽食を、もしも拳闘場の出店で売り出せたら……王都中で、一気に知名度が上昇しますよ。私、拳闘場の偉い人にはけっこう顔が利きますから、ご用命の際はなんなりと――」

……ククク……お主も悪《ワル》よのう――

いきなりトマト様を広めてしまうと混乱が起きそうで怖いが、かといって販売店で閑古鳥《かんこどり》に鳴かれても困るので、普及策《ふきゆうさく》は複数、用意しておくべきであろう。心強い。

「そういえば先日、拳闘場で食べたオコノミーはなかなか美味しかったです！　あれのソースにもトマト様を混ぜると、より旨味《うまみ》が増すでしょうね。既存のグルメと対立するのではなく、むしろより高める方向での普及を促進したいものです」

「……ルーク様はやっぱり、考え方が神様っていうより商人なんですよねぇ。でも個人的には、ミートソースを使ったもののほうがインパクトあると思うんですけど」

「うーん。そうなると、ハンバーガーやホットドッグ、サンドイッチ系ですかねぇ」

そんな他愛《たわい》もない相談をしつつ、職人街の工房、店舗を見て回る。

家具工房、版画工房、ガラス工房、皮革工房、縫製工房、印刷所……

軽く見学させてもらった範囲では、やはり想定していた以上に技術レベルが高い。少なくとも中世レベルではなく、一部製品のクオリティに関しては、もはや近現代の水準に肉薄している。

シンザキ様式のシンザキさんをはじめとして、この地にかつてやってきた同郷の方々が、可能な範囲で前世の技術や知識を広め――そこに、魔法や魔力、魔獣の素材などをぶちこんで、こちらならではの創意工夫を重ねた結果、この世界はちょっと偏《かたよ》った文明の進歩を実現させたのだろう。

それはたとえば、ジャージ、ボクシンググローブ、運動靴、それらに使われる革系、布系のさまざまな機能性素材。

あるいは、障子《しょうじ》や襖《ふすま》といった和風の建具、そこそこ安価に普及しているガラス窓やガラス瓶、ほとんど絡繰《からくり》じみた高精度の木製工芸品。

なんと「ダイヤルロック」を再現した木製の錠前まであった。

火をつければ燃えてしまうので、鍵としての有用性は微妙なのだが、要するに木工の技術力をアピールするための試作品である。

それらの品々からは前世の残り香をはっきりと感じたし、ものによっては名称までそのままである。リバーシとか将棋とかチェスとか囲碁とかトランプとか、そういった有名定番ゲーム系もだいたい既にある。

……つまりこれらを再現しての大儲けルートは封じられたが、俺にはトマト様があればそれで良い。トマト様最高。トマト様おいしい。トマト様に栄光あれ……

数時間ほども見て回ると、俺とクラリス様にとってはたいへん良い社会科見学となった。アイシャさんは立派なガイドで、リルフィ様は引率の先生感あった。

……ごめんちょっと盛った。リルフィ様は先生というより『すてきなおねえさん』枠であった。人見知りではあるのだが、丁寧に一生懸命話すので職人さん達のウケはわりと良く、けっこうモテてた。

そのたびに猫は誇らしく思いつつもにょっきりと爪を伸ばしたが……別に失礼はなかったので、実力行使の機会がなかったのは幸いである。猫用の煮干しくれた職人さんもいた。おいしかったです（こなみかん）

それにしても驚いたのは、アイシャさんの顔の広さ。

「魔導研究所に入ったばかりの頃は、よくお使いをさせられていたので……あと、ユナの実家がすぐそこなんです」とのことで、まさしく期待以上に優秀な案内役であった。

しかし一点だけ、解せぬ点が。

「……一部の職人さん達が、年下のアイシャさんのことを『姐御《あねご》』とか『お嬢』とか呼んで、やけに丁重な感じでしたけど……アイシャさん、何やったんです？」

「………………昔はいろいろあったんですよ。いろいろ」

これ以上はあえて掘り下げないのも、猫の情けであろうか――アイシャさんを見かけて「ヒッ……」って尻込みした若い衆もいたな……？

そうこうしているうちに、ジムでの練習を終えたクロード様、サーシャさんと、職人街の片隅で合流。一応、待ち合わせできるように、メッセンジャーキャットを飛ばしておいたのだ。

「遅くなりました。ついさっき、ユナさん達の練習が終わりまして」

クラリス様、リルフィ様、アイシャさん達に会釈をするサーシャさんは、妙につやつやしたお顔であった。楽しかったんだね……

一方のクロード様はお疲れ気味である。

「僕はステップの実演を少しと、後は口出ししかしなかったけど……サーシャは結局、ほぼフルで動いてましたね……体力の差を思い知りました」

クロード様、同年齢でしょ。なにを年寄りみたいなことを——

そしてクラリス様が微笑む。

「サーシャは練習、楽しかった？」

「はい、とても。領地では、母やクロード様としか練習したことがなかったもので……同年代で同性の方々と、あんなふうに競い合い高め合えるのは、たいへん刺激的でした」

「あはは……サーシャさん、いっそ拳闘場に登録したらどうです？　参戦資格を得るためにはそこそこ難度の高い試験がありますけど、たぶん普通に通りますよ」

アイシャさんのお誘いに、当家のメイドはしばらく「きょとん」として……はっきりと、首を横に振った。

「いいえ。私はやはり、ユナさん達のように人前で拳を振るうのには抵抗があります。それに、体を動かすこと自体は好きなのですが、別に誰かと戦いたいわけではないので……そもそも私には『強くなりたい』とか『対戦相手を倒したい』という目的意識が欠けています。勝負事の世界には魅力を感じませんし、クラリス様やクロード様、リルフィ様達をお守りできる技術があれば、それで充分です」

……まじめだなー、としみじみ思ったが、そもそもこれは気質の問題であろう。サーシャさんもまた、「人前で目立つ」のが苦手な人である。大観衆に囲まれたリングという舞台に、憧れるよりも先に「やだなぁ……」と素で思ってしまうタイプ。

ぶっちゃけ父親のヨルダ様にもその気配があり、武力Aなどという国内屈指の実力を持ちながら、闘技場などにはまったく興味を示さず、僻地《へきち》の子爵家でのんびりと騎士団長をやっている。

「……あとそもそも、リングの上で戦ったら、私はユナさんやノエルさんに勝てません。短いラウンドでの判定勝利ならともかく、パンチが弱すぎると痛感しました。私の護身術は、場合によってはナイフなどを使うことも想定していたので……速さ重視で、あまり威力を求めてこなかったのです。無理に力を込めたパンチを打とうとすると、せっかくの足が止まってしまいますし――今後の課題が見えた気がします」

「……サーシャ？　ほどほどにね？　やりたいことを止める気はないけど、強さについては今でも充分だからね？」

クロード様がおびえておられる……

話題を切り替えるべく、アイシャさんが半笑いでぱんぱんと手を叩いた。

「ユナが練習を切り上げたなら、最後にあの子の実家のクロスローズ工房にも行ってみますか？　小規模っていうか、今はお姉さん一人で切り盛りしている製紙工房なんですが、職人街では割と老舗《しにせ》です。生産力で他の大規模工房に負けちゃいましたが、質はいいのでぼちぼちやってるみたいです。多少の赤字はまぁ……出てもユナが埋めてる感じでしょうね」

ほう。ユナさんのご実家。

クロード様が反応した。

「クロスローズ工房って……姓が同じだとは思ってましたけど、親戚とかじゃなくて、そこのお嬢さんだったんですね」

「ええ。職人街じゃ常識ですけど、選手名鑑や新聞なんかには載せてないはずです。ユナのお姉さんの、クイナさんっていう人が工房主で……早くに両親が亡くなって、それでも工房があったので孤児院行きにはならなかったんですが、借金もあって一時期は大変だったみたいです。まぁ、その借金のほうはユナのファイトマネーで精算できたみたいなんで、今は細々と、安定経営を目指して試行錯誤中ってところですね」

ふむ、そんな事情が……

ユナさんのじんぶつずかん情報は、プライバシーに配慮《はいりょ》してあまり精査していない。ステータスは確認済みであるが、生い立ちとか悩みとか交友関係などは知らぬし、知ったところで芸能人のゴシップ情報くらいの意味しかないので……

彼女はなんというか、ファイトスタイルはともかくとして、見た目は割と落ち着いた印象だし、顔立ちも「いいところのお嬢さん」っぽいと感じていたのだが……逆にけっこうな苦労人だったらしい。

「工房主のクイナさんは筋金入りのお人好しなので、紙や印刷に関する相談なら、けっこう込み入った話でも面倒がらずに教えてくれるはずですよ。気難しいところもないので、話しやすいかと思います」

「それはいいですねぇ。ぜひ案内をお願いします！」

そしてアイシャさんに導かれて辿り着いた先は、なんと以前にも一度、立ち寄ったことのあるお店であった。

祝祭期間中の買い物でたまたまお邪魔したのだが、クラリス様がこちらでレターセットと折り紙をお買い求めになったのだ。

リルフィ様も目をぱちくり。

「あれ……？　このお店、先日も来ましたね……？」

「あ、じゃあ店主のお姉さんにはきっともう会ってますね。表側が紙や文房具のお店で、奥が工房になってるんです」

職人街の工房はそのほとんどがウナギの寝床タイプで、間口はさほど広くないが、奥行きが深い。

大通りに面した店頭は接客スペース、その奥が作業場、そして反対側が資材の搬入搬出経路になっていることが多いようで、さらに大部分の工房は二階を居住スペースにしている。

クロスローズ工房は、店頭だけを見ると、ちょっとオシャレな個人経営の文房具屋さんのよーな佇まい。

二階に掛けられた工房名の看板には、交差したバラの意匠が描かれている。

白く塗装された扉はどことなくカントリー風。ガラスの向こうに見える店内には、いろんな紙製品と文房具類が整然と並んでいる。

大量生産のボールペンやシャーペンみたいなものは存在しないのだが、羽ペンとかガラスペン、毛筆、あと鉛筆っぽいものもある。

ただし鉛筆はけっこうな高級品で、絵描きとかデザイナーとか仕事で使う人が買うもの。

また、子供の読み書きのお勉強は、お手軽サイズな黒板と白墨《チョーク》で行うのがこちらの世界の基本だ。

大人の日常使いの文房具としては、インクを使う「つけペン」が主流で、このペン先には金属、ガラス、毛筆以外に、魔獣の骨を加工したものなどもある。

ついでに……このネルク王国、インクはかなり安い。しかも色数がやたらと豊富。

どうやら前世にはなかった植物群が原料となっているらしく、それらを「水属性の魔導師」が特殊な魔道具を使って加工することで、様々な色の大量生産を可能としているのだとか。

色ごとの詳細なレシピは企業秘密で、リルフィ様もご存じなかったが、インクを製造する工房はそこそこあり、それぞれが独自のレシピを研究作成し、業界の発展を牽引《けんいん》しているとのことであった。

以前にリルフィ様いわく、

「……『黒』のインクだけなら複数の製法が広まっていますし、私でも作れそうなのですが……製造用の道具や原料をわざわざ揃えるより、そのまま製品を買ったほうが、安くて質も良いので……」

わかる。どんなに自炊がんばっても、プロの料理人には敵わないもの……

こちらのクロスローズ工房さんでもインクは売っている。

黒、赤、青などの小瓶が、日光の当たらぬ場所に整然と並べられているが、あくまで「紙」の工房だと聞いているので、これらは他の工房からの委託販売品なのであろう。

さて、お店の扉を開けると同時に――俺の脳内に、おばーちゃんののんびりした声が響いた。

(……ん？　ルーク様かい？　また来たの？　あんたも神様の割にはヒマなんだねぇ……)

こちらの声の主は、製紙工房の飼い猫、モーラーさん。

先日、職人街にお邪魔した時に知り合った、白と灰色の長毛でモッフモフな同族さんである。

今は店の窓辺に設置された猫用ベッドに悠々と寝そべり、夕焼けの中で日向ぼっこをしておられる。

優雅でうらやま。

(あ、モーラーさん、数日ぶりです。また来ました！)

(いらっしゃい。またなんか買っていっておくれよ。うちはいつも経営が厳しいから)

大あくびをする猫のモーラーさんは、俺の正体が『獣の王』で『亜神』だともう知っている。

……というか、獣相手には正体を隠せぬのがルークさんの弱点の一つである……たぶん、王都の動物さん達はかなりの割合で、もう俺の存在に気づいている。

それでも彼女は特に驚くでもなく、お店へ最初に訪れた時は「ふーん……こんにちは？」みたいな淡白な反応であった。リーデルハイン領の猟犬、セシルさん達とはだいぶ温度差がある。

つまりはコレが、忠誠心が高く訓練された猟犬と、街で気ままに暮らす自由な猫さんとの性格の違いなのであろう。

ルークさんとしては話しやすくてありがたい。セシルさん達の忠誠心は一介の猫にはちょっと重すぎる。

なお、こちらのモーラーさん。『どうぶつずかん』によると、なんと「御年三十歳」。

猫とは思えぬ長寿ぶりにびっくりだが、聞けばネルク王国の猫さん達の寿命は、事故や病気がなければ概ね三十〜四十歳前後と、かなり長いらしい。

前世の地球の猫さんとは種類がビミョーに違うのか、はたまた魔力や餌の影響なのか……『超越猫さん達の贔屓《ひいき》』という線も有り得るが、だったら魔族なみの長命になっていそうなものである。

そういえば……確か前世では、「猫の寿命、その主な死因の一つは腎臓病」という話を聞いたことがある。

もしも餌や薬によってコレを未然に防ぐことができれば、十数年の寿命を二倍くらいまで伸ばせるのでは——みたいな素晴らしい研究を、とある大学の偉い先生がやっていらした。

こちらの世界の猫の体質、あるいは餌などに、そうした腎臓病その他を防ぐ要因が、もしもあるとしたら……それが長命の理由になっているのかもしれない。が、これは根拠のないテキトーな推論である。

さて、踏み込んだ店のカウンターは無人。

しかし奥に人の気配はあり、扉の開く音を聞きつけて、ぱたぱたと足音が駆けてきた。

「いらっしゃいま……あれ？　サーシャさん？　あ、皆さんも！　わざわざ来てくれたんですか？」

ついさっきまでジムで鍛錬していたユナ・クロスローズ嬢である！　練習後におうちへ戻って、これから店番でも——というタイミングだったらしい。

サーシャさんとはついさっきまで拳を交えていたため、既に友達感覚。空気も気安い。ご挨拶も、珍しくサーシャさんが前に立つ。

「さきほどはありがとうございました。実はこちらのクラリス様とリルフィ様が、紙作りの現場にご興味をお持ちでして……少し、見学をさせていただけますか？」

実際に興味を持っているのは猫なのだが、まさか俺がご挨拶するわけにもいかぬ。

「見学？　もちろん大丈夫ですけど、うち、ただの零細《れいさい》工房ですよ？」

ユナさんが不思議そうに小首を傾げた。かわいい。推せる。

さきほどまでのジャージやスポブラ姿と違い、現在は白いランニングシャツに作業着風のカーゴパンツ＋エプロンという、実に飾り気のない働き者な姿なのだが、やはり素材の良さが群を抜いている。これはこれでグラビア撮影かなんかの衣装なのではないかと錯覚するレベル。

アイシャさんが補足を加える。

「聞きたいのは、いま普及している技術の知識とか職人街の一般常識とかも含めてだから大丈夫。ユナ達が練習している間に木工系、家具系なんかの工房は回ってきたから、印刷と紙関係の話をお願いしたいなぁ、って」

ユナさんが、猫のふりをした俺と軽く握手。猫飼いさんだけあり、猫の扱いも自然体で慣れていそうである。

「ふーん……商人でもないのに、そんなのをわざわざ現場へ聞きに来るなんて、リーデルハイン家の人達って変わってますね。奥のほうには臭いの強い素材や薬品もあるので、猫さんは嫌がるかもしれませんが、うちの猫用のケージでお預かりしましょうか？」

……言外に『作業場に猫をいれたくない』と仰っているように聞こえるが、猫が同席できなければ本末転倒である！

邪魔をしないおとなしい子であることをアピールすべく、俺はリルフィ様に抱っこされたままユナさんの腕にまとわりつき、身体をこすりつけて「にゃーん」と甘えた。

ゴロゴロすりすりゴロゴロすりすり……

初対面の時にもジャージ姿のユナさんに抱っこしてもらったが、あの時よりも念入りにサービスしておく。媚びを売ると決めた時のルークさんに迷いはない。ククク……日々のブラッシングの成果を思い知るが良い……！

「あはっ、やっぱり人懐っこい！　この子、ルークさんっていうんですよね？」

「はい。暴れたりしない子ですし、邪魔にもなりませんので、一緒に見学させていただければと――」

クロード様もすかさず支援してくれた。

「わかりました。それじゃ、まずはお姉ちゃんを呼んできますので、少しだけお待ちください」

奥の工房へと戻っていくユナさんを見送りつつ、俺はバレないようにこっそりと肉球を振る。ちょろ。

……その時、不意に頭の上から、冷たい空気が流れてきた。

ふと見上げれば、リルフィ様の穏やかで優しい笑顔……

「……ルークさん……嬉しそうですね……？」

ヒュッ……！

……思わず毛が逆立ってしまったが、誤解はしないでいただきたい。

リルフィ様のお声はいつも通りの、とてもお優しい、ごくごく普通の落ち着いた美声である。決してある種の闇とか病みとかそういう空気感を伴うものではない！

もしもまかり間違ってそういう風に聞こえたとしたら、それはルークさんの心中にやましい部分があるから。すべては俺のせい。リルフィ様はいつだっ……て……

……ハイライトさん……？　どうして……？

76　職人探訪　～クロスローズ工房～

……いろいろごまかすために「にゃーん」と毛繕いしながらリルフィ様に身をすりつけ、必死にごきげんをとっていると、脳内に同族さんの声が響いてきた。

（ルーク様、改めて、来てくれてありがとうねぇ。うちの娘どもは、あたたかくて気立てもいいんだけれど商売が下手で……両親が早くに死んだもんだから、いろいろと不憫《ふびん》でねぇ……なるべくたくさん買ってあげておくれ）

人類の言語に疎《うと》いモーラーさんは、我々の「見学させて！」という会話までは理解していないので……ただの買い物客だと思っておられる。

『獣の王』の翻訳機能を使い、とりあえずの言い訳をば。

（は、はあ。今日は買い物ではなくて見学の予定でして……もちろんお礼代わりに何か購入はさせていただくつもりですが、私も所詮は飼い猫の身なので、そうそう高い買い物はできず……)

(ええ？　そんなこと言わず、有り金おいていっておくれよ)

……これは翻訳の揺らぎか、もしくは獣の感性か？　微妙にやべぇこと言ってんな……？

(ま、前向きに善処いたします……)

……祖父母に育てられたルークさんは、高齢者のお願いに弱い……

なんかこー、恩ばかり受けて、こちらからはたいした孝行もできずに見送ってしまった反省があるため、高齢キャラを邪険にできぬ。それが同族の猫さんとなればなおさらである。

このモーラーさん(30)は、猫の身ながら工房の姉妹より普通に年上であり、彼女らを自身の娘のように思っている。「猫は人間のことを、でかい猫だと思っている」なんて説を前世で見かけたが、「主従」ではなく「家族」という意味では当たっていると思われる。

モーラーさんの世間話が続く。

(特にユナは、真面目で一生懸命であたたかい子でねぇ……工房の借金を返すために、子供の頃からボクシングなんかやって……たまたま才能があったからうまくいったけど、私ゃ気が気じゃなくて。すごく強い相手もいるみたいだし、たまに負けると落ち込んじゃって、でもすぐ立ち直って練習に行くの。ほんとうに健気で、体温も高くてあたたかい子なんだけど、オスっ気が全然なくて……ルーク様、よさそうな人知らないかい？)

(そういう婚活みたいな事業はやってないんですよねぇ……)

……娘というか、孫を心配するおばあちゃんである。

ちなみに「体温が高い」というのは猫様的にはかなりの高評価らしく、しきりに推してくる。いや、人間はあんまりそういうの気にしないんで……猫的に重要なポイントなのは実感としてわかりますけど。

ユナさんが戻ってくるのを待つ間、アイシャさんがモーラーさんの長毛に手を突っ込んで撫で始めた。

「おや？　モーラーさん、今日は撫でてもＯＫな日？　リルフィ様、クラリス様も一緒にどうですか？」

「え、いいの？」

「あの、私は……ルークさんを抱っこしているので……」

クラリス様は長毛種の触り心地が気になっていたのか、そそくさと触りに行った。リルフィ様もこんな機会なので体験しておくべきではないかと思うのだが、しっかり抱っこされてしまっている。ハイライトさん……あの……そろそろ通常業務に復帰を……

（すみません、モーラーさん。そちらのクラリス様は私の飼い主でして、たいへん高貴なお方ですので、少しサービスしていただけると……）

（あー、ええよええよ。子供相手に、引っ掻いたりはしないから……悪ガキだった頃のアイシャに比べたら、かわいいもんさね）

（へー。アイシャさんって悪ガキだったんです？）

なんとなくわかる気がする。きっと元気いっぱいで街中を駆け回っていたのだろう。

が、モーラーさんはじろりと俺を一瞥《いちべつ》。

（この子はね、昔はこんなに明るくなかったんだよ？　孤児院では泣かない笑わない喋らない、冷たい雰囲気で、猫さえ寄せ付けない怖い子で……八歳で子供のジムに通い始めた頃のユナが、毎日へこたれながら必死で構って、やっと友達になって……その後、魔導師のお爺ちゃんの弟子になって、だんだん性格も明るくなったの。今じゃ見ての通りだけど、感慨深《かんがいぶか》いわぁ……）

……マジか。想像がつかぬ……

陽キャは生まれた時から陽キャであり、赤ん坊の時点で泣き声も「うぇーい」とか「ひーはー」だと思っていた（偏見）

（あと、師匠やってるお爺ちゃんね。あのお爺ちゃんはいい人。私ら猫にもよくしてくれるし、ちゃんと猫と人の上下関係をわかってる人だわ）

……どっちが上でどっちが下かは、あえて言うまい……猫さんにとって人類は『共存すべき他者』とゆーか『共存してやってもいい他者』ではあるが、そもそも猫様は天上天下唯我独尊系の生き物である……ブッダか？

そんな感じにモーラーさんと脳内世間話をしていると、ユナさんがお姉さんを連れて戻ってきた。

「ユ、ユナ、髪とか大丈夫？　変なふうになってない？」

「大丈夫だから！　ほら、お姉ちゃん、はやく！」

お貴族様（の親族）が急に来店したと聞き、びっくりしてしまったのだろう。少し間が空いたのは最低限の身だしなみを整えていたせいか。

「は、はじめまして、リーデルハイン子爵家の方々。このクロスローズ工房の主、クイナ・クロスローズと申します。本日はようこそおいでくださいました」

紙職人のクイナ・クロスローズさんは、我々を前にしてぺこりと一礼した。

青みがかった黒髪はユナさんと似ているが、顔立ちはおっとり系でほわほわした感じ。

作業の邪魔にならぬよう、布飾りを頭に巻いて髪をまとめている。ターバンとまでは言わぬが、ぐるぐるとちょっとラフめに巻いてあって、なかなかファンタジー感あるお姿だ。職人街ではこんな感じの人を他にも見かけたので、定番の服飾なのだろう。

この店主さんの『じんぶつずかん』情報はだいたいこんな感じ。

■クイナ・クロスローズ(22)人間・メス

体力C　武力D
知力C　魔力C
統率D　精神C
猫力71

■適性■

製紙B

ご覧の通り、魔力は少しあるが、能力値的に特筆すべき要素はあまりない。

しかし妹さんと同じく美人。華やかな印象はないが確実に美人。あと製紙技術に関してもちゃんと優秀評価なので、職人としての腕は確かである。

そしてクロード様が、我々一行を代表して返礼。

「ご多忙の折、突然お邪魔して申し訳ありません。リーデルハイン子爵家嫡子のクロード・リーデルハインです。こちらは妹のクラリス、従姉妹《いとこ》のリルフィ、親族のピスタとメイドのサーシャと……飼い猫のルークです」

敬称略なのは対外モードだからである。普段ならリルフィ様のことは「リル姉様」だし、ピタちゃんのことは「ピタゴラス様」もしくは「ピタちゃん」だし、俺のことは「ルークさん」である。クラリス様とサーシャさんのことは日頃から呼び捨てだが、たぶん内心では時々、敬称をつけていそうなのがクロード様クオリティ。どっちもつよいから……

特に今日とかほぼ一日中、「サーシャさん、なにやってるんですか……？」モードだったと思われる。

「これはご丁寧に……あら？　もしかして、何日か前にもお店に来ていただいた――？」

クイナさんは数日前にも店に来た俺達を憶えていたようで、にっこりと微笑んだ。

「はじめましてじゃありませんでしたね。先日、レターセットと懐紙《ふところがみ》をご購入いただいたお客様ですよね？　かわいい猫ちゃんを連れていらしたから、よく憶えています」

……まぁ、猫を抱っこして文房具屋に入ってくる客はそんなに多くあるまい。こちらの店ではモーラーさんも我が物顔で店内に陣取っているため猫に寛容であるが、飲食店などではそうもいかぬ。

ちなみに懐紙とゆーのは、前世でいうところのポケットティッシュ的な用途の紙である。

こちらでは置き手紙や包み紙にも使ったりするようで種類も豊富、ちょうど折り紙のような厚みと硬さでなおかつキレーな正方形のものがあったので、「楽しい折り紙教室」で流用させていただいた。

あの紙はこのクロスローズ工房の製品であり、品質の高さは実感済みである。

クイナさんが改めて我々を見回した。

「それで、見学をご希望とのことですが……あの、見ていただく分にはまったく問題ないのですが、面白いものは特にないかと……」

アイシャさんが、俺の代わりに話を進めてくれる。

「こちらのリーデルハイン子爵家の方々は、輸出用の瓶詰に貼るラベルをお求めで……紙の選び方や印刷のコスト、注意点なんかについても教えて欲しいんです。あと、紙の作り方そのものにも興味をお持ちなので、仕事風景を見せてもらえればと」

クイナさんがわずかに首を傾げつつ、クロード様とリルフィ様を見た。年齢と立場からして、この二人が見学者のメインだと勘違いしたのだろう。無理もない。

「珍しいことを気にされるのですね？　貴族の方から、そういったことを聞かれるのは初めてです。

出入りの商人などに『ラベル』とだけ注文すれば、あとはお任せで済んでしまうように思いますが」

実に正論なのだが、これは俺の社会勉強も兼ねている。好奇心もあるし、ライゼーさま曰《いわ》く、「出入りの商人も、結局は注文を職人に投げるだけだから、技術にはあまり詳しくない。目的が知識の入手で、デザインなどにもこだわりたいのなら、直接、職人から話を聞いたほうがいいだろう」とのことであった。

クイナさんへの説明のため、我が飼い主たるクラリス様が一歩、前へ歩み出た。

「私の父、ライゼー・リーデルハイン子爵は、幼少期を商家で過ごしたため、商人としての視点をとても大切にしています。その父から、今回の新事業にまつわる諸々は、社会勉強も兼ねて私と兄で段取りをつけてみるようにと指示を受けまして――新規の取引も含めて、ご協力いただける方を探しているのです。こちらのリル姉様と親族のピスタ様はそのお目付け役で、ご助言そのものは、主に私と兄がうかがうことになります」

……我が主しゅごい……特にそれっぽい打ち合わせもしていなかったのに、この場でサラサラと色々でっちあげ、人見知りなリルフィ様や言動ヤバめなピタちゃんが口数少なくても違和感ないように、一瞬で状況を整えてしまわれた……

一方、急に巻き込まれたクロード様は「え？　え？　なんで？」みたいな顔で戸惑っておられる。

嘘のつけぬ御方である。

クイナさんは納得したのか、クラリス様にくすりと微笑みかけた。

「左様でしたか。立派なお父様ですね。それに、お嬢様もたいへん聡明《そうめい》で……では、立ち話もなんですから奥の工房へどうぞ。ユナ、しばらく店番をお願いしてもいい？」

「……どうせお客さんなんてほとんど来ないから、私も行くね」

「そう？　じゃあ、こちらへ」

……道中でアイシャさんが言っていた。「ここのお姉さんは、筋金入りのお人好し」と。

アイシャさんからの紹介とはいえ、飛び込みの我々を疑いもせずにこうして対応してくれるあたり、確かに結構なお人好し感がある。

なんか雰囲気もぽやぽやしてるし、妹のユナさんのほうがしっかり者な気配。つまりユナさんがついてきたのは、「姉一人に対応させるのは不安」という意図であろう。

二階へと続く階段の脇を通り抜け、我々は奥の工房へ導かれた。

奥はそこそこ広く清潔感もあったが、モノが多い。

壁面の戸棚にびっしり詰め込まれた木の根や草などを含む素材類、薬品類、床には完成品の紙類が積み上げられ、奥にはいくつか並んだ釜とでかい鍋がある。

我々の真正面には大きな作業台……それと、よくわからんでかい木箱。

縦横のサイズはだいたい一畳分くらいで、高さは腰丈程度、おそらく中身は何かの機械である。木箱に見える側面の部分は、ホコリよけのカバーであろう。簡単に取り外せるように留め金がついている。あと、箱の上には投入口、端には排出口っぽい機構もある。

俺の代わりに、クラリス様が先回りの質問をしてくださった。

「こちらの大きな機械はなんですか？」

「紙製造機の『ペーパームーン・9型』です。少し古い型ですが、頑丈で動作が安定していて、とっても頼りになるいい子なんですよ」

木箱の表面を撫でながら、クイナさんはにこにこと嬉しそうに笑った。

……ルークさんはここで、若干の違和感《いわかん》を覚える。ユナさんも一瞬、眉がぴくりと動いたが、そのまま無言を守った。

続けてクイナさんは、どこかうっとりとした表情で話し続ける。

「この子に、紙の材料になる繊維《せんい》と薬液を注いで……詳細な動きをインプットすると、それを繰り返して、あとはどんどん紙を作ってくれるんです。向こう側の排出口から出てきた紙を、私が取り出して奥の乾燥機にいれていくんですけど……ふふっ、たまに機嫌を損ねて目詰まりしちゃうとことか、すっごくかわいくて。普段は『なんでもできるよ』みたいに優等生ぶってるのに、油断すると居眠りしちゃう無防備なちっちゃい子みたいで、もうほんとかわいいんですよ。私は愛情を込めて『きゅーくん』って呼んでるんですけど、稼働音にもたまに『きゅっ、きゅっ』っていうかわいい音が混ざって――」

……一同、沈黙。

ユナさんは片手で額をおさえて俯《うつむ》き、疲れたよーな溜め息一つ。

アイシャさんだけは、にこにこと笑顔を崩さない。もちろん張り付いた作り物の笑顔である。

「クイナさんはお客様の前でもブレないですねー。皆さん、お察しと思いますが、クイナさんは紙の製造機を心から溺愛《できあい》していらっしゃいます。だから、不用意な発言は控えてくださいね？　いま心の中で思ったことは一旦《いったん》飲み込んで、そのまま吐き出さずに『そういうもの』だと思って消化しちゃってください」

アイシャさんがさらりと吐いた毒を意にも介さず、クイナさんは楚々《そそ》と微笑んだ。

……顔だけ見るとごくごく常識的な人っぽいのだが、ルークさん、自分の『人を見る目』にちょっとだけ自信がなくなってきた……。

「やだもう、アイシャちゃんったら、人をそんな変わり者みたいに言わないで。職人なら自分の道具を大事にするのは当たり前でしょ？　ユナだって自分のグローブとかすごく大事にしてるし」

「一緒にしないで。私は高いから大事に手入れしてるだけ。ダメになったら普通に買い換えるし、歪んだ思い入れとかないから」

ユナさん、そこそこ苦労してそーだな……？

……いや、しかし逆の見方をすれば、「自分の道具」にそれだけ深い思い入れを持っているのなら、職人としての腕前も相応に高いのではないかと期待できる。

一流の職人は道具を大事にする。とゆーか道具を粗末にする時点で職人としては二流三流である。

助言をいただくだけでなく、ラベルの発注先もこちらでイケるかもしれぬ。

そして我々一行は、こちらのクイナさんから、「紙」と「印刷」に関するありがたいご講義を受けることとなった。

——その先に待ち受ける、驚愕の事態を知らぬままに。

77 新たなる野望

「そちらの猫さんは、抱っこしたままだと重いでしょう？　こちらでお預かりして、ケージにいれておきましょうか」

クイナさんからのそんな申し出に、俺を抱えたリルフィ様は焦った様子でぶんぶんと首を横に振った。たゆんたゆん。

「い、いえっ……！　こ、このままで、お願い……します……っ」

さっき同様の申し出をしてくれたユナさんも、ここでフォローにまわってくださる。

「大人しい子だから大丈夫だって。私も見ておくから」

――クイナさんとユナさんからはただの猫と思われているが、今回、メインの生徒はルークさんである。俺が聞いていなければ意味がない。何か質問事項があれば、メッセンジャーキャットを使ってどなたかに代弁してもらう予定だ。

クイナさんはさっそく、見本用の紙がたくさん貼られたファイルを作業机の上に広げた。

「ではまず、紙の種類についてのご説明から――瓶詰のラベルということでしたら、印刷ができて糊を塗っても破れない程度の耐水性がまず必要です。それから、インクがにじみにくいもの……また、黒以外のインクを使う場合には、その色と発色の相性がいい紙を用意する必要があります。色の種類と数については、どのように？」

使う色によって紙も変えるのか……クラリス様が、俺からの返答を代わりに喋ってくださる。

「まずは黒と赤の二色で考えていますが、多色刷りのコスト次第では、色数を増やせればとも思っています。印刷したいのは文字と、野菜の絵と、当家の家紋と――たとえば、黒、赤、灰色、緑の四色だったら、黒と赤の二色刷りと比べて、どのくらいコストが変わりますか？」

クラリス様のこの質問に、クイナさんはちょっと驚いた様子だった。お子様発の質問としては具体的すぎたか？

「そうですね……図案やインクの使用量にもよりますが、大量生産するラベルの場合、木版印刷が主流となります。色数にあわせて複数の版を作成し、色数と同じ回数だけ、印刷作業を行うことになりますので……二色から四色に増やした場合、二倍とまではいいませんが、六割程度はコストが高くなるはずです。ただ、工房との契約内容や作業内容による変動幅もありますので、一概にはなんとも言えません。たとえば……『家紋だけを別の色で』といった場合には、スタンプによる手作業で対応できることもありますから」

そしてクイナさんは、白くて光沢と厚みのある、B3ぐらいの大きな紙を取り出した。

「仮に六色以上の場合には、こちらの『多色紙《たしょくし》』を使ったほうが安くなることが多いですね。こちらの紙は複写機《ふくしゃき》による魔光印刷《まこういんさつ》に対応しています。魔力を持っている職人にしか扱えないので、印刷できる工房は限られますが、ポスターや複製画の製作などにはこれを使うことが多く……ただ、ラベルとして使うにはコストがかかりすぎるので、高価な化粧品や高級ワインのラベルなど、貴族向けの商品でないと採算がとりにくいかと思います」

……複写機？　魔光印刷？　王都の各所で見かけた、やけに近代的なポスターの用紙はコレか！

見た目はつるんとした白い紙だが、これは明らかに、こちらの世界の独自技術の産物であろう。複写機というからには、いわゆるカラーコピー的なものか？　魔道具のようだし、仕組みも前世とは完全に別モノと思われる。

「欠点もあります。まず、多色紙と一口《ひとくち》に言っても、その種類によって得意とする色の傾向が変わります。肌色系統の繊細な濃淡を出しやすい紙は、緑や青系統の発色を苦手にしていますし、鮮やかな青や緑が出やすい紙は、薄めの色合いが出にくくて……印刷系の工房では、図案に応じて用紙の使い分けをしていますが、それぞれ原料費も違うので、同じ大きさのポスターでも価格が大きく違ったりします。苦手な色が重なるタイプの図案だと、わざわざ通常の木版印刷も併用して仕上げることもありますが、これはもちろんコストが跳ね上がります」

こーいう技術的な話こそ、ルークさんが求めていたものである！

クラリス様やリルフィ様達は退屈なはずで申し訳ないのだが、俺としてはもう興味しかない。前世の技術を魔法で再現、あるいは超越する——そういう流れは大好物である！

……まぁ、それが印刷技術ネタというのは、少しだけ地味だが。

リルフィ様に抱っこされたまま眼をキラキラさせていると、クイナさんがなにやら不思議そうな顔をした。

「こちらの猫さん……ルークさんでしたっけ？　なんだか、私の話を聞いてくれているみたいですね？　ふふっ……あ、目、逸らしちゃった」

「……おとなしい子なので、いつもいい子にしています」

クラリス様、ごめんなさい……ルークさんちょっと興奮しすぎた……

どうにか毛繕いでごまかしていると、クロード様が話をつないでフォローしてくださった。つくづく気配りの人である。

「でも、多色紙は耐候性が良くないんですよね？　屋外などに掲示した場合、三ヶ月から半年くらいで色があせて、一年もすればほとんど消えてしまうと聞きました」

クイナさんが残念そうに頷く。

「ええ、それは本当に、長年の課題なんです。室内だったら十年くらいはもつんですが、直射日光が苦手で。通常の木版印刷でも色はいずれ褪《さ》めるものですが、多色紙はさらに褪めやすいですね。そもそも、色が褪めにくいインクや紙の開発が、黒以外ではあまり進んでいないんです。私も紙の方面から試行錯誤していますが、うちのような零細工房では研究も覚束《おぼつか》なくて、失敗ばかりで……ユナにも迷惑をかけてしまっています……」

「お姉ちゃん、そういうのは別にいいから。私だってお父さん達が遺してくれた工房を守りたいし、ボクシングは好きでやってるのが、たまたま収入になっているだけだし」

ユナさんの声はあくまで明るい。なるほど、こういうところはモーラーさんの言う通り健気《けなげ》である。

しかし耐光性&耐候性の高いインクと紙か……トマト様のラベルにそこまで求める気はないが、これらはもう化学の分野であろう。ルークさんごときではあまりお役に立てぬ……

暗くなりかけた空気を入れ替えるように、クロード様が別の話題を振った。

「こちらでは紙の研究もされているんですね。もしよろしければ、どのような試みをされているのか、差し支えのない範囲で実例を見せていただけませんか」

クロード様には、前世の記憶がおぼろげにある。何か役に立てることがないかと気を使われたのであろう。

また、研究者というものは「自分の研究」について聞かれると元気が出る。これは古今東西、ほぼ例外はない。相手がスポンサーになるかもしれないお貴族様となればなおさら。

案の定、クイナさんはぱあっと破顔し、いそいそと棚の一隅へ向かった。

「私に限らず、多くの紙職人が目標としているのは、簡単にいえば『きれいに印刷ができて、その印刷が長持ちする丈夫な紙』です。特に私は、その――ユナのポスターに使えそうな、革新的なポスター用紙の開発を目指していまして！　うちのユナの可憐な勇姿を、大判のポスターで、色鮮やかに何百年も長期保存したい！　これが私の夢で――」

いつの間にかクイナさんの背後に立ったユナさんが、姉の両肩を両手でがしっと掴んだ。ちからづよい。

「……お姉ちゃん？　接客、忘れないでね……？」

「ご、ごめんなさい……聞かれたから、つい……」

姉妹の力関係（物理）は、妹さんの圧勝である……

軽く咳払いをして、クイナさんは一枚の紙を広げた。

……色は悪い。濃いめの灰色で、明らかに印刷用紙には向かぬ。

表面はつるりとしており、手触りは悪くなさそうだが、なんだかゴワゴワしていて固そうな紙である。

「……こちらは失敗した試作品の一つです。ご覧の通り、漂白できず色が濃いままなので、そもそも印刷には不向きなのですが……それ以前に、頑丈さを求めてまず耐水性を追求した結果、印刷用のインクすら完全に弾いてしまって……恥ずかしながら、印刷できない紙になってしまいました……」

苦笑いをするクイナさん。他の面々も「あー」みたいな感じ。

……ルークさんは、微妙にモヤっている。

うーん……？

クラリス様に、追加のご質問をお願いした。

「もう少し、詳しくうかがえますか？　水を弾くというのは、どのくらい……？」

「ほとんどガラスと同じくらいですねぇ。もう本当に、まっっっったく吸いません。湿気すら通さないです。紙の繊維を薬液に浸して煮込んだり乾かしたりして固めたんですが、手では破けないくらい硬くて……」

クイナさんが肩を落とした。

「それで、屋根の補修や日除けの布代わりには使えるんじゃないかと思ったんですが……水には強いのに、日差しにはそんなに強くなくて、二ヶ月くらいでぼろぼろになっちゃいました。沸騰させたお湯には普通に耐えられるので、高温に弱いわけではないと思うんですけど、日差しって厄介ですよね。こちらの紙は一年前に作ったもので、この通り、暗い場所に置いておけば今でもそんなに変化ないんですが、ほんと使い道がなくて……」

アイシャさんが愛想笑い。

「まぁ、そもそも印刷できなきゃ意味ないですしねー」

そしてユナさんも溜め息。

「ここからでしょ。強度を保ちつつ色を白に近づけて、ちゃんと印刷できるようにしていけば、きっと売れる紙になるよ」

クラリス様とリルフィ様、クロード様は「そういうものか」というお顔、ピタちゃんは何も考えてない、メイドのサーシャさんは平然と聞き流しておられる。

――俺は、クラリス様に重ねて問いかけていただく。

「コストはどのくらいなんですか？」

「とても売り物にはなりませんが……ぇぇと、これは今まで紙の製造には使っていなかった、雑草みたいな草を試験的に使って、既存の薬液の配合と濃度を極端に変えただけなので……製法には少し特殊な手間をかけていますが、かなり安上がりですね。手間賃は別として、材料費だけなら普通の紙の半分くらいだと思ってください。なので、さらに丈夫にできれば、日除け用の布素材とかには価格で対抗できそうなんですが――今のままだと、とにかく日差しに弱すぎてダメです」

……違う。

そうではない。

これ以上の丈夫さはもう必要ない。

俺は震えながら、リルフィ様の胸元から作業机へと飛び降り、広げられた「その紙」に肉球でそっと触れた。

……まじか。

おい、まじか。

……この世紀の大発明に、まさか誰も気づいていないのか……!?

どうしてこんな偉大な発明が、こんな零細工房（失礼）の片隅に平然と転がっているのだ!?

「ポスター用紙の開発」という目標が邪魔をして、この素材の特異性、革新性を見落としていると!?

ルークさんは猫目を大きく見開き、全身の毛を逆立ててガクガクと震えた。

クイナさんが不思議そうに俺の背を見ているが、もはやそんな視線を意に介する余裕はない。

「あら？　猫ちゃん、おいたはダメで……」

「な、な、なぜっ……なぜ、こんなものが、こんなところに……!?」

「……えっ？」

思わず独り言を漏らしていたが、それすらどーでも良い。正体バレ？　むしろ積極的にバラして是が非でも味方に引きずり込むに決まっている！

これから物流の革命が起きる。

既に缶詰どころの話ではない。

水はもちろんとして、インクをまったく寄せ付けないという時点で、この紙は優れた「耐薬品性」をうかがわせる。

耐酸性、耐アルカリ性、耐熱性、他、検証すべき要素はもちろん数多いが、見た目と手触りからしてもう「イケる！」予感しかない。

レトルトパウチ。

それは空気、水、光を遮断し、缶詰と同様、煮沸による内部の殺菌までもが可能な、食品保存の革命的技術である。

本来はポリプロピレンなどの石油系素材とアルミ箔などを積層加工する、化学的な製造工程が必要だ。

しかしこちらはあくまで「紙」なので、もちろん素材的にはまったくの別物、いわばペーパーパウチである。

これは早急に安全性や保存性の検証を進める必要がある。密封技術も検討せねばなるまい。

……それはそれとして、背後の空気がちょっとだけやべぇ。

「……えっ？　猫ちゃんが、しゃべっ……」

「ちょっと、アイシャ！　……この猫さんって、まさか……まさか、この間、王都を守ったっていう『猫の精霊』様なんじゃ……？」

……ユナさん鋭い。

猫の精霊様はルーシャン卿に加護を与えている→アイシャさんはそのルーシャン卿の愛弟子、という二つの事実が、現在進行形で王都に流布《るふ》されている以上、これは不自然な連想ではない。しかもユナさんはさっきから、ちらちらと俺の挙動を不審がっていた節もある。

振り返るとクロード様だけが苦笑いで、あとのみんなは「どーすんだこの空気」とでも言いたげな眼差しでルークさんを見ていた。あ、ピタちゃんは黙ってにこにこしている。何も考えていない。その境地、見習いたい。

開き直った俺は颯爽《さっそう》と作業机に立ち上がり、胸に肉球を添え深々とお辞儀《じぎ》。

「はじめまして！　自己紹介が遅れて失礼いたしました。私はリーデルハイン家のペットをしております、猫のルークと申します。本当は正体を明かす予定はなかったのですが、こちらの紙が持つ大いなる可能性に触発され……ここはぜひとも、クイナさんに全面的な協力をお願いしたく、遅ればせながらご挨拶をさせていただいた次第です！　クイナさん、この紙は素晴らしい潜在能力を秘めています！　ぜひとも我々と技術提携を結んでいただき、あわよくばこの品をトマト様の覇道に役立てていただければと……！」

一礼の後に肉球を掲げて熱弁をふるうと、クイナさんは呆然と後ずさり——よろけそうになったところを、妹のユナさんが慌てて支えた。

そしてアイシャさんが、にこにこと俺の隣に立つ。

「……えー。改めてご紹介します。こちら、つい先日、王都をお救いいただいたルーク様です……ごめん、ユナ、クイナさん。今日の工房見学は、実はこちらのルーク様のご要望でね？　王都の紙と印刷の技術について知りたいって頼まれて、手近なここに案内しちゃった。てへ☆」

かわいらしくぺろりと舌を出して、あざとさを隠しもしねぇ。

しかし相手が同性なため、効果はイマイチとゆーか、苦し紛れにごまかそうとしているよーにしか見えぬ。

それをお手本に、ルークさんも雰囲気で流そうと、戸惑う美人姉妹に愛嬌《あいきょう》を振りまいた。

「びっくりさせてしまって申し訳ないです。ただ私は、ご覧の通り、喋れる以外はただの猫ですので、あまり緊張せずに猫扱いしていただけましたら幸いです！　お二人のことはモーラーさんからもうかがっていまして、『気に入《い》った商品《しな》があったら、たくさん買《か》って欲しい』とも頼まれていたのですが……予想もしていなかった素晴らしい試作品を拝見できて、つい興奮してしまいました！」

今度はユナさんが眼をぱちくりとさせた。

「えっ……貴方、モーラーと喋れるの!?」

「はい。猫同士、もちろん意思疎通《いしそつう》できます」

「にゃーあ」

店のほうから、そのモーラーさんがのっしのっしと工房へやってきた。

（おや、ルーク様……騒がしいと思ったら、うちの子達に正体を話したのかい？）

（諸事情から、本格的にご協力いただこうと思いまして……あ、『獣の王』とかは伏せたままです）

（それならついでに伝えておくれよ。あのね、たまにでいいから、餌にチーズをよこせって。昔は貧乏だったから我慢してたけど、今はもうユナが割と稼いでいるんだし、それくらいの贅沢《ぜいたく》はねぇ？）

わかる。この世界のチーズおいしぃ……

これは同族のよしみで、きちんとお伝えせねばなるまい。

「……あのー、すみません。ちょうど今、モーラーさんから通訳を頼まれまして。『たまにでいいから、餌にチーズをつけて欲しい』とのことです」

「にゃーん」

すかさずアイシャさんが耳打ちしてくれた。

「……ゴールドバインチーズ？　というのが良いそうです。メーカー名ですかね？」

「『ゴールドバイン』は、うちのお師匠様が事業主になって展開している猫用の餌や道具の総合ブランドです。以前に何度か、お土産《みやげ》として、そこのチーズをモーラーさんにあげたことがあります」

ルーシャン様、そんな商売までやってるの……？　手広い。

ユナさんは一連のやり取りに驚きつつも、足元に寄ってきたモーラーさんを抱えあげ、俺と彼女を交互に見つめた。

「ほ、ほんとに……？　……あの、ルークさん。モーラーに『右手あげて』って、伝えてみてくれる？」

（『右前足をあげて』だそーです）

「るるぅ……」

俺が伝えると、モーラーさんは面倒くさそうに右前足をあげた。

俺は猫さん達と『獣の王』の効果で意思疎通できるが、猫さん達に「人の言葉」を正確に理解する能力はさすがにない。「言語を介さず、なんとなく雰囲気でわかる」的な部分はあるっぽいし、「お手」とか「おすわり」くらいの短い合図なら、どうにか反復練習で覚えられそうだが、「右手をあげて」みたいな具体的な指示は難しかろう。

特殊能力『獣の王』の優秀さを改めて思い知る。これは「獣の思考がわかる」力であるのと同時に、「獣にこちらの意図を正確に伝える」力でもあるのだ。

ユナさんは愛猫の仕草に驚きつつも、くすりと微笑んだ。

「そっか……モーラー。今度、チーズ買ってくるからね」

ユナさんに抱っこされたモーラーさんは眼を細め、ゴロゴロと喉を鳴らした。

うるわしき主従愛……いや、家族愛である。ペットとはいえ、モーラーさんはこの姉妹のお婆ちゃんである。

その胸温まる光景にルークさんがうんうんと頷いていると、クラリス様が俺を抱えあげてぽつり。

「……で、ルーク。印刷できないその紙にどんな使い道があるのか、ちゃんと説明してくれる？」

「もちろんです、クラリス様！　猫魔法、キャットシェルター！」

まずはくつろぎと憩《いこ》いのミーティングスペースへ通じる扉を出す。

ここから先の詳細は、窓をスクリーン代わりにしてパワーポイント的な図解にてご説明したい。

クラリス様とリルフィ様が慣れた足取りで先行し、アイシャさんは唖然とするクイナさんとユナさんの腕をとって連行する。

「……アイシャ、この扉はなに？　私達、どこに連れていかれるの？」

「隣の部屋に移動するよーなもんだから大丈夫！　おいしいお菓子もたんまりでるよー……たぶん」

もちろんです！　ここからはスイーツで釣る気満々です！

そして、今日、この時。

この国の歴史を変える（予定の）、ルークさんの「ペーパーパウチ」実現に向けたプレゼンテーションが始まったのであった。

78　猫のプレゼン

キャットシェルターは、猫カフェをモチーフにした快適居住空間である。

内装は長机タイプの家具調コタツを中心に据えつつ、周囲には勝手に動き回る猫型クッションの群れを配し、壁側にはオシャレなカウンターテーブルや椅子も用意してある。

側面の広い窓は風景や動画を映すモニターとして機能しているが、この窓の外には実際には何もない。とゆーか、外界へと続く非常口になっている。

いずれはこの先にお庭とか作ろうと思っているが、まだ手が回っていないし、思案もまとまっていないので、とうぶん先になるであろう。

「ささ、皆様、こちらへどうぞ。窓にいろいろ投影しますので、見やすい位置にお座りください」

クロスローズ工房の姉妹はきょろきょろと落ち着かない。

しかし猫のモーラーさんは、この快適亜空間にさっそく適応し、天板の一隅に置かれた座布団へ素早く陣取った。

その座布団は魔力に反応するヒーター内蔵となっており、座るととてもあたたかい。普段はルークさんの居場所であるが、今日のところはお客様にお譲りしよう。こちらはこちらでやることがある。

さっそく皆様の前に、コピーキャットで錬成《れんせい》した本日のおやつを陳列《ちんれつ》！

今日はティラミスをチョイスした。

パティシエになる夢を叶えた先輩の店で、最初に売れた記念すべきケーキであり、定番の人気商品でもある。クリーミーなマスカルポーネチーズをふんだんに用い、エスプレッソの風味をいー感じに利かせた逸品だ。

さっきモーラーさんから「チーズ食べたい」と聞いたせいで、こちらもチーズ系のスイーツを食べたくなってしまった。

見慣れぬケーキを目の前にして、クイナさんとユナさんは言葉を失っている。

アイシャさんはそんなお二人の前で、満面の笑みとともにケーキを口へ運んでいた。

「きゃー♪　ルーク様、これもすごい美味しいです！　甘さの中にコーヒーの香りも引き立っていて……あとこれ、チーズですよね？　チーズなのにこんなにさっぱりしてるってすごくないですか？　何か魔法使ってます？」

「魔法は……いやまぁ、魔法みたいな能力で錬成してはいますが、本来の品は、魔法とか使わず普通に作られているお菓子ですね」

先輩のティラミスは、カスタードの甘みも実にちょうど良い。香りを引き立たせるため甘さを控えめにしつつ、表面のココアパウダーにもエスプレッソの粉を混ぜてある。

わずかな苦味が甘さを引き立て、抑えた甘みが香りを引き立て、なめらかに溶ける舌触りによってそれらが渾然《こんぜん》と口の中で溶け合い、官能的なハーモニーとなって我々を幸せにしてくれる。

ティラミスとはイタリア語で、「私を元気づけて」というような意味であるらしい。

先輩からこの語源についての雑談を振られた際、「ティラノサウルス系女子《ミス》の略っスか？」とか答えて鼻で笑われたのも、今では良い思い出である。

フォークで切り分けたその欠片を、恐る恐る口に運んだクイナさんとユナさんが、揃って目を見開いた。

「わぁ……！」

「す、すごっ……え、何これ……？　これが精霊様の食べ物……？」

「あ、違います。私が精霊というのは、いろいろごまかすための虚偽の情報でして、実は異世界から来た猫なのです。こちらのスイーツは、その異世界側からお取り寄せしたものですね」

コピーキャットの説明はちょっとややこしいので、こんな感じで流しても良かろう。

説明しながら、俺はモーラーさんの前にもカッテージチーズをお届けした。

こちらは塩分が少ないので、猫さんでも少量ならイケると思う。モーラーさん嬉しそう。

長生きするため、食べ物に気をつける――それはとても大切なことであるが、かといって人間でも、生涯「酒禁止」「砂糖禁止」とかやられたら、それはそれで非常に切ない……適量の好物は、心理的な意味でも糧となる。

幸い、ルークさんは「じんぶつずかん」と「どうぶつずかん」を持っているため、これを駆使すればその人物の体調の変化がわかる。モーラーさんの体に影響がないか、確認しながら召し上がっていただこう。

さて、皆様におやつをご提供しながら、俺は側面の掃き出し窓をモニター表示に切り替え、手頃な指揮棒をかざした。ルーシャン様からいただいた『祓《はら》いの肉球』である。

本来は虫除けの結界を張るための昼寝用魔道具だが、こういう説明時にもちょっと便利！

「それでは、先程の紙の用途に関して、私の見解をご説明いたします！　皆様、まずはお手元の資料をご確認ください！」

ぱっと現れた執事猫さんが、コタツの上に三枚ほどのレポート用紙を人数分配布した。

内容は、俺が王都までの旅の間にまとめておいた『缶詰』に関する企画書である。サイズとか加工精度とか錆止めやコーティングなどの欲しい要素を列記し、物流上のメリット……つまり荷物の軽量化や、瓶詰と違って振動や落下でも割れない旨をまとめたものだ。本来はこれを、缶詰製作のためにスカウトした魔道具職人さんへお見せする予定であった。

「これ、ルークが書いたの……？」

「……いつの間に……？」

「もちろん深夜、クラリス様とリルフィ様がおやすみの間に書かせていただいてました！」

……ククク……ルークさんはトマト様のためとあらば、残業も厭《いと》わぬ文字通りの社畜となれるのだ……！

まぁぶっちゃけ、旅の間は日々の農作業もなかったですし。

「こちらは先日、金属価格の判明により断念に至った、『缶詰』という製品です。私の目論見《もくろみ》では、コレが瓶詰に代わる物流や保存食の要となる予定だったのですが……このネルク王国では金属が輸入頼りで高価とのことで、コスト面から諦めました。しかしながら、瓶詰にはない多くのメリットがあることは、この資料からお察しいただけるかと思います！」

そして俺は、窓型ディスプレイに、脳内でまとめた『レトルトパウチ』の画像を表示させる。

「続いてこちらをご覧ください！　これはその『缶詰』よりも、さらに軽く！　缶切り不要で使い勝手がよく！　さらにはゴミ問題すら発生しにくい、新たな包装容器！」

あ、と気づいた様子を見せたのはリルフィ様とアイシャさん。

クロード様も反応したが、こちらは「気づいた」というより「思い出した」といったほうが近そう？

リルフィ様がつぶやく。

「……ミートソースを入れる袋……ですか？」

「はい！　さっき見せていただいた、『水気を完全に弾く紙』で、この袋を製作できないか？　もしこれに成功すれば、他のスープや調味料、加工品だけでなく、洗剤やインク、一部の薬品なども、瓶詰ではなくこちらの袋で輸送できるようになる可能性があります。まぁ、長期保存性では瓶詰に軍配が上がりますので、インクや薬品の容器まで置き換わるとは考えにくいのですが、開封して即食べる食料品の場合は、実に合理的です。実際、私がかつていた世界では、この袋状の密封容器が世界中に広まっていました。ただ、加工が難しいと思っていたもので、こちらでの再現は諦めていたのですが……よもやあんな新素材に巡り会えるとはびっくりです。先程の私の興奮、その理由をご理解いただけましたでしょうか？」

　クイナさんとユナさんの顔色をうかがうと、なんかポカンとされていた。

「…………ずいぶんと、あの……しっかりした、猫さんですね？」

「……えっと……すみません……よく喋ることに驚いちゃって、肝心の内容が、頭に入ってこなくて……」

　……話が拙速《せっそく》すぎたか。ルークさん、反省。

「えーとですね。要は、あの紙を使って、将来的に数千、数万、数十万の『密封できる袋』を作成し、それにうちの特産品を入れて輸出したいのです」

　クイナさんがかっくんと首を傾げる。

「数万……数十万？」

「ヒットすれば更に増えますね。もちろん、クイナさんお一人でこなせる仕事量ではありませんので、大量生産を目指す場合には、リーデルハイン領に工場を建てることになります。材料となる草の栽培や、薬品の調達にも目処《めど》をつける必要があるでしょう。そしてその前にまず、あの紙の『食品に対する安全性』の確認や、密封の方法など、いろいろな追加研究を重ねる必要もありますが……クイナさんにはぜひ、紙の発明者として、それらへのご協力をお願いしたいのです。もちろん、成果にふさわしい報酬と地位をお約束します！　クロスローズ工房とクイナさんのお名前も、その発明者として歴史に刻まれることでしょう！」

　必死である。この人材をよそに取られるわけにはいかぬのだ……！

なにせ前世でも、ミートソースのレトルトパウチは利便性が素晴らしかった。開封して鍋で炒めるばかりでなく、袋のまま湯煎《ゆせん》でもＯＫ。

さらに前世と違って、こちらではその原料が植物由来の紙であり、有害物質さえ出なければ竈《かまど》に放り込むだけでゴミ問題も解決できる可能性がある。

半年ほどの太陽光でもぼろぼろになるとゆー話だったし、土にも還りやすいのではないか？

クイナさんはこれを「欠点」と言ったが、環境問題として考えるとむしろ大きな利点だ。

クイナさんを見ると……

焦点の合わない眼を見開き、かたかたと震え始めていた。

「えっ……えっ……？　いえ、あの……あの、印刷もできない出来損ないの紙ですよ？　あの紙に、そんな使い道が……？」

「ガラスだって印刷には不向きですが、使い道はたくさんあるでしょう。さっきの紙もそれと同じで、『印刷用紙』ではなく『新素材』として素晴らしい可能性を秘めているのです。とはいえ、まずは毒性の有無を確認し、実際に食品を入れて大丈夫なのかどーか、きちんと検証しなければなりません」

ユナさんが、やけに真剣な顔で姉の背中を撫でた。

「……お姉ちゃん、落ち着いて。まだ決まった話じゃないし、使えるかどうか、これから確かめるってことだから……まさか失敗作の紙に、そこまでうまい使い道があるわけないって、私も思うし……」

ルークさんは、にこやかに頷く。

「そうですね。まずしばらくの間は検証の日々です。もしよろしければ、私もこちらの工房に滞在させていただき、その検証のお手伝いをしたいのですが……」

「……えっ!?」

真っ先に反応したのは、何故かリルフィ様であった。

眼を見開き、あらわな肩を震わせて、絶望に近い表情をされている……

あっ。この反応は……

「い、いえ！　リルフィ様、たった数日ですよ!?　検証の方針説明とか、私がいたほうが効率も良いはずですし。もちろん、夜だけは宿に戻るとかでも可能です！」

「で、でも……あの……でも……！」

リルフィ様は、目に涙を溜めてあたふた――ルークさんは困りきって、他の方々を見回し……クロード様と目が合った。

たすけて？

「……ええと、あの、クイナさん。もしご迷惑でなければ、ルークさんと、リル姉様と……それからクラリスも一緒に、こちらの工房で検証のお手伝いをさせていただけませんか？　寝床はこの謎の空間をそのまま使えますし、食事もルークさんが用意できますので、お手間はとらせません」

クロードさま……！　すてき！

すかさずアイシャさんも挙手した。

「あ！　私も私も！　ユナ、いいでしょ？　今度、練習付き合うから！」

「えええ……いや、私はそれでいいけど……お姉ちゃん？　大丈夫？　話についていけてる？」

なかばぼーぜんとしていたクイナさんが、こくこくと頷いた。

「うん、だいじょうぶ。ユナ、お姉ちゃんはちょっと自分に都合のいい夢を見ているみたいだから、朝になったら起こしてくれる？」

……あんまり大丈夫じゃなさそう。

が、今はリルフィ様のケアを優先すべきである！

「……そんなわけで、お手数ですが、リルフィ様も私に付き添っていただけますか？　工房に入り浸るのは二、三日で、その後は日をおいて、保存性などを確認していく流れになるかと思います。作業内容は、ちょっと地味で退屈かもしれませんが……」

リルフィ様は泣きそうな顔のまま、そっと頭を下げた。

「……ルークさん、ごめんなさい……あの、自分でも……頼りすぎだって、わかってはいるんです……私、日頃が隠遁《いんとん》生活に近いせいか……王都みたいに、人の多いところは怖くて……でも、ルークさんが傍にいてくれると、それだけで安心できて……」

クラリス様が、リルフィ様に向けて俺を差し出した。精神安定剤的な扱い？　ペットとして異論はないが、さすがクラリス様、状況判断が的確ぅ。

リルフィ様は受け取った俺をぎゅっと抱きしめ、耳元に消え入りそうな声で囁く。

「……あの……やっぱり……ご迷惑、ですよね……？」

にゃーーーーーーん（形容し難き感情）

いと気高き女神リルフィ様にこんなことを言わせてはペットの名折れ！　ルークさんは基本的に愚か者であるが、さすがにここで選択肢を間違えるほど愚かではない！

「そんなことはありません！　リルフィ様と過ごせる日々は、私にとって至上のものです！　むしろ地味な検証や研究などで退屈な思いをさせてしまうのではと、それだけが心苦しく――」

「……………それは、ありえませんから……なるべく、そばにいさせてください…………」

アッ、アッ……脳が溶けりゅ……出てきちゃダメな快楽系脳内物質がドバドバでてりゅ……リルフィさま尊い……

そんな感じに魂の抜けきったルークさん、クロード様とふと視線が合った。

……クロード様は、どうしてそんなに心配そうなお顔なのですか……？　まるで、弱った子猫をどう助けたらいいのかわからずに戸惑う、心優しき少年のように哀しげなお顔……

（……ルークさん……リル姉様の『それ』は完全に天然ですけど、だからこそ、接し方を間違えないでくださいね……？　共依存は怖いですよ……？）

おや？　何の猫魔法も使っていないのに、クロード様のお声が聞こえたような……？

――気のせいだな！

ともあれ、これからしばらくの間、ルークさんはレトルトパウチ……もとい、ペーパーパウチの成功を目指し、暗躍する必要がありそうだ。

もしも成功した場合、コレはリーデルハイン領単体で活用すべきではない。

トマト様に加えて、瓶詰よりも軽く、輸送に適した新たなる包装技術――こんなもんを一子爵家で独占したら、他の貴族からのやっかみがえらいことになる。それこそスパイとか暗殺者とかを呼び込む羽目になりかねない。

ライゼー様も目先の欲に目がくらむタイプではないし、拒絶はせずとも、あまりいい顔はされないだろう。

ルークさんとしては、『共犯者を増やす』という案を検討したい。

すなわちこのペーパーパウチ技術については、リオレット陛下とか、あるいはライゼー様の寄親にあたるトリウ伯爵などの後ろ盾が欲しい。

幸い、トマト様に関しては、既にルーシャン様という強力な後ろ盾を得ているが、農産物と違い、コレは「技術」である。

しかも瓶詰よりも大幅に荷物を軽量化できるため、物流の効率をも一変させかねない偉大な技術──本来なら技術は広め、ロイヤリティを徴収《ちょうしゅう》して、クイナさんに儲けていただく流れが良いのだが、たぶん「特許」という概念はこの国には根付いてなさそう。

その代わりに、「王侯貴族による庇護」がある。

技術を貴族と結びつけることで、その利権の庇護者になってもらう──前世の感覚ではちょっと抵抗もあるのだが、郷に入りては郷に従え、社会システムそのものに手をつけたいわけでもなし、ここはネルク王国の慣例を利用すべきだろう。

そうして考えてみると……

リオレット陛下は、数年以内に退陣し、非公式に魔族への婿入りを予定している。それでなくともしばらくは内政に多忙なはずで、とてもではないが余計な仕事は頼めない。

いや、頼めばやってくれるだろーけど、だからこそ負担をおかけしたくない。過労で倒れられたらアーデリア様にも怒られてしまう。

ルーシャン様は——トマト様の件では頼りにしているが、政治力がさほど強くない。

得ている爵位は一代限り、領地を持たない身でもあり、名声こそ高いものの、他貴族への影響力そのものはそんなに大きくないのだ。

なればこそ、正妃ラライナ様もリオレット様・ルーシャン様一派を侮って、第三王子ロレンス様をゴリ押しで王位につけようと画策した。

こうして考えると——

この技術の庇護者として有望なのは、今の時点では二人に絞られる。

ライゼー様の寄親、トリウ・ラドラ伯爵。

そして軍閥のまとめ役、アルドノール・クラッツ侯爵。

彼らを巻き込むことができれば、国内諸侯への盾としては充分である。またペーパーパウチの技術は、兵士の糧食輸送という観点からも有益なはずであり、実物を眼にすれば両手《もろて》をあげて歓迎してくれるだろう。もちろん出資も期待できる。

……まあ、ちょっと気が早い。

まずはペーパーパウチの完成と検証が先だし、発明者であるクイナさんの意向を最大限に反映せねばならぬ。

今はまだ急展開に混乱しているようなので、このあたりは思考が落ち着いてから確認したほうが良かろう。

それらの諸々をライゼー様にご報告、ご相談するべく、我々も今日のところはホテルへ戻る。工房への泊まり込みは明日からとゆーことでひとつ！

工房からの帰り際、リルフィ様に抱っこされたまま、俺はクイナさんとユナさんに肉球を振った。

お二人は戸惑いながら、遠慮がちに手を振り返す。

「……ユナ、お姉ちゃん、まだ寝てる？」

「……寝たら覚めると思うよ。明日の朝、起きたら、またこの夢の続きだけど」

なかなか哲学的である。お姉さんにも、明日までには正気に戻っておいていただけるとルークさんうれしい。

何はともあれ……まずはこの吉報を、ライゼー様にご報告だ！

79 起業猫の憂鬱

よそでの夜会を終えたライゼー様がホテルにお戻りになられたのは、夜遅くになってからだった。

愛想笑いやら緊張やらでだいぶお疲れのご様子ではあったが、重要なお話である旨を告げると、寝る前にお時間をいただけた。

そして晩餐は済ませていたので、「おつかれさま」の思いを込めて追加でお好みのデザートのみをご提供する流れに。

「以前に食わせてもらった『梨のレアチーズタルト』……あれの、他の果物を使ったものなどはあるか？」

「そうですね。イチゴ、ブルーベリー、ラズベリー……あ、それらを混ぜたミックスベリーという選択肢もあります。それからオレンジ、グレープフルーツ、桃、リンゴ、ぶどう、レモン、柚子、栗、洋梨、バナナ、キウイ、マンゴー、パパイヤ……」

ライゼー様が頬を引きつらせた。

「待て待て待て。わかった。たくさんあるのはわかった。ちょっと想定外だ。せいぜい五種類くらいかと……」

ライゼー様が戸惑われるのも無理はない。

具の変化以外にも、ベースがチョコレートだったり抹茶だったり、あとチーズの味も店ごとに違ったりしたわけで、前世のスイーツ文化は本当に多彩であった……

ヨルダ様がおかしげに笑う。

「じゃ、ルーク殿のおすすめを頼みたい。俺はさっぱりしたのがいいな。ライゼーはどうだ？　気になりそうな味はあったか？」

「いや、ヨルダと同じのでいい」

というわけで、本日は「レモンと柚子のレアチーズタルト」をご提供。

レモンのレアチーズはもう定番といってよかろう。チーズとレモンの相性は素晴らしい。ここに柚子の香りとピールを付加することによって、さらに香り高く、味わいも深くなる。

もちろんクラリス様達もご一緒だ！

あと、なぜかアイシャさんも……「もう夜なのにまだ帰っていない」のではなく、アイシャさんはしばらく亜神の接待担当になったので、今夜も我々と同じ部屋に泊まる予定である。レッドワンドでの人質救出作戦以降、日々の飲食を目的に完全密着されている。

さて、タルトを一口召し上がるなり、ライゼー様は満面の笑み。

「……なるほどなぁ。この爽やかな風味と独特の苦味……チーズとレモン、それに『柚子』……混ぜるとこうなるのか。ルーク、確かこの柚子については、うちの庭でも栽培可能かどうか、実験中だったな？」

「はい！　ただ、前世では実がなるまでにとても時間のかかる果物だったので、うまくいくかどうかは不明です。トマト様と違って、こちらは成否が判明するまで数年単位で考えていただければと……」

そう。ルークさんは、この王都へ旅立つ前に、リーデルハイン邸内の実験畑にいくつかの作物を植えてきた。

それらの世話は現在、庭師のダラッカ老人におまかせしている。つい先日、暗殺者から足抜けしたシャムラーグさん達も陣営に加わった。

柚子については、もし栽培に成功すれば……食品への加工だけではなく、リルフィ様のお仕事である『香水作り』にも役立てていただけるのではと期待している。

他にも有望そうな作物をいくつか育てているが……トマト様より影響ヤバそうなのは、せいぜい四種類くらいである。けっこうあるな？

さて、レアチーズタルトを食べながら改めてご相談！

いただいてきたサンプルの端切れに触れながら、ライゼー様は思案顔。

「……完全防水で印刷すらできない紙、か。長期の日差しには弱いが、これで袋を作りたいと……ふむ。強度は問題なさそうだが……」

「触った感じでは、かなり強そうですよね。ハサミやナイフでなら切れると思いますが、いわゆる『紙』というイメージは捨てたほうがよろしいかと。たぶん、一般的な布よりも頑丈です」

ヨルダ様が口笛を吹いた。

「こいつはすさまじい。まあ、紙も布も植物由来の繊維《せんい》には違いないか。なのにコストが安め、と……他の使い道もありそうだな？　服の生地にするには、ちと着心地が悪そうだが――」

「服はさすがに難しいでしょうし、まだ思いついていませんが、用途はいろいろあるのではと期待しています！　ちょっと大きめの工房を作って量産化し、将来的にはトマト様以外の、他の特産品の輸出にも流用したいです」

ライゼー様が深く頷いた。

「方針に異論はない。あとの課題は予算だな……ルーク、そのクイナという職人と相談して、必要な資材、設備の調達にどれくらいかかるか、確認しておいてくれ」

「承りました！　とりあえず費用がかさみそうなのは紙の製造機です。これは魔道具なので、ルーシャン様にも伝手《つて》を聞いてみます。それから原料となる草は、そもそも雑草扱いで市場に流通していないようなので、領内でも栽培したほうが良いかと。これは植物の種類を把握してからですが、いずれにしてもいろんな検証を済ませる必要があるので、話が具体化するのは数ヶ月先だと思ってください」

「わかった。まだまだ概算も見えにくい段階だな。一応、栽培に適した土地の条件は把握しておいてくれ。帰ったら準備に取り掛かろう。ただ……リーデルハイン領に帰るのは、予定よりも遅くなりそうだ。今日、追加の仕事が入ってな」

はて？　追加のお仕事？　社交の季節はもうじき終わりでは？

俺が首を傾げていると、ヨルダ様が片目を瞑《つむ》った。

「まだ内々の話だが、アルドノール侯爵の領地まで、ロレンス様と正妃ラライナ様を送り届ける役目を仰せつかった。侯爵はリオレレット陛下の周辺が落ち着くまで、当分は王都から離れられんし、ライゼーに頼むってのは人選として妥当《だとう》なところだろう」

「お二人とその従者達を送り届けた後で、我々もそのまま帰路につく。つまりロレンス様達の移動予定に合わせて、王都からの出発を少し遅らせ、さらに帰り道が遠回りになるという話だ。ルーク達はどうする？　リーデルハイン領には空路でいつでも帰れるようだし、別行動でも構わんぞ」

一瞬考えたが、もちろんお返事はこうである。

「いえ、それは私もご一緒させていただきます！」

ここでライゼー様に万が一のことがあっては後悔してもしきれない。レッドワンドも不穏なままだし、この世界では魔獣の襲撃なども有り得るのだ。

あと……個人的には、折を見てロレンス様にちょっと媚びを売っておきたい。

これから予定通りに事が進めば、あの子が次期国王である。正妃様は怖いが、あの子はいい子。トマト様の市場《しじょう》たるネルク王国の安寧《あんねい》のためにも、積極的に保護したい。

そのまま正体を明かすかどーかはさておき、『猫の精霊』のふりをしてこっそり接触しておくのも悪くない。信頼できる権力者とのパイプは大事である。

というわけで今後の予定としては、
①クイナさんのクロスローズ工房で、ペーパーパウチの研究と安全性の検証。うまくいきそうなら、量産に向けた設備の注文も視野にいれ、必要な予算を検討する。
②アルドノール侯爵の領地へ移動するロレンス様の警護。
こんな感じか。

はやくリーデルハイン領へ戻って、トマト様のお世話に邁進《まいしん》したいものである。転生して初めて、留守中の畑の様子が気になる農家の皆様の心持ちを理解できた。

「あ、それと工房への泊まり込みはいいんだが、明後日《あさって》の夜だけは、クラリスとクロードをこっちに貸して欲しい。アルドノール侯爵の邸宅で夜会があって、軍閥の貴族が勢揃いするんだ。今年はリオレット陛下やルーシャン卿もおいでになるし、いっそルークとリルフィも参加してみないか？」

「あはは。猫はさすがに無理でしょう」

ご冗談かと思ったら、ヨルダ様がにやりと笑った。

「犬はだめだが、猫なら前例もある。おとなしい猫に限るし、騒いだら隔離《かくり》されるだろうが、今回は間違いなく通るぞ。なにせルーシャン卿がゲストだから、実はトリウ伯爵からも『都合がつけばあの猫も』と、直々に誘われている」

にゃーん。

……確かに、会話の席に猫がいると場が和《なご》む。正妃様のような猫嫌いの方は嫌がるだろうが、ゲストの一人がルーシャン様であるならば、会場に猫の一匹や二匹は置いておきたいところであろう。

ライゼー様が話題を変えた。

「ところで、この紙を発明した……クロスローズ工房だったか？　アイシャ様の知り合いの工房という話だったが、もしや拳闘士の、ユナ・クロスローズ選手の――」

「あ、ご実家だそうですよ。実は今日、工房見学の前に、サーシャさんがユナさんから練習に誘われまして！　お二人はスパーリングもしました」

ライゼー様とヨルダ様が目を見開いた。

「サーシャとユナ選手が？　どうしてそんなことに!?」

「勝敗はどうなった？　引き分けに持ち込んだか？」

ヨルダ様は真っ先に気にするのがそこなのか……娘の強さを的確に把握しておられる……

この問いにはサーシャさんが楚々と応じた。

「負けました。一応、寸止めのマススパーでしたので、傍目《はため》には逃げ切って引き分けに見えたかもしれませんが……実質的には負けです。体力、打撃力、実戦経験、思い切り……そういった諸々の要素で完敗して、スピードだけがどうにか互角、という印象でした」

サーシャさんも判定厳しいな⁉　素人目には割といい勝負してたと思うんですけど！

「ふむ……そこまでか。王国拳闘杯準優勝者とは聞いていたが……」

「王者のノエルさんとも軽く手合わせをさせていただきましたが、こちらは文字通り、手も足も出ずに完封されました。多少の疲労など言い訳にならないレベルの実力差で……もしかしたら、武器なしならばお父様よりも強いかもしれません。同じ人間と戦っている気がしませんでした」

ヨルダ様がにやりと笑い、ライゼー様は目を剥《む》いた。

……どっちも武力Aだし、有り得るんだよなぁ……ついでにいえば、ヨルダ様は魔力Dでノエル先輩は魔力B。体内魔力の影響次第では、ノエル先輩が圧勝する可能性すらある。

とはいえ剣や槍などの武器を使ったら、さすがにリーチの差でヨルダ様有利であろう。

でもストーンキャットさんのほうがつよい（獣の論理）

「そして、あの王者に対して、真っ向から勝負を挑めるユナさんの精神力にも改めて驚きました。彼女の強さの本質は、決して諦めず折れない、あの精神にこそあるのでしょう。その精神が日々の鍛錬を支えているがゆえに、彼女は今の強さを得た——そう思います。圧倒されました」

サーシャさんが熱血スポ根系バトル漫画みたいなこと言い出した……貴重なクール系美少女枠のメイドさんなのに……

ライゼー様がやや頬を引きつらせ、話を続ける。

「と、ともあれ、もうその二人と知り合いになっていたとは驚いた……実は、ルーク達が帰ってくる少し前に、拳闘場の広報官、ジェシカ・プロトコル殿からの手紙が届いてな。先日の拳闘観戦への礼状をまだ出していなかったから焦ったんだが——内容は、過去の私とのいざこざへの詫びと、先日のクラリス達への感謝と、それから……いま話していた、ユナ・クロスローズ選手の『夜会参加』についてだった」

ん？　話が見えず、猫はぐにゃりと首を傾げる。

「明後日《あさって》の、アルドノール・クラッツ侯爵邸の夜会……これには、王国拳闘杯の優勝者と準優勝者が、慣例的にゲストとして招かれる。王者ノエルは常連だからもう慣れたものだろうが、ユナ選手は貴族の夜会そのものが初参加で——礼儀作法や立ち居振る舞い、会話などに、まだ不安があるらしい。知り合いの貴族もいないため、気にかけつつ、もしも現地で何かあったら助けてやって欲しいと依頼された」

ほほう。納得しつつ、俺はアイシャさんへ視線を送る。レアチーズスタルトにすっかり酔いしれていたアイシャさんは、こほんと咳払い。

「あー。ジェシカさんはたぶん、今年の夜会には私も参加することをご存知ない感じですね。魔導閥の私が軍閥の夜会に出る機会はごく稀ですし、ゲストについてもいちいち公表しないので当然なんですが……クラリス様やリルフィ様と会って、年の近い貴族の子女が傍にいれば、ユナの助けになってくれると期待したんでしょう。実際、ユナの社交術にはだいぶ不安があります」

俺は二個目のレアチーズタルトをアイシャさんの前へそっと差し出し、さらにぐりんと首を傾げた。

「そうですか？　話し方は丁寧ですし、声もきれいで聞きやすいですし、おどおどしたところもないので、お貴族様へのウケは良さそうですが――」

「社交術に関しては私も人のことを言えませんが、ユナの場合は相手を問わず『素』で対応しすぎるんですよ。だから何を言い出すかわからない怖さがあります。たとえば、酔っ払った伯爵に体を触れてつい手が出てしまったりとか、ナンパされても真顔で拒絶して相手に恥をかかせたりとか、容姿を褒められたタイミングで『なにいってんだコイツ』みたいな顔したりとか……たぶん筋肉を褒められたら、お貴族様相手にも効果的なトレーニング方法の話題を振ったりとかします。話題の選択肢がほぼボクシング関連しかないのも不安な要素ですね」

むっ、むぅ……そう言われると他人事ながら不安になってきた……

ライゼー様も難しいお顔をされている。

「なるほど、そういうタイプの子だったか。ルーク、すまんが……」

「はい！　猫魔法にてこっそり警護をさせていただきます。となるとやっぱり、私も現地にいたほうが良さそうですね」

たとえば遁術《とんじゅつ》の「猫騙し」などは、使うタイミングを俺自身がしっかり見定める必要がある。ライゼー様やクラリス様達の護衛もしたいし、今回は俺も出席させていただこう。

リルフィ様が猫の背中を撫でた。

「……あの……ルークさんが参加されるなら、私も……せっかく、ドレスも作っていただきましたし……」

トリウ伯爵のお屋敷で一泊した際、お召しになっていたあの青いドレス――あの夜のリルフィ様は、ひときわお美しかった……！

人見知りが激しく引っ込み思案なリルフィ様であるが、王都での試練の日々（※適度な外出）を経て、少しだけ前向きになられたよーな気がする。

二つ目のレアチーズタルトを頬張っていたアイシャさんが、ここで「あ」と声をあげた。

「……すみません、肝心なことを忘れてました。その夜会、アーデリア様も出るらしいです。リオレット様に悪い虫が近づかないように、っていう配慮らしいんですが、ルーク様も出席されるなら伝えておきますね」

マジか。

「えっ……だ、大丈夫なんですか、それ？　魔族ってバレません？」

「例の騒動の前から、もう他の貴族のパーティーに何回かご一緒されてますし……今、急に姿を隠したら、逆に怪しいでしょう。開き直って『魔族だったらこんなところにこんな風に出てこない』っていう論理展開を狙う感じですかね。上空で戦っていた姿を一部の貴族に見られているので、そこは『精霊に操られていた』っていう設定で乗り切る予定ですが、素性《すじょう》についても改めて捏造《ねつぞう》します。ルーシャン様の知り合いの、他国の貴族のご令嬢で、政治的な面倒事を避けて数年ほど預かることになった——的な流れです。まぁ、王侯貴族であることは疑われませんよね。見た目と言動と雰囲気からして、常人とは違いすぎますから」

ウィル君、胃が痛い思いをしてそう……ユナさんだけでなく、こちらもなるべくサポートして差し上げたい。

「だから、アレですよ。私とアーデリア様とリルフィ様と、ついでにユナと、あとルーシャン派の弟子達で固まっていたら、そうそう気軽に声をかけられる心配もないでしょうし、リルフィ様にもルーク様にも安心していただけると思います。ヤバいのが近づいてきたら私がしっかりガードします！」

「アイシャ様……！　お心遣い、ありがとうございます……」

リルフィ様が感激しておられる……

でもルークさん知ってる。アイシャさんも、各方面から割と「ヤバい人」扱いされてるってこと――だからこそ警護役としては心強いのだが、ナンパ男からの警護役に虎を雇ってしまったよーなオーバーキル感がある。

ともあれ、明後日《あさって》の夜に夜会の予定は入ったが、それ以外はほぼ自由行動で良さそうなので、明日からはしっかりと工房での作業を進められそう。

うきうきと作業手順を思案していると、ふとクロード様と視線が合った。

ふむ？　何か言いたげな気配を感じる……ペットとして、ここはこちらが気を利かせるべきであろう。

「クロード様、この後、ちょっとお時間よろしいですか？　ご相談がありまして」

「う、うん！　いいですよ」

こころなしか安堵した様子である。これは……この場の誰かには聞かれたくない相談事か。つまり前世絡みかもしれぬ。

クラリス様やリルフィ様達が、寝る前の歯磨きや着替えをしている間に、俺はクロード様をキャットシェルターへご案内した。

「……で、クロード様。何か気になることでも?」

「……気づいてましたか。そんなに挙動不審でした?」

「まぁ、それなりに。クラリス様達に聞かれたくない話ですか?」

クロード様、神妙に頷いた。

「さっきのルークさんのプレゼンを聞いていて……僕も前世の『レトルトパウチ』のことを思い出したんです。父上もクラリス達も、たぶんまだ事の大きさをよくわかっていません。あれ……実現したら、えらいことになりますよね? ルークさんはずいぶん興奮していましたし、だいたいもう予想済みとは思いますが……」

「……ええ。成功して世間に広まったら、数十年のうちに物流そのものが一変する可能性があります」

「マズくないですか? たぶん、インパクトはトマト様どころじゃないですよ。うちであの技術を独占したら、スパイや暗殺者を呼び込む羽目になりそうですし、技術を狙われて不測の事態が起きるんじゃないかと……」

クロード様も、俺と同じ危機感をお持ちであった。前世仲間はこーいう時に頼りになる……!

「はい。ですから、成功してもリーデルハイン領で独占するのは避けようと思っています。ライゼー様も実物を見ればそのヤバさに気づくはずですが、現時点ではまだ安全性や、密封が可能かどーかの確認すらできていません。そのあたりに目処がついたら、改めてご相談し、軍閥のトリウ伯爵やアルドノール侯爵に共同出資を持ちかけ、後ろ盾になってもらうのが良いかと考えています」

クロード様、ちょっとは安堵《あんど》した様子だったが、続けてこんなことを言い出した。

「あのペーパーパウチの技術、もしも成功したら、軍はどう使うと思いますか？」

「えーと……それはやっぱり、糧食の輸送ですよね？」

防水性能はカンペキなのだが、日差しに弱いため、あの紙でテントの作成などは向かぬだろう。

クロード様が首を横に振った。

「あ、そういう用途の話ではなくて……『技術を独占するか、広めるか』という話です。他国に広まっては困るでしょうし、間違いなく独占します。なにせ遠征軍の大きな助けになりますから、侵攻にも役立ちます」

うむ、これはそう。だからルークさんも、他国にまで技術を広める気はない。技術を守るためにトリウ伯爵や軍閥の力をお借りしよう、という話だ。

クロード様は心配げなお顔。

「仮に軍閥で独占した場合、あの技術を使いたい商人や貴族は、軍閥に近づくことになります。その結果、何が起きるか……ルークさん、王国内の派閥争いの構造については、もうリル姉様から学んでますよね？」

あっ。

「……貴族や官僚達の派閥のパワーバランスが、大きく崩れる……ということですか？」

クロード様が頷いた。

「何か対策が必要です。リオレット陛下なんて、現時点でそのパワーバランスの対応に苦慮《くりょ》されているはずです。今回の王位継承権の騒動で、軍閥はうまく立ち回りました。内乱の回避に成功し、リオレット陛下に恩を売り、ロレンス様を庇護《ひご》し……しかも諸侯は知りませんが、数年後にはそのロレンス様が王位につく予定です。失点がないまま、うまく立ち回りすぎているんです。アルドノール侯爵やトリウ伯爵が弁《わきま》えていたとしても、派閥に属する他の貴族は、増長《ぞうちょう》を避けられないでしょう。この上、『ペーパーパウチ』なんていう革新技術を独占したら……」

むむむ……確かにこれは、看過できぬ。

「僕からの提案は単純です。ルークさん、いっそ『会社』を作りませんか」

「かいしゃ」

……ちょっと猫の日々に染まりすぎて記憶が曖昧なのですが、会社とゆーのは……社畜の巣でしたっけ？　ルークさんは家畜なので、ちょっとカテゴリが違うと思う。

「こっちの言葉で言い換えると『商店』『商会』、あるいは『工房』なんですが、感覚的には、前世にあったような『会社』に近いものを作るんです。つまり……王侯貴族や商人の支援を受けつつも、自主独立を保てる組織です。こちらでは、各商店や工房は、特定の貴族や派閥の庇護下にあることがほとんどなんですよ。王都の職人街も実は『王』の庇護下にあって、その王が『自由な取引を認めている』という解釈で成立しています」

家畜のルークさんは頷き、続きを促す。

クロード様のこのご意見は、とても重要かつ貴重なものだ。傾聴《けいちょう》に値する！

「リーデルハイン領に工房を作る以上、父上の援助は必須です。父上の立場上、軍閥が関わってくるのも避けられないでしょう。製品が市場に出回ってから余計な圧力をかけられるよりは、最初から身内に引き込んだほうがいいというルークさんの判断についても、正しいと思います」

「ええと……でもそれだと、軍閥の独占って流れですよね？」

「はい。ですから……魔導閥と正妃の閥からも協力者を引き込み、それなりの地位についてもらいましょう」

ほう。

つまり協力者をさらに増やせと……？　しかも正妃の閥から？

「魔導閥からなら……ルーシャン様だと大物すぎますし、アイシャさんがいいですかね？　正妃の閥とゆーと……」

「もちろん、王弟のロレンス様です」

そうきたか。

リオレット陛下退陣後を見据えた布石として、これは重要な一手となる。

「でも、それだけでは……結局、軍閥からの圧力は避けられませんよね？」

「はい。ここで大事なのは、名目上のトップを誰にするか、です」

普通に自前の工房を建てるだけであったら、領主のライゼー様がトップでまったく問題なかった。

そのほうが軍閥の庇護も受けやすくなるし、お貴族様なら、少なくともライバル商人とかからは余計なちょっかいをだされにくい。

でもそうなると、やはり「軍閥」の工房という立ち位置になる。その影響力を弱めるには……別の人材をトップに据える必要があろう。

「……えっと、嫌がられそうですが、クイナさんはどうでしょう？」

「現場責任者や工場長としてならいいと思いますが、トップとなると……荷が重いかと思います。トップの仕事には、人事《じんじ》や政治的な判断、ややこしい交渉事なんかが含まれますから」

ですよねー。

「……それこそ、ロレンス様を担《かつ》ぐとかは？」

「論外です。人事と工房の行く末を、身内以外に託すのは愚策《ぐさく》でしょう。しかも幼すぎますし、現時点では他人です」

「うーん……派閥の力関係と無縁で、身内で、かなり偉い人じゃないとダメなんですよね？」

そう問うと、クロード様がじっと俺を見つめた。

いやなよかん。

「……僕の目の前に、王様ですら逆らえない『亜神』様がいまして。さしあたって名目だけでも、その人……いえ、その猫がいいんじゃないかな、と思うんですが……」

無茶振りにもほどがある！

「待って待って待って。戸籍すらないですし、さすがに代表者とかは無理ですって。人前で挨拶とかできないですし！」

「ですから、あくまで名目だけです。実際の挨拶や交渉は父上やアイシャさんの力を借りましょう。

一般向けには『存在も不確かな謎の人物』ってことにして――戸籍は、他国出身者でも有力貴族が後見人になれば貰えます。ルーシャン様に頼めば、魔導師ギルドの登録証も発行してもらえるでしょう。その名義を使ったルークさんを筆頭に、父上やアイシャ様やロレンス様を出資者や社外取締役みたいな立場に据えて、リオレット陛下やトリウ伯爵にも後援をお願いして、協力を仰ぐんです。陛下の肝《きも》いりにしてもらって、半国営みたいな案も考えたんですが……国営工房だと自由がなくなりますし、国側の役人が絡んできて監査や何かで面倒な事態になるので、やっぱり会社としては、ルークさんが一番上にいるべきじゃないかと」

「無理無理無理無理」

冷や汗をかいていると、クロード様がちょっとだけ真顔に転じた。

「……ルークさん。人事《じんじ》は他人任せにできないですし、守りたいもの、やりたいことがあるのなら、そのための権利や義務を他人に委《ゆだ》ねるべきじゃありません。中身がルークさんでさえあれば、偽名でごまかしてもいいんですから、法的な部分だけはきちんとおさえておきましょう。亜神は法に縛られずとも、工房や商店は法とは無縁でいられないわけですし……大丈夫、前世でも猫が駅長とかやってたじゃないですか。あんな感じでいけますって」

「あの方達は、田舎の駅舎を縄張りにしていただけだと思うのです！」

「それならルークさんも、これから作る会社を縄張りにすればいいのでは？」

クロード様……おそろしい子……！　そもそも猫を働かせようだなんて、（亜）神をも恐れぬ所業である。

……しかし社長人事はともかくとして、とても大事なご指摘であったことは間違いない。

「け、結論にはもう少しお時間をいただきたいですが……派閥のパワーバランスまでは考えていませんでした。確かにこれは、無視できない課題です……」

「ええ。トマト様だけなら一種類の特産品の話で済みますけど、ペーパーパウチとなると物流に直結しますし、利権と影響範囲が大きすぎるんですよね……」

いきなりそこまで気にするのは心配性かもしれぬが、数年後、十数年後への影響まで考えると、初手を間違えたくはない。これは要検討である。

「発明者であるクイナさんとも相談してみます。猫が社長とか、不安しかないでしょーし……」

「……たぶんですけど、あの人、ルークさんの口車《くちぐるま》にそのまま乗っかると思いますよ……最善策を模索しているのは伝わってそうですし」

人を……いや、猫を善意の詐欺師みたいに言わないでいただきたい！　それはそれとして「猫の口車」って猫車《ねこぐるま》感あるよね。あのホラ、土木作業で使う一輪の手押し車……今言うことではないか。

……その夜、さほど賢くもない頭で寝ながら考えたルークさんは、熟睡《じゅくすい》の末、一つの結論に至った。


そして翌朝。

「派閥色のない正体不明の謎の雇われ社長なら、私以外の人材でもよさそうな気がしたのですが……」

「……まぁ、そうですね。信頼できる人柄であれば」

「セシルさんとかどうでしょう？」

「…………………えっと、誰です？」

「ライゼー様の猟犬の……」

「……うちの犬じゃないですか」

「猫でもいいなら、ワンチャン、イケるかな、って……わんちゃんだけに」

……尻尾が震えるくらいの真顔で「ダメ」って言われた。解《げ》せぬ。

余録4　猫が眠る間に

その夜。

リルフィ・リーデルハインは、昔から見慣れている悪夢を久々に見ていた。

まだ幼い頃の自分が、人気《ひとけ》のない離れに隔離されている。

閉めきられた扉の向こうから、誰か大人の声がする。

下のお兄様が亡くなられました。

上のお兄様が亡くなられました。

お母上が亡くなられました。

お父上が亡くなられました。

ご当主様《おじいさま》が亡くなられました――

顔見知りの使用人達も、リルフィには特に知らせがないまま、次々に死んでいった。生き残った者達のうち幾人かは、逃げるように屋敷を出ていった。残ったのは他に行くあてがない者、もしくは覚悟を決めた者達で――彼らの助けによって、リルフィは隔離されながらもかろうじて生き延びた。

ただしそれは、人の顔をまともに見ることもなく、朝昼夕に扉の前へと食事が置かれるだけの、幼い精神には重すぎる孤独な日々だった。

十数年前にリーデルハイン領を襲った、『ペトラ熱』という悪夢。

この病に侵された者は高熱で脳が茹だり、多くはそのまま死に至った。奇跡的に生き残った者もいるにはいるが、その数は少なく、リルフィの家族は一人もその奇跡に恵まれなかった。

屋敷で一番幼い上に、魔導師としての素質を持っていたリルフィだけは、ことさら大切にされた。

涙も枯れ果て、虚空を見つめてぼんやりと過ごす日々が続き――

そして疫病の猛威がおさまった頃、彼女の立場は「子爵家の令嬢」から「新しい当主の姪」へと変化していた。

当時のリルフィは幼すぎて、それがどういう変化なのか、よくわかってはいなかった。

ただ、自分と一緒にいてくれたはずの家族がみんな死に――外にいた親戚が、爵位を継ぐために屋敷へ戻ってきたという事実は普通に受け入れた。

……より正確には、絶望が深すぎて何も考えられなかったというほうが近い。

幸いにも、やってきた叔父のライゼー、叔母のウェルテルは優しい人々で、長男のクロードもいろいろと気を使ってくれる少年だった。

その後、長女となるクラリスも生まれ、リルフィは子爵家に「親族の魔導師」として仕える道を選び、今に至っている。

そのことに不満はない。むしろよくしてもらっていると、感謝すらしている。

ただ、幼い日に家族や知人達をまとめて失った寂しさだけは埋め難く――今も時折、悪夢を見る。

その夢をあまり見なくなったきっかけが、突然あらわれた猫の亜神、「ルーク」だった。

彼が屋敷に居着いてから、毎日が楽しく刺激的で、リルフィは寂しさを忘れてしまった。

屋敷に来た直後、ルークが一週間の昏睡《こんすい》状態に陥《おちい》った時は、かつて家族を失った日々を思い出し、再び絶望に沈んだものだが……ルークが目覚めて、その嬉しさと安堵に大泣きして以降、ほとんど悪夢を見なくなった。

あの日を境に、リルフィの中で『何か』が変わったのだ。

ルークというペット……むしろ友人、あるいは家族を得て、どうしようもなかったはずの寂しさが、まるで毛布にくるまれたように緩和された。

ある時、ルークにそれを話すと、猫はしばらく考え込んだ後にこんなことを言った。

「……実は私のいた世界にも、アニマルセラピーというのがありまして――これは、人には癒せない心の傷を、動物とのふれあいによって改善するという心の治療法なのです。おそらくは『動物と過ごす楽しい記憶』を得ることによって、その方の心を占める『過去の悲しい記憶』の割合を、ほんの少しでも軽減できれば――という発想から生まれた取り組みなのではないかと推測していますが……僭《せん》越《えつ》ながら、私も一ペットとして、リルフィ様の心に寄り添っていきたいと切に願っております。生憎《あいにく》と今の私はこの毛皮とスイーツくらいしか持ち合わせておりませんが、トマト様のご加護がきっとリルフィ様をお守りくださるでしょう』

ルークのこのトマト様に対する異常な信頼感はなんなのか、リルフィにはまだよくわかっていないのだが、しかしトマト様ではなく彼の存在が癒しになっていることは間違いなく、ルークと一緒にいるとあまり悪夢を見なくなった。

『それこそがトマト様のご加護です。トマト様には良質な睡眠につながる栄養成分がたくさん含まれておりまして――』

と、ルークのトマト様推しはさらに続いたが、リルフィとしてはたぶん猫のほうが安眠効果があると思う。

だが……

今日は久々に、昔の悪夢を見た。

理由はわかっている。王都に来てからの、ルークの常軌を逸した活躍を目にして――彼がいつか、どこか遠くへ行ってしまいそうな気がしたのだ。

敵だったはずの魔族、オズワルドを懐柔し、リオレット陛下の暗殺を阻止、狂乱した魔族のアーデリアを完封した上で、その流れでレッドワンド将国に囚われていた人質の夫婦をも救出する――

短期間にこれだけの偉業を成し遂げても、本人……本獣は平気な顔で「にゃーん」と毛繕いをしていた。

それだけのことを為せる存在が、いつまでも田舎のリーデルハイン領でくすぶっているはずもない。

本獣がそれを是としても、きっと運命や能力がそれを許さない。

今日はクロスローズ工房で世紀の大発明を見出したらしい。

ルークは異常に興奮していたが、そのすごさをリルフィはまだ理解できていない。その距離感がまた……不安を加速させる。

工房でユナという美少女拳闘士に懐《なつ》く様子を見せた時などは、それが猫としての演技だとわかっていても、胸がきゅっと締め付けられた。

無力で何の才能も才覚もない自分は、いつかきっと、ルークに置いていかれてしまう——そんな気がしたのだ。

もちろん、優しいルークがリルフィやクラリス達を見捨てるようなことはないだろうが、「もう大丈夫」とでも判断したら——彼は、猫としての自由な気質を取り戻してしまうかもしれない。

そんな深層での不安が、今宵、リルフィに久々の悪夢を見せた。

深夜、ひどい寝汗とともに目覚めたリルフィは、起きてからもしばらく無言で、暗い天井をただ見つめていた。

彼女の枕元で熟睡しているルークは、先程からなにやら妙な寝言を漏らしている。

「ムニャムニャ……猫が社長……役員報酬はトマト様……株主優待もトマト様……ボーナスはトマト様三ヶ月分……なのにどうして……お給料がきゅうりなのですか……？」

あいかわらずよくわからない内容だが、たぶん本人もよくわからない夢を見ているのだろう。

「……給料がきゅうりなら……ボーナスだって棒茄子《ぼうなす》でいいじゃないですか……い、いえ！　決してボーナスのトマト様に不満があるわけではなく……むしろ普段のお給料もトマト様で……ていうか、きゅうりは栄養価があまり……はい……ほとんど水なので……」

今宵のルークは、寝る前にクロードと何か相談をしたらしい。見ている夢もそれに関連しているのだろうが、少しうなされているようにも聞こえる。

自分と同じように悪夢を見ているなら起こしてやりたいが、涎《よだれ》が垂れているので食べ物の夢かもしれず、判断が難しい。たぶんトマト様は出てきている。

幼児サイズの小さな毛布を掛け直してやり、宙を掴むように動いていた前足を、起こさないようにそっと指先で握る。

それで安心したのか、ルークの寝言がやみ、すうすうと安らかな寝息が戻った。

リルフィはわずかに微笑み、自身も目を閉じる。

眠りへと至る暗闇の中で、ルークの前足のもふもふとした感触が安心感を与えてくれた。

今のリルフィは、ルークに支えてもらっている。その自覚はある。だが、いつまでもそのままでは、きっとだめなのだ。

人間ごときには分不相応な願いかもしれないが……近い将来においては、自分もルークを支える側になりたい。そうして初めて、胸を張って彼の傍にいられるのではないかと思う。

彼女にとって、亜神ルークはもちろんただのペットではない。ルーシャンのように、『信仰の対象』と言う気もない。

クラリスやライゼーならば『家族』と言うだろうし、ヨルダあたりは『同僚、仲間』とでも言うか

もしれない。

リルフィにとっては……おそらく、初めてできた『友人』である。

生い立ちの都合で、そもそも『友人』とはどんなものなのか、彼女にはよくわかっていない。だから、今はまだ『おそらく』という副詞がついてしまう。

種族も違うし、現状では一方的に助けられてばかりだが……将来的には今よりもっと良い関係を築きたい。そのためには、自分ももっと、精神的に強くなる必要がある。

侯爵邸での夜会もまた、そのための訓練になるかもしれない。今のリルフィは人前に出るだけで勇気が要る。

今夜はもう悪夢を見ないようにと祈りながら、リルフィは改めて眠りに落ちる。

二度目に見たのは、ルークと一緒に、真っ赤に熟したトマト様を収穫する楽しい夢だった。

80 猫を以て毒を制す

その日の朝、ルークさんの目覚めはなかなかご機嫌であった。

前夜にクロード様との会社設立に関するご相談があったせいか、一度目に見た夢は経営者となった猫さんが賃金の扱いに思い悩む悪夢であったが——

途中で何故かとーとつに、リルフィ様とい－感じに完熟トマト様を収穫するステキな夢へと切り替わり、目覚めは実にスッキリであった。

寝起き直後の朝食前に、クロード様と「わんちゃん……」「ダメ」という世知辛いやりとりはあったものの、よく考えたらセシルさんにこんな面倒事を押し付けるとゆーのも鬼畜の所業であり、いくら俺が悪辣《あくらつ》猫たんだとしても限度というものがある。

やはりここはクロード様のご助言通り、俺自身が社長になるしかあるまい……そして役員報酬として大量のトマト様を（略）

ていうか給料がきゅうりって何。カッパか？　水虎か？　もしや猫魔法で水猫さんとか出したら、きゅうりが好物だったりするのだろうか……

なんとなく朝ごはんにきゅうりの浅漬けを追加し、ポリポリと小気味良くかじっておいた。うめぇ。

さて、お昼がほど近い午前中のうちに、我々は昨日に続いて再びクロスローズ工房へとお邪魔した。

今日から数日はここに泊まり込みである！　ピタちゃんはキャットシェルター内で朝寝をしている。

まぁ、今日は退屈な作業になるってわかってますし。

なお、サーシャさんにはついてきてもらったが、クロード様は「侯爵邸の夜会」に関して軍閥の子女達で何やら打ち合わせがあるらしく、今日は士官学校のほうへ。

ライゼー様達にはもちろん、会合関係のお仕事がある。

というわけで、本日のメンバーはクラリス様、リルフィ様、サーシャさん、アイシャさん。

「おはよーございます、クイナさん！　昨日はどうも！」

人数は減ったが、今日も今日とて元気に肉球を掲げてご挨拶！

出迎えてくれたクイナさんは、力なく微笑んだ。

「おはようございます、皆さん……ふぁ……」

……なんだかびみょーにお疲れっぽい顔色である。

「あれ？　寝不足ですか？」

「……むしろ、ずっと寝てる感じですねぇ。徹夜で、その……夢が覚めないうちにと思って、いろいろ作業してました……？」

ちょっと何言ってるかわからない。

が、睡眠不足であることは間違いなさそうで、リルフィ様が心配げに寄り添った。お優しい。

「あの……でしたら、今日は横になっていただいても大丈夫ですよ……？　急ぐことではありませんし……」

「ん……ありがとうございます。でも、思いついたことはやっちゃわないと、逆に眠れない性質《たち》でして……あ、ユナは練習に行ってます。とりあえず、こちらへ」

昨日と同じように、店頭から工房へ案内されると――

そこそこ蒸し暑い。

どうやら夜通し、釜を使っていたらしい。湿度も高めでよくわからぬ薬品系の匂いが少し……もちろん窓は全開である。

そして作業机の上には――

灰色の紙で作られた、いくつかの小袋。

えっ……これ……まさか……？

「……昨日の紙を、袋状に加工したいとのことでしたので――一応、試してみました」

……ペーパーパウチの袋である！　記念すべき試作一号！

しかも、これは……継ぎ目や接着部分がない！

「こ、これはっ……！　クイナさん、一体どうやってコレを⁉」

「えっと……大きい紙を一枚ずつ作ると、そこから袋状に加工する手間がかかると思いましたので……レンガの表面に原料を塗ってから乾かしてみたんです。四隅と直線の部分は穴が空きやすかったので、レンガの角を削って丸くして……原料の粘度を高めたので、コストは一割くらい上がると思いますが、これなら袋の形にはできるかな、って――あと、厚みが少し、いびつなんですが……そのあたりは今後の工夫で改良していけるかな、と」

……たった一晩でさらりととんでもないことを成し遂げて、生あくびを一つ。

…………………ステータスなどというものは、まったくもってあてにならぬ。

いや、高い分には相応なのだろうが、クイナさんの武力体力その他は割と平均的とゆーか、CとDばかりであまり目立つ印象ではなかった。適性に「製紙B」はあるものの、この職人街においては、自らの職能に絡むB評価を持つ人がそこそこいる。他の地方から修行に来る前途ある若者も多いし、評判の高い工房の主ともなればA評価の人までいるので……王都にはやはり、有能人材が集まるのだ。

かといって、その人達がみんな、こんな世界を変えかねないレベルの大発明を成し遂げているはずもなく――

レンガサイズの小袋を手に取り、俺は感動に打ち震える。

「……すばらしい……すごいです、クイナさん……！　ちゃんと袋状になっていますから、あとは上部の密封の方法と、毒性の検証ですね！」

クイナさんが微笑みつつ、ちょっと困ったような顔をした。

「糊はですね……もう全然くっつかなくて。軽い力でペリペリ剥がれちゃいます。折りたたんでクリップで留めるか、蝋で塞ぐか……でも、蝋も簡単に剥がれちゃうんですよね」

「そのあたりもおいおい、考えていきましょう。他の職人さんや魔導師さんの知恵もお借りしたいですし、私のほうでも考えておきます！　まずは現時点での、安全性のチェックからですね」

この時点で毒性があったら、密封の方法も考えるだけ無駄である。とにかくコレが一番大事。

「ではさっそく、原料について教え……あ。でも、これはさすがに工房の秘密ですよね。契約前に明かすのはマズいでしょうし、ええと……なんかこう、間違いなく毒性のあるものとかって使ってます？」

クイナさんが曖昧《あいまい》に頷いた。

「原料をお教えするのは別にいいんですけど……あの、毒というか……薬品類はきっと、そのまま飲んだら普通にお腹を壊しますよね？」

……………それはそう。ルークさん、バカなことを聞いてしまった。大事なのは、その毒性が内容物となる食品に染み出すかどーかである。

「とりあえず、水をいれてみて、色や匂いがつくかどうかを確認してみましょうか」

結果。無色、無臭。

水をいれた状態で湯煎《ゆせん》もしてみたが、中の水がお湯になっただけであった。

空《から》の状態で煮てみても、内部に鍋側の湯が浸透することはなく、防水性はほぼ完璧のようである。

これが数日後、数ヶ月後にどうなっているかも確認せねばならぬが、現時点では満点の成績といってよい。

ルークさんは改めて茫然自失である。

「……す、すごい……え、なんでこんなことになってるんです……？　これ、本当に紙なんですよね？」

プラスチックや金属系の素材は一切使われていない。こんなもん、前世の技術でも実現できるかどうか……？

クイナさんは恥ずかしげに微笑んだ。

「どうしてこうなったのかは、作った私にもよくわからないです。使っている草はこれでして……川岸や水の中によく生えているんですけど、名前は知りません。硬くてえぐみが強くて、食用にもならず使い道がないので、雑草として扱われてます。牛でも食べません」

クイナさんが棚から取り出して見せてくれたのは、束ねられた水草のような植物であった。寒天の原料になるテングサに近い形状だが、色は真っ黒。触るとゴワゴワしている。

「これを細かく刻んで煮込むと、灰色のどろっとした液体が出てきます。そのままだといくら漉《す》いても紙になんかなりませんが、これに別の植物から抽出した薬液を二種類混ぜながら、さらに煮込むと粘度が上がり――それを紙製造機にいれれば、先日お見せしたような紙になります。紙製造機を使わず、袋状にするためにレンガへ塗った場合には……追加でちょっと魔力をあててあげないと、うまく固まりません。そのまま放置して乾かすと、強度が足りずにぽろぽろと崩れてしまうみたいです」

魔力。

製造に魔力が必要なのか……？

乱暴な推論を重ねると、この謎の草は寒天のよーに何らかの処理で固まる成分を含んでおり、それを抽出して化学反応を促す薬品を混ぜつつ魔力をあてることで分子構造が変化、プラスチックやビニール的な安定性と強度を獲得する……という話なのだろうか？

ついでにクイナさんは魔力C評価だが、魔導師ではない。魔法系の適性も持っていないはず。この部分は量産体制の構築に大きく影響する要素であり、確認は必須であろう。

「えぇと、魔力をあてる……というと、どのような作業を？」

「あ、魔導師さんほどの強い魔力ではなく、魔導ランタンを光らせる程度の、一般的なごく微量の魔力ですよ？　体内魔力っていうやつですね。紙製造機もそれで動きますから、動作時に自然に混ざるんだと思います」

魔導ランタンは、メイドのサーシャさんがリーデルハイン邸で使っていたアレだ。一般人でも使える魔道具の代表格という話であった。

「私も魔力の放出なんてできませんし、職人が素材に魔力をあてる時には、こういう道具を使うんです。私達が扱う素材の中には、わずかな魔力に反応して性質を変えるものがそこそこありますから」

そう言ってクイナさんが棚から取り出したのは、版画に使う「バレン」のようなモノであった。漢字で書くと馬棟、もしくは馬連である。競馬用語ではない。版木に紙をあてて擦る時のアレである。

ただしこちらはちょっと大きめな手の平サイズで、見た目は赤っぽくて銅製と思われる。形状的には近いが、用途も素材もバレンとは別物だ。

「リルフィ様は、アレをご存知ですか？」

「はい。あれは、発明者の名前をとって『ウォルターズ・ソーサー』と呼ばれていまして……ウォル盤と省略されることが多いですね。クイナさんの説明通り、素材に魔力をあてる時に使う魔道具ですが……王都で研究もされている職人さんには普及しているかと思いますが、田舎ではなかなか見かけません……うちにもありませんね……」

アイシャさんが横から囁く。

「ていうか、リルフィ様はそもそも『魔導師』だから必要ないんですよ。魔導師ならウォル盤を使わなくても、素材にそのまま、純度が高くて強い魔力を注げますから。私もお師匠様も同様です。ね、クイナさん？」

「そうですね。魔導師の方には無用の長物です。リルフィ様は確か、魔法水《まほうすい》もお作りになられるんでしたよね？　薬液の中に魔法水を混ぜても、ほぼ同じ効果が得られるはずですよ。もちろん魔法水は高価なので、コスト的には現実味がなさそうですが」

リルフィ様が俺の喉元を撫でた。うにゃー。

「……魔法水が高価なのは、需要が少なく、安くしてもあまり売れないから、という側面がありますが……私が作って、ルークさんがお使いになる分には……さほど負担にはならないかと——それ以前に、私が袋作りに参加すれば、魔法水も必要ありません」

ふむ。大量生産となると無理だろうが、少量生産のうちはそれも良いかもしれぬ。

しかし、お心遣いは嬉しいのだがリルフィ様に多忙な労働はちょっと……ルークさんを構うヒマがなくなってしまっては寂しいし本末転倒。袋の生産はなるべく機械化し、普通の人でも可能なレベルにしていきたい。リーデルハイン領での雇用安定にもつながるであろう。

……いやまあ、リーデルハイン領の場合は、そもそも人手不足が重要な課題なんですけど、そこはそれ。どっか後腐《あとくさ》れなさそうな所から、百人くらい連れてこられないものか……

しかしないものねだりをしても始まらぬので、とりあえず毒性の検証だ！

袋の中の水やお湯は無色、無臭のままであり、現時点で薬品類の染み出しはないものと思われる。

が、多くの食べ物は先人達の経験の蓄積を経て、その毒性が今もなお検証され続けている最中であり、「絶対」はない。数年前までは安全とされていたものが、その後の研究によって「やべぇ」と判明する例も当然あるし、ある時までは危険視されていたものが実は安全だった、なんて事態もたまに起きる。

「……ルーク、毒性の検証ってどうやるの？」

「そのことでしたらご心配なく、クラリス様！　既に策を講じております。猫魔法、『テイスティキャット』！」

「カッカッカッ」

クラッキングとともに作業机に現れたのは、鼻眼鏡をかけて白いヒゲを生やした、気難しそうなお爺ちゃんの白猫さん。黒いシルクハットをかぶり、貴族の装束を着ておられる。

ルークさんを一睨みし、一緒に出てきた猫サイズのアンティーク調アームチェアにどっしりと腰掛け、頬杖をついている。偉そう。とても偉そう。

クイナさんはびっくりして眼を擦り、言葉を失っていた。

そしてリルフィ様やクラリス様も、ルークさんよりだいぶ偉そうな猫様のご登場に戸惑っておられる。

「……あの、ルークさん……こちらの方は……？」

「テイスティキャットさんです。毒見、味見、料理の審査など、いろいろやってくれる猫さんです。ま、百聞は一見にしかずとゆーことで」

ルークさんが、袋に入った水を差し出すと、テイスティキャットさんは鷹揚《おうよう》にそれを口に含み――

一瞬後、シルクハットのてっぺんがパカッと開き、札が飛び出て「〇」と表示された。

毒性はない。大丈夫！

「これは安全です。毒性があった場合には、帽子から×の札が出て、テイスティキャットさんは怒ってその品を吐き捨てます。料理の審査時は表情で採点する感じですね。今はしかめ面ですが、美味しいものを食べるとご機嫌が良くなります。こんな感じに」

コピーキャットで錬成したチーズケーキバーを差し出すと――

テイスティキャットさんはそれを一口かじるなり、ほんわかと優しい笑顔に転じた。ご機嫌である。

椅子からはみ出した尻尾もいーい感じにゆらゆらと揺れている。帽子からは堂々の「☆」マーク。

「今後、毒性のチェックはこちらのテイスティキャットさんにお願いします。一ヶ月後、半年後といった長期保存性の検証に関しては、密封技術を開発してからですね」

密封できなければまず間違いなく腐るわけで、袋の毒性云々の前に食中毒確定である。

なお、テイスティキャットさんの毒物判定は「適量」が前提であり、健康に影響のない範囲であればスルーしてくれる設定となっている。

実は毒にならぬものというのはこの世に存在しない。どんなものにも「適量」という概念がある。

醤油は少しならおいしいが、1リットルも飲んだら死ぬ。DHMO（※水）の致死量はおよそ6リットル。塩の致死量は150グラム前後。カフェインは個人差が大きいようだが、たったの3グラムから10グラムでやべぇことになる。コーヒーならカップのサイズにもよるが、20杯～40杯前後？

「そんなに飲めんわ」というのはごもっともだが、このように日々の飲食物、嗜好品《しこうひん》でさえ、「過ぎれば毒」なのだ。

また、薬の多くも同様であり、結局は「量」と「効果」のバランスが大事とゆー話になる。

テイスティキャットさんが引っ込んだ後、アイシャさんが改めて「ほあぁ」と変な溜め息を吐いた。

「……ルーク様の猫魔法って、もう魔法じゃなくて、何か別の概念ですよね……？」

わかる。使ってる俺も若干ドン引きしてる。超越猫さんは手加減とかゲームバランスというものをご存知でない。

ともあれ毒性については即時影響する要素はなさそうで、これは喜ばしい。

煮沸や長期保管の影響で染み出すものがあるかもしれないので、決して油断はせぬが、引き続き

「ミートソース」での検証に移るとしよう。水やお湯では問題なくとも、酸性やアルカリ性の物質などに触れることで化学変化が起きる可能性もある。

「ただいまー……あ、やっぱりルークさん達も来てたんですね」

そうこうしているうちに、ユナさんがボクシングの練習（午前の部）から帰ってきた。

気づけばそろそろ太陽も中天を越し、お昼の時間が過ぎつつある！　これは一大事である。作業に没頭しすぎていた。

「あら、ユナ、おかえり。今日は早かったのね？」

「……明日、アレがあるから、今日中に貸衣装屋に行ってくる……行きたくないけど」

そう、明日はいよいよ、アルドノール侯爵邸の夜会である。

俺はユナさんに肉球を振る。

「あ！　そういえばライゼー様が、広報官のジェシカさんからお手紙をいただきまして。夜会でのユナさんのサポートというか、手助けを頼まれました。先日の試合観戦で我々とノエル先輩の間にも御縁ができたので、その流れですかね？」

俺が告げると、ユナさんは目をぱちくりさせた後、安堵したように破顔した。

「本当ですか！　そっか、リーデルハイン家って軍閥だから……すごく助かります！　あの、サーシャさんも？」

「いえ、私はクラリス様達のお召し物を整えた後、馬車で待機する予定です。他家のメイドが夜会の会場へ入り込むわけにはまいりません」

「あー……そうなんですか……」

ユナさんはたちまち残念そうなお顔……一回練習しただけで、ずいぶん仲良くなったものである……。

アイシャさんが「しょーがねぇなぁ」とでも言いたげに溜め息一つ。

「ユナ、そんな絶望しないでよ。私もお師匠様のお供としてついていくから」

ユナさんが意外そうに首を傾げた。

「えっ？　アイシャも？　あれ？　魔導閥と軍閥って、そんなに仲良くないよね？」

「別に悪くもないけどね。いつもなら出ないけど、今年はリオレット陛下が出席するから、師匠筋のルーシャン様はその護衛兼お供。お師匠様がゲストになるからってことで、猫さんにも招集がかかって、ルーク様まで出席できることになったの。もちろん、ただの猫のふりをしていただくけど」

「にゃーん」

猫のふり大事。わざとらしく一声鳴くと、ユナさんがくすりと微笑んだ。

「ルークさんも？　ふふっ、タキシードとか似合いそうですよね」

「さすがに服は着ませんが、粗相《そそう》のないよう、おとなしくしているつもりです！　ところでユナさんは、夜会とか苦手なんです？」

「うーん……軍閥の方々はボクシング興行の後ろ盾だしパトロンでもあるので、呼ばれたら行かないとですよね……でもお酒嫌いだし、愛想よく振る舞うのも疲れるし、前後に試合組めなくなるし、行かなくていいなら練習か睡眠時間にあてたいなー、っていうのが本音です」

正直な子である。すごくわかる。

「でも、皆さんと一緒だって聞いてほっとしました。知り合いがノエル先輩しかいないかと覚悟していたので。リルフィ様やクラリス様も、なるべく一緒にいていただけると嬉しいです」

恥ずかしげにテレたように笑うユナさんは、とても可憐であった。リルフィ様も「不安なのは自分だけではない」と知ってちょっと嬉しそう。

アイシャさんが苦笑いを見せた。

「一応は玉の輿《こし》のチャンスなんで、ユナみたいに貴族の夜会を嫌がる子って少数派なんですけどね。私とかはほら、一応は官僚なんで年齢制限とかないですし、のんびりだらだら長く働けますけど……女子の拳闘士は二十代半ばで引退する人が大半ですし、その後のことを考えると、貴族の有望株と結婚って勝ち組の定番ルートなんですよ。実例もそこそこありますし、ユナなら引く手数多《あまた》だと思うんですけどねー」

そういえばヨルダ様の奥方、つまりサーシャさんのお母様も拳闘士出身だったはずである。リーデルハイン領で織物工房をされているが、残念ながら俺はまだお会いしていない。

娘のサーシャさんを見る限り、かなりの美人さんなのは間違いないが、現役だったのは十五～二十年くらい前のはずなので、ユナさん達との接点はないと思われる。

クイナさんが眠そうに微笑んだ。

「ユナが貴族と結婚してくれたら、この工房も安泰《あんたい》なのかしらねー……私にはそういう話が全然ないし」

「そういう流れでの安泰は長続きしないからダメでしょ。せっかくルークさん達がお仕事の話を持ってきてくれたんだから、これを工房の収入につなげないと……あ、そうそう。縫製職人さんのところで、例の袋の密封に試せそうな物を貰ってきたよ。お姉ちゃんに頼まれてたやつ」

さすがは職人街育ち！

横のパイプがいろいろありそうな点には期待していたし、接着剤についても「まぁ、どっかにあるやろ」とは思っていた。

前世でも接着剤の歴史は極めて古く、初期のアスファルトは石器時代に生まれ、矢じりの接着などに使われていたと聞く。

獣の皮から煮出したニカワや、固まりやすい樹液などは、こちらの世界にも当然あるだろう。米のとれる地域ならデンプン糊もないわけがない。

……問題は、「ペーパーパウチ」に流用できるものが、既にあるかどーかである。

ユナさんは作業机にリュックをおろし、愛用のボクシンググローブをよけて、中から二つの小瓶を取り出した。

ガラスの蓋には、瓶との接合部にゴム的なものが塗ってあり、それが隙間を埋めて密閉性を保っている。

かたや無色透明。

かたや白濁。

どちらもそこそこの粘度があるようで、瓶の中でも波打ったりはしない。溶剤と木工用ボンドみたいな見た目であるが、成分はおそらく違う。

「これ、私のボクシンググローブの製造元の縫製工房で貰ってきたんです。革の補修用の接着剤として研究していたらしいんですけど……革に使うと、そこだけが硬くなりすぎて危ないからってことで、グローブへの使用許可が下りなかったみたいで。それで今は馬具とか革鎧の補修に使おうとしているんですが、それだけだとあまり需要もなくて、持て余してるって聞いて……もしかしたらと思って、試供品を貰ってきちゃいました」

ルークさんは猫目を見開き、無言で震える。

……これ、アレやん……どう見てもアレですやん……？

缶詰開発計画の頓挫《とんざ》からたった数日で、このような新技術に巡り会える偶然が、果たして起こり得るものであろうか……？

もしや俺、知らないうちに悪魔か何かと契約とかした？　それとも亜神様って運命力とかそーいうのまで操れる？　もしくはトマト様の加護ってそれほどまでに強力なもの……？

「白いほうは、ダンジョンに生息するライムライトスパイダーの巣を採取して加工したもので……透明なほうは工房の秘密らしくてよくわかりませんが、高いものじゃないとは思います」

そしてユナさんは、慣れた手付きで作業用の革手袋を装着。

二本のガラス棒をそれぞれの瓶に一本ずつ差し込み、二種類の液体をほんの少しだけ取り出した。

ペーパーパウチの端切れにそれぞれを塗りつけ――慎重に、ぺったんと貼り合わせる。

これは、やはり……！

「主剤と硬化剤に分けられた、二液混合タイプの強力接着剤ッ……!?」

「え？　えっと……そうですね。二つを混ぜると固まるみたいです。ルークさん、知ってたんですか？」


……この国の技術レベル、さらに各種資源のもつ可能性は、やはり侮《あなど》れぬ……

ユナさんがもたらした想定外の福音《ふくいん》を前に、猫はただただ、この僥倖《ぎょうこう》と運命の異常な確変に恐れ慄《おのの》くばかりであった。

81　猫の契約交渉

「……というわけで、試作品が完成しました」

……マジかよ。

開発は順調に進んでも一年以上はかかると覚悟していたのだが、クロスローズ工房の姉妹とその人脈によって、あっさり第一段階を飛び越えてしまった……

この後、長期を想定した保存性と接着剤も含む毒性の検証は必要だが、これにはそれこそ半年から一年くらいかかる。

今度はその間に、こちらの素材だけで再現可能な「ミートソース」の量産を目指さねばならない。

これはこれで茨《いばら》の……いや、どーかなー……なんかあっさり成功しそうな気がするな……？

……正直、何者かに運命とか操作されていそうな違和感があるのだが、超越猫さんがそんな痒《かゆ》いところに爪が届くアフターサービスをしてくれるとはとても思えぬ。

一応、称号絡みの推論は一つあるのだが……近いうちに、リルフィ様にご相談してみよう……

ともあれ、試作品製造の目処はついた。

長期保存性を検証するためには、一週間後、一ヶ月後、二ヶ月後、三ヶ月後……と、それぞれのタイミングで開封し確認できるよう、複数のペーパーパウチを作成し、保管しておく必要がある。

風雨や振動、気温の変化、日差しからの影響なども把握したいし、試作品はそこそこ多めに必要だ。

当面の目標は「賞味期限六ヶ月」、この検証用の袋はクイナさんに正式発注し、近日中に作っていただくとしよう。

そしてもうお昼の時刻をすっかり過ぎてしまったので、我々は遅めの昼食をとることに。

メニューはもちろん、たった今、袋詰めテストのためにご披露した「ミートソース」！

その甘酸っぱく芳醇《ほうじゅん》な香りを、クイナさんやユナさんも気にしていらした。しかしタマネギやスパイスが入っているため、猫のモーラーさんにはあげられぬ。無念である。

ミートソーススパゲティだけでは寂しいので、餃子みたいなサイズのミニオムライスもご用意した。実際に作るのは割とめんどくさいのだが、いなり寿司感覚で好きな数だけつまめるアイディア料理である。たこ焼き機で作っちゃう器用な人もいる。

ユナさんとクイナさんには、もちろん喜んでいただけた！

年頃の娘さんであり、さすがにがっつくような不作法はせぬが、興奮を隠せずに頬を染め、眼を輝かせて一心不乱に召し上がっておられる。

ごはんとゆーことでシェルターから出てきたピタちゃんも、口の周りを真っ赤にしながらにこにこ笑顔。

クラリス様が、横からそっとその口の周りを拭いてあげている。微笑ましい。

……三百四十二歳が九歳に世話を焼かれてるぞ……？　これはもう介護？

さらにデザートのソフトクリームをみんなで食べつつ、ペーパーパウチ試作品完成の感慨にふける。

「……普通に……できちゃいましたね……？」

ぐつぐつと試作袋の煮沸消毒が進む鍋を横目に、リルフィ様も若干、戸惑い顔。

俺は元気に肉球を掲げる。

「皆様のご協力のおかげです！　実際にうまく保存できるかどうかは、今後の推移を見ないとわかりませんが……しかし、この紙は他の用途にもきっと使えるはずですから、今回の成否にかかわらず、技術提携はぜひお願いしたいです。で、肝心の今後についてなのですが――」

俺はアイシャさんと目配せをする。ここから先は、馴染みの深い彼女から説明を受けたほうが良かろう。

そしてアイシャさんの説明を聞くうちに、クイナさんが戸惑い始めた。

「……リーデルハイン領に……工房を建てるんですか？」

「移転しろってわけじゃないですよ？　研究用の工房じゃなくて、大量生産に特化した工場が必要なんです。王都のクロスローズ工房は、このまま残しておいてもらって……その上で、向こうにこれから作る工房へクイナさんに出張してもらって、作り方とかをいろいろ指導してもらえれば、と。で、製品の売れ行きに応じて……ルーク様、なんでしたっけ？」

「ロイヤリティですね。えーと……私のいた世界での概念ですが、発明品に対して、その発明の『使用料』を支払うという仕組みです。売上に応じた歩合だったり、あるいは一年ごとに決まった使用料をお支払いしたり……一括での権利の買い取りはこちらの世界にもあるようですが、今回ばかりはそれをやると、クイナさんが大損してしまいます。この発明は物流を変えてしまうほどの革命的技術であり、これを発明したクイナさんは大金持ちになるべきなのです。私は不公正な取引が嫌いですし、そもそも私の目的は、このトマト様を！　いま召し上がっていただいたミートソースを！　国中、そしてゆくゆくは世界中に広め、皆がトマト様の恵みにひれ伏すワン・フォー・トマト、オール・フォー・トマトの理想郷を構築するべく……！」

背後のクラリス様が、熱弁をふるうルークさんのお口を、小さなお手々でそっと塞いだ。

「……ええとね。うちの領地でそのミートソースをこれから特産品として輸出するから、この袋が大量に必要なの。クイナさんにはそれを作ってもらいたいんだけど、とにかく数が多いから、一人二人じゃ手が回らないはずで……だからこちらとしては、作り方を指導してもらって、売上に応じて利益を分配する契約をして欲しいんだけど、基本的にはクイナさんの要望にあわせたいから、そのあたりを相談させてください、っていうお話」

はい。

……どうもルークさんは、トマト様が絡むと信仰心が先に立ってしまい暴走しがちである。

クイナさんは迷っておられる。これは「契約を渋っている」わけではなく、「なんて答えたらいいのかわからない」という状態だ。

「あの……普通に、うちで作った紙を買っていただくというわけにはいきませんか？」

「初期はそれでいいのですが、数年のうちには……もしかすると来年ぐらいには、それでは数が間に合わなくなるでしょう。クイナさんが不眠不休で働いても必要数に届かないでしょうし、そんな働き方はとてもさせられません」

おそらく、「紙作りをせずにお金を貰える」という話に、イマイチ違和感が拭えないのだろう。

この国の職人さん達の思考は、以下のような流れに縛られている。

技術を開発するのは、自らの「仕事の口」を増やすため。

研究の成果は、職人個人か、もしくはパトロンになっている貴族が独占するもの。

よそに技術を盗まれたら、仕方ないと割り切って諦める。その代わり、自分の側が技術を盗むことにもさして抵抗はない。そうなる前に、技術を高値で売っ払うこともある。

ただし貴族が利権に絡んでいる場合には、ちょっとややこしい事態になりがちなので、仕事と報酬さえ貰えればあんまり口を出さない。

……そんな状況を当たり前のものとしているため、「継続的な使用料」という概念が定着していないのだ。

「では、ええと……製法を買っていただいて、足りない分はそちらで作っていただいて……その上で、うちからも紙を買っていただくというのは……？」

……うーん。

これはリーデルハイン家にとっては、とても都合の良い契約なのだが、クイナさんが大損してしまう……御本人が自分の発明の真価をわかっていないというのは、なんとも歯がゆい。

こちらが「製法」に大金を積めれば良いのだが、生憎とリーデルハイン家の懐具合《ふところぐあい》も現時点ではそこまで潤沢《じゅんたく》なわけではない。

また、おそらくクイナさんの想定額もかなり安めと思われるが……これだけの大発明を前にして、その隙につけ込む気にはなれぬ。

昨夜の、クロード様との話し合いが改めて思い起こされた。

気は進まぬが、こうなるとやはり、ルークさん自身が起業し、社長権限でいろいろ差配する必要があるか……？

「……わかりました。今後のよりよい関係構築のためにどうしたら良いか、自分ももう少し考えたいので、ちょっとだけ時間をください。クイナさんのご要望に寄り添いつつ、我々と手を組んで良かったと思っていただけるようにしたいです。それまでこの技術についてはどうかご内密に——よそに漏れると、大変なことになります」

「は、はい……それは、まぁ……でも、ミートソース？　という商品があって初めて生きる技術だろうと思いますし、よそが欲しがるとは思えませんが……瓶詰のほうが、広く普及していて信頼性もありますし——」

やはり認識が甘い。スイーツのように甘い。

とはいえ、今は寝不足も祟《たた》っていっぱいいっぱいであろう。よく考えたらクイナさんには睡眠が必要である。

検証用ペーパーパウチの試作品追加は明日以降に持ち越して、疲労が限界のクイナさんには（ピタちゃんと一緒に）睡眠をとっていただき、その間に我々は、ユナさんのお供で街の貸衣装屋さんへ向かうこととなった。

「服、選ぶの苦手で……アイシャ、お願い！　一緒に来て？」

「……とのことですが、ルーク様、どうします？」

「……なんでこっちに振るんですか。一緒に行ってあげてください」

アイシャさんが俺の喉元をわしゃわしゃと撫で回す。

「でも私、ルーク様達になるべくついているように言われてまして」

「あの……それなら、私達も……行ってみたいです……」

リルフィ様が珍しく積極的だ！

クラリス様もちょっとご興味がありそうだし、貸衣装とは俺にとっても未知の業界である。見ておいて損はなかろう。

アルドノール侯爵邸での夜会は明日。

クラリス様とリルフィ様のドレスは持ってきているため、何も借りる必要はない。

アイシャさんは魔導師で、しかも弟子（もしくは護衛）の立場なので、着飾らずにいつもの格好で行くくらしい。まぁ、そもそもいつもの姿が私服というより制服っぽいですし。

そんな流れを経て、ユナさんの案内で導かれた貸衣装店。

店内にはメイドさん風の店員さんが一人。

お年は三十代の前半か、実に落ち着いた物腰で、昔はどこかの貴族の家に勤めていらしたのではと思われる。こちらのお店は貸衣装だけでなく、仕立直しや販売などもやっているようだ。

さっそく店員さんに猫アピール！

「にゃーん」

「あらあら、かわいらしい猫さん……もしよろしければ、こちらの蝶ネクタイなどはいかがですか？」

紐で結ぶタイプの、簡素な赤い蝶ネクタイをつけていただいた。

これは貸衣装ではなく販売品の小物で、お値段は前世の金銭感覚でいうと五百円くらい。あくまでペット用であり、布の品質はイマイチだが、仕立ては決して悪くない。

聞けば、このメイドさんが趣味で作っている余り布の手芸品であった。

猫用蝶ネクタイはリルフィ様もクラリス様もいたくお気に入りであったため、そのまま購入していただいた。明日の夜会にはルークさんもコレをつけた礼装で出席である！

一方、アイシャさんプロデュースによる、ユナさんのファッションショー（？）は――

「アイシャ、だめだって、これ！　胸ほとんど見えちゃってるし。背中がら空きだし……！」

「試合中だって似たような格好でしょ。あんた、大観衆の前であんな格好しておいて、今更なに言ってんの？」

……胸元とお腹と背中の大きく開いた、ビキニの水着に装飾用の布とスカートをつけただけ、みたいな白いドレスを着用されていた。

とてもよくお似合いであるが、ぶっちゃけ単純にエロい。もう擁護《ようご》できないレベルでエロい。羞恥《しゅうち》で真っ赤になったユナさんは尊いが、さすがにかわいそう。あかんやろ。

リルフィ様に抱っこされたまま、俺は小声で助け舟を出す。店員のメイドさんは奥で作業中なため、大きな声を出さなければ問題ない。

「とてもよくお似合いですが、そんなにも魅惑的な格好で貴族の野郎どもの前に出たら、周囲が狼ばかりになりそうで心配です……ユナさんには、もう少し露出部分の少ない衣装のほうがよろしいかと」

アイシャさんが舌打ちした。舌打ち？

「……ルーク様、そんなド正論を……せっかくこの子を騙くらかして、夜会の視線を集める囮《おとり》に仕立ててあげようとしていたのに……！」

……キミ、意外に属性が邪悪寄りだよね？　お友達にその仕打ちってどうなの？

「……アイシャ……？　真面目に、悪目立ちしない格好にしてって言ったよね……？」

ユナさんが怒りの真顔に転じたところで、クラリス様がハンガーに掛かった一着のドレスを差し出した。

「ユナさんには、これが似合うと思う」

九歳児の見立てと侮ってはならぬ。この場の誰よりもクラリス様の眼力は信用できる。他の面々がオシャレに絶望的なだけ、とか看破《かんぱ》してはいけない。

試着してみると――

「とてもお綺麗です！」

ルークさんはすかさず（囁《ささや》き声の音量レベルで）快哉《かいさい》を叫んだ。

試着室から出てきたユナさんがお召しになっているのは、シンプルな濃いスミレ色のイブニングドレス。

容姿としては華やかだが、ドレス自体は地味な仕立てで主張が少なく、ユナさん御本人の可憐さをより一層引き立てている。つまり衣装に着られている状態ではなく、レンタルなのにいかにも自然に着こなしておられるのだ。

貴族のご令嬢方を煽るほど豪奢《ごうしゃ》ではなく、嗤《わら》われるほど質素でもなく、まさにＴＰＯを考慮した堂々たる淑女ぶりである！

アイシャさんが唸った。

「……ユナが……ユナがいいとこのお嬢様に見える……ッ」

「とてもよくお似合いです……私も、これが良いかと思います……」

「あはは……ありがとうございます、リルフィ様。クラリス様も、いいドレスを選んでくださってありがとうございます。アイシャは後で泣かす」

せやな。

こちらでは貸衣装の細部調整もしてくれるそーで、ユナさんはメイドの店員さんと一緒に店の奥へ移動された。

衣装の調整をしている間、リルフィ様は抱っこした俺をモフりながら、ぽつりと呟く。

「……肌の露出が多ければいいというわけでも……ないのでしょうか……？」

「え？　なんのお話ですか？」

「……いえ。なんでもないです」

ちょっとさむい？　夕方になって冷えてきたかな？　もうじき初夏とはいえ、季節の変わり目だけに体調の変化には気をつけたいところである。

店の品々をじっと見定めていたクラリス様が、アイシャさんに声をかけた。

「アイシャ様。ユナさんに似合いそうな衣装を、つい選んでしまいましたが……よく考えたら、ああいう上品な格好だと余計に貴族からもてませんか？　少し下品な格好のほうが、『そういう人間』だと思われて遠巻きにされそうというか……軍閥の貴族は、一部を除いて特に体面を気にしますので、スキャンダルの気配がある女性には、逆に近づいてこないのではと思ったのですが……」

……ん？　おや？　お貴族様ってそういうもの……？　悪名高きパリピとは違う価値観……？

アイシャさんはにこにこと頷く。

「そうですねー。クラリス様の仰る通りだと思います。なので私としては、せめて楽させてあげよーと思って露骨にエロい格好させて、視線は集めつつも話しかけてくる貴族を減らす方針を勧めたんですけど……あの子は自ら茨の道を進むと決めました。ユナはいっぺん、本気でモテまくって貴族のウザさを思い知るべきです。こっちからは怒れない、邪険にするわけにもいかない、社交辞令と本音の迷路で右往左往させられつつ、それでも猫をかぶり続けなきゃいけない楽しい楽しい虚無の時間……

ククク……あの小娘、明日は泣いたり笑ったりできなくなりますよ……」

……気を利かせて助け舟を出したつもりだったが、むしろ窮地《きゅうち》に追いやってしまったのやもしれぬ……せめてもの罪滅ぼしに今夜のデザートは増量して差し上げよう。

あとアイシャさんは何か嫌なことでもあったの？　最近は美味しいもの食べてピタちゃんとお昼寝したりして、割といい生活してない？

リルフィ様が、俺の耳元に囁いた。

「あの……ルークさん……私、夜会は本当に初めてで、不安で……ずっと傍にいていただけますか……？」

「もちろんです！　リルフィ様に近づくオスどもは、片っ端から『フカー！』です！」

たちまちクラリス様に尻尾を掴まれた。

「ダメだよ、ルーク。お父様の立場に関わるから、ちゃんと愛想よくして？　リル姉様も、ルークに頼りすぎちゃだめ。代わりに私がフォローするから、自己紹介と形式的な挨拶くらいはがんばって」

「……はい……」

「……はい……」

リルフィ様とルークさん、揃ってお返事。

やはりクラリス様には逆らえぬ……だって正論なんだもの……

不安げなリルフィ様に抱かれ、毛繕いをしながら、ゴロゴロと喉を鳴らしていると――貸衣装屋さんに、別の客が現れた。

82　貸衣装屋の接近遭遇

「ちゃーす、暇してるぅー？」

「接客中。仕立て直しは終わってるから、ちょっと待ってなさい」

我々が店内を見回っていると、常連っぽい陽キャが店に来た。

奥のメイドさんから冷たい声を返されつつ現れたのは、銀髪ショートで軽装の体育会系美女……って、ノエル先輩やんけ！

先日からたびたび遭遇している、現役の最強王者である。

「あれ？　サーシャさんにリルフィ様とクラリス様……リーデルハイン家の皆様？　あ、ルークさんもこんにちはー！」

我々を見つけるなり、尻尾（幻覚）を振りながら猫……むしろ子虎のように愛想よく寄ってきた。圧が強い。

猫のふりをしたままリルフィ様に抱っこされた俺と、流れるように握手をしながら——ノエル先輩は首を傾げる。

「子爵家の方々が、どうしてこんなところへ？　夜会用のドレスを汚しちゃったとかですか？」

うむ。お貴族様が貸衣装に頼るのも、有り得ない話ではないのだが……まぁ、そういった不慮の事態とかを連想させる流れなのだろう。猫が破いちゃったとか粗相しちゃったとか、そういう可能性も疑われてそう。でもルークさんはそんなこと絶対しない！　普通の猫さんならやる！

……アレ……？　つまりルークさんは猫ではない……？　もしかしてこれアイデンティティ崩壊の危機なのでは……？（自己啓発）

「いいえ。私達はユナさんの付き添いです。王都の貸衣装屋さんにも興味がありましたので」

クラリス様がそつなく対応し、俺の冤罪《えんざい》も晴らしてくれた。

ノエル先輩が、ピン！　と反応する。

「えっ、ユナ来てるの!?　どこどこ？　ドレス見たい！　ついでに着せ替え人形にしたい！」

「……ふだんサンドバッグ扱いにしてるんだからいいじゃないですか。もうドレスは決めちゃいましたし、奥で細部調整中なんで、邪魔しないでくださいね」

アイシャさんの塩対応が炸裂！

――ちなみにこの世界にも「サンドバッグ」という単語は存在するのだが、これに関しては少々ややこしい解説が必要である。

ボクシングの練習器具として有名なサンドバッグであるが、英語圏では主に「パンチングバッグ」「トレーニングバッグ」などと呼ばれる。

この名称が生まれたのは、ボクシングが初めて日本に伝来した頃のこと。

舶来品である「打撃練習用の布袋」がガワだけ届き、「さて、中に何を詰めるべきか？」と関係者が迷った末……「とりあえず砂を詰めてみました！」というのが「サンドバッグ」のはじまりらしい。

本来は布系の素材をぎゅうぎゅうに詰めるものだったのだが、この勘違いが「サンドバッグ」という名称を生み、そのまま普及してしまった。

実際には、砂を詰めると「土嚢《どのう》」のようになってしまい、重すぎる上に硬すぎるため、拳や手首を痛めてしまう。

なので現在、巷《ちまた》で「サンドバッグ」と呼ばれるものの中身は、砂ではなく布系の素材となっている。要するにボクシング用のパンチングバッグを「サンドバッグ」と呼称するのは日本独自の文化であり、他国では意味が通じない。

この単語がネルク王国に根付いている時点で、この地へ過去にやってきてボクシングを定着させた人は「元日本人である」可能性が高いというわけなのだが……

——そんな猫の真面目な考察をあざ笑うかのよーに、この地には「砂を詰めた文字通りのサンドバッグ」も実在している。

勘違いしたとか間違えて作ったとかではなく、なんと実用品である……

こちらの人々はそもそもの身体能力・頑丈さが段違いな上、体内魔力まで乗っけた打撃はかなり強烈なため……砂を詰めた「サンドバッグ」も、安価で実用的な練習器具として普通に定着してしまったらしいのだ。

ただし使い方は「吊るす」のではなく、「地面に置いて反対側から誰かが支える」、もしくは「地面に突き立てた柱へ固定する」というもので、後者だとお相撲さんが突っ張りの練習をする時に使う「鉄砲柱」に近い存在感。上から吊るさないのは、鎖などの金属素材が高価なのも理由の一つと思われる。

また形状も円筒形ではなく、ずんぐりとした箱型だったり跳び箱のような台形だったりと、倒れにくい。

そしてその重量ゆえに、ほぼ据え置きで使用するため……拳闘用語における「サンドバッグ扱い」という言葉は、「相手をコーナーに追い詰めて動きを封じてタコ殴り」という意味である。ノエル先輩はそういうことをする……まぁ真剣勝負だからしゃーない。

ノエル先輩は唇をとがらせてぶーたれた。

「だってユナのドレス姿とか超貴重じゃん！　あの子、ほっとくとオシャレとか絶対しないでしょ？　こういう機会は最大限、活用しないと！　てゆーか、なんで誘ってくれなかったの⁉」

「落ち着け王者。先輩にそういう反応されるのが面倒くさくて、ユナもこっそり来たんだと思いますよ」

まぁ、うん……クラリス様の推薦で即決だったたし、えろいのはさすがに抵抗あったようだが、「悪目立ちしないならなんでもいい」という方針だったのは間違いない。

「このお店は、拳闘士の方がよく利用されているのですか？」

クラリス様が問うと、ノエル先輩がにっこりと愛想よく頷いた。

「うん！　店長さんが元選手だったから、いろいろ融通きかせてくれるし……私らはほら、普通の子達より手足が筋肉質だから、そのあたりのサイズ調整のコツがわかってる人のほうが、任せっきりにできて助かるんですよね。他のお店のドレスだと、ちょっと動いただけで破れたりしちゃうんで……」

……あの瀟洒《しょうしゃ》なメイド店長、元拳闘士なのか……見えねえ。

「あと運営側とも提携してるんで、料金が格安で安心感もあります。私はこの季節、いろんなとこの夜会に呼ばれるんですが、毎回同じドレスってわけにもいかないので、ここにはほんと助けられてますよ」

話しながら、ノエル先輩はちらちらと我々を見渡した。

「うーん。このままユナを待つだけっていうのも退屈ですし……レンタルは必要ないでしょうけど、皆様、ちょっとだけ試着とかしてみません？　ちょうどクラリス様に似合いそうな衣装に、心当たりがあるんですよ！」

ほう。この王者はなかなか気が利く！　褒美をくれてやろう（肉球てしてし）

「あの、お客ではないのに良いのでしょうか？」

「そんなの気にしなくて大丈夫ですよ！　今回は借りなくても、いずれ機会があるかもですし、ここはレンタルだけじゃなくて購入もできるんです。気に入ったものがあればぜひ！」

ノエル先輩は、衣装だらけの店内を勝手知ったる様子で歩き始める。既にお目当ての衣装には目星をつけているようで足取りに迷いはない。

そして彼女がハンガーごととって見せたのは……漆黒のゴスロリドレスであった。

ヒダがすごい！　布が多い！　絶対重いやつ！

しかし「クラリス様に似合いそう」という点で異論はなく、これはなかなかのチョイス……ルークさんが感心していると、さらにてきぱきとカチューシャ、手袋なども選び、まとめてサーシャさんへ手渡した。

「これ、クラリス様の分です！　それから、リルフィ様にはこっちを！」

「えっ。わ、私もですか……？」

「もちろんです！　サーシャさんのもありますよ！」

「申し訳ありません。私は職務中ですので、遠慮させていただきます」

サーシャさんが逃げた。

「だめだよ！　護衛メイドだったら、何かの任務でドレス姿に偽装する機会があるかもしれないんだから！　こういうのは経験できる時に経験しておかないと！」

しかし回り込まれてしまった！

割と無茶な言い分ではあるが、ノエル先輩の勢いに押し切られ、三人ともそれぞれオススメの衣装をもたされて、あっという間に試着室へと押し込まれる。手際《てぎわ》が良い。

「アイシャはリルフィ様の着替えの手伝いをお願い！　あ、ルークさんはこちらでお預かりしておきますねー」

そしていつの間にか、あっさりノエル先輩に抱え込まれ、存分にモフられる俺――

…………こやつ、策士か!?　もしや猫モフりたかっただけでは!?

……いやまぁ、皆様のお着替えを覗くわけにはいかないので、着替え中はアイシャさんあたりに抱っこしてもらうつもりではあったのだが……それはそれとして、昨日と違って今日のノエル先輩は体温高めで快適である。

俺は猫さんらしく虚無のお顔で虚空を見つめ、擬態《ぎたい》に努める。

……そういえば昨日のノエル先輩の言動は、ちょっと俺の正体にニアミス気味であった。むしろ既にちょっとバレてるよーな気もするのだが……一応は冗談めかした雰囲気でもあったし、カマをかけてみただけかもしれないし……

……そしてノエル先輩は、我が耳元で、ものすごくかすかな囁《ささや》き声を紡いだ。

「……ルークさん。なかなか言えるタイミングがなかったんだけど……ありがとうね、王都を守ってくれて」

……ひゅい？

猫さんは尻尾をピンと逆立て、硬直してしまう。

え？　え？　……あれ？　やっぱり、いろいろバレてる？　なんで？　どうして……？

「あは。やっぱり、あの魔導師みたいな黒猫さんとおんなじ匂いがする――あ、喋らなくていいからね？　これは私の独り言」

ノエル先輩はくすくすと笑いながら、俺の後頭部にもふっと顔を押し付けた。そのまま骨伝導で声を伝えてくる。

「はー、おちつく……あのね、ルークさん。私、本当はこの国の生まれじゃないの。だけど、子供の頃からずっとここで暮らしてきたから……今の私にとっては、ここが故郷みたいなもの。街も好きだし、大切な人もいっぱいいるし、拳闘も楽しいし……そういうのを全部ひっくるめて、みんなを助けてくれてありがとう。まさか一人の犠牲も出さずに、純血の魔族を完封しちゃうとは思わなかったけど――ふふっ、かっこよかったよ?」

「…………にゃ、にゃーん……」

トマト様の市場《しじょう》を守っただけとかいえない雰囲気!

動揺で鳴き声が震えてしまった俺を、いったい誰が責められよう……いや、本当になんでバレた……? 黒猫魔導部隊の猫さんが俺と同じ体臭ってマジ? 猫の臭いなんて概ねどいつもこいつも似たようなものでは?(暴論)

……もちろん住環境や餌で変わりはするだろうし、あの子らは一応、俺の分身みたいなものでもあるが――

ノエル先輩の猫力は、ルーシャン様やリルフィ様には及ばぬものの、88とかなり高い。ここまで高いと、猫に対する妙なセンサーが働いたとしても不思議はあるまい。さらに彼女は『星の眼』などという謎の特殊能力まで持っている。

――実際、亜神たる俺がもっとも警戒すべきなのは、ステータスの単純な高低よりも、この『特殊能力』なのではないかと思う。

かつてアイシャさんが俺の存在に気づいたのも『夢見の千里眼』なる力のせいだった。こうした知覚系の特殊能力の前には、俺も正体を隠し切れぬのだ……

ノエル先輩が、猫の喉元を撫でながら呟く。

「ルークさん、もしも私で力になれることがあったら、なんでも言ってね? 直接言うのが難しいなら、クラリス様達を通じてでもいいから。遠慮なく頼って欲しいな。王都を救ってくれたお礼ってことで！」

……俺は観念した。

これもう完全にバレてる。ごまかしきかない。ならばもう、いっそのこと味方に引き込む！

そう決意した後で、俺は口を開いた。

「……ノエル先輩、どうかお気になさらず。私はただ、安穏《あんのん》たる猫らしい生活のために、降りかかる火の粉を払っただけなのです」

小声で応じると……ノエル先輩は、きょとんとして俺を抱え直した。

「……え？　アレ？　え？　普通に喋れる感じ？　あ、ごめん。てっきり喋れなくて、念話とかイメージとかでやりとりする感じなのかなー、って思ってたから……へー。そっかぁ。ルークさん、こんな声だったんだ？」

にやっ、と笑い……改めて王者は、猫を強めに抱擁《ほうよう》した。にゃーん。

「実はちょっと自信なかったんだよねー。いや、ただの猫さんじゃないっていうのはわかってたんだけど、話せるのかなー、とか、価値観も猫さんなのかなー、とか、不確定要素も多くて。そっかー。普通に話せる子だったかー」

…………………完全にはバレてなかった!?　え!?　もしかしてハメられた!?　はやまった!?　間抜けが見つかった感じ!?

動揺のあまり猫目を見開いてカタカタ震えていると、ノエル先輩はそんな俺を撫で回し、それこそ猫のようにいたずらっぽく笑った。

「だいじょーぶ、だいじょーぶ。誰にも言わないから。その代わり、私とも友達になってくれる？　あ、ユナはもう知ってるのかな？」

「……はい。つい先日、クイナさんの工房と技術提携をする流れになりまして、ご挨拶させていただきました……」

完落ちした容疑者の如く、ルークさんは自己のセキュリティ能力に一抹どころか絶望的な不安を抱く――やはり猫には賢い飼い主が必要。くらりすさま……りるふぃさま……どこ……？（※試着室）

しょぼくれた俺を見て――ノエル先輩が、不思議そうに首を傾げた。

「あれ？　ルークさん、落ち込んでるの？　なんで？」

「……はあ。自分のセキュリティレベルの低さに、呆れておりまして……一応、いろいろ隠して立ち回っていたつもりなのですが、こうもあっさりと馬脚《ばきゃく》……もとい、猫脚《ねこあし》をあらわしてしまうとは……」

たちまちノエル先輩が、猫をぎゅっと強めに抱擁しなおした。リルフィ様ほどではないものの、かなり量感のあるお胸にがっつり埋もれてしまい、「ほああ！」と内心で慌てふためく猫一匹。

煩悩《ぼんのう》のままに動揺する俺の背を、まるで赤ん坊をあやすようにしてノエル先輩が撫でる。にゃーん。にゃーん。にゃあああーーーーん（やや汚い鳴き声）

「それはルークさんのせいじゃないよ？　あくまで私のせいだから、そんなに落ち込まないでね。私には、『星の眼』っていう変な力があって……精霊が見えたり、人間に化けている神獣とかの正体が見えるの。昨日、ルークさんと一緒にいた『ピスタ』様って子も、リーデルハイン家の親族って紹介されたけど、正体は角が生えたウサギさんでしょ？」

ピタちゃんの正体まで見破られていた⁉　ノエル先輩やっぱやべぇな……

「割と感覚頼みなところもあるから、そんなに確度の高い力じゃないんだけどね。なんか、こう……視力検査で、ものすごく遠くの小さなCマークが、ぼやけちゃってまともに見えないんだけど、なんとなーく、薄ぼんやりと輪郭がわかるよーな気がしないでもないってゆーか……そんな感じ？」

わからんけどわかる気がする。要するに「自信はないけどたぶん右！」みたいな感覚である。そして正解は下だったりもする。

「ふむ……それでも、人にはわからないはずのものがわかるとゆーのはすごいですね。ちなみに、私のことはどのように見えてます？」

「ルークさんは猫にしか見えないよ？　ただ……間違いなく猫なんだけど、普通の猫さんとはちょっと違う感じなの。人間と魔族みたいな違いっていうか……見た目じゃなくて、『力の根源』の部分が違うっていうか……」

物言いが曖昧なのは、おそらくご当人もどう説明したものか、よくわからないせいだろう。実際、「感覚的なもの」を他人に説明するのは難しい。たとえば「貴方はどうやって右手を動かしているのですか？」と聞かれたところで、大概の人は「……なんとなく？」とか「動かそうと思えば、普通に動かせるのでは？」みたいな回答になってしまいがちである。

「だから初対面の時は、少し違和感はあったけど、『すっごくかわいい猫さん！』としか思わなかったんだよねー。ただ、会う前から……『王都に何か、すごい子が来てるな』っていう直感はあったの。

アーデリア様のことかとも思ったんだけど、なんか違う感じもあって……夜中に、お城よりでっかい三毛猫さんが一瞬だけ出てきて、飛んできた流星を打ち返した場面も見たんだけど、あれもルークさんのおかげでしょ？」

……オズワルド氏の狙撃をキャットバリアーで跳ね返した時か……アレも一瞬とはいえ目撃者がそこそこいたはずなので、まぁしゃーない。

それより、ノエル先輩の発言にはもっとやべぇ情報が含まれている。

「……アーデリア様についても、何かご存知なんですか……？」

「あの人、純血の魔族でしょ？　あれはわかるよ、わかりやすいもん」

……マジか。

そういえばアイシャさんとかルーシャン様も、「人によってはわかる」と言っていた。前提条件として強めの魔力が必要とのことだったし、「普通はわからない」とも仰っていたが、民間レベルで気づいている人が、他にもいるかもしれないのか――

やはりアーデリア様は、あまり表へ出るべきではないのかもしれぬ。

「……あ、あの、その件、他の人に喋ったりは……!?」

「言わないよー。魔族なんてわざわざ怒らせたくないし。触らぬ神に祟りなしっていうでしょ？　私みたいな能力がある人ほど、そういう『触っちゃいけない存在』に対しても敏感だから……普通はまぁ、見て見ぬふりをするし、誰にも言わないかな。嘘つき呼ばわりされるのも面倒だし」

ルークさんは別に「触っちゃいけない存在」ではないらしい。まぁ猫だしな。

……いや、もしかしてこの子、俺が『亜神』だってことにまでは気づいていない？　神獣の一種だと思われてる可能性はある。

「ルークさんはアーデリア様ともお友達なの？　王都上空では戦ってたみたいだけど」

「もちろんお友達です！　上空でのアレは、陛下が暗殺されたと勘違いして、アーデリア様が暴走しちゃっただけなので……いろいろありましたが、今は丸く収まっています」

「そっか。やっぱりルークさん、いい子だねー♪　王都だけじゃなくて、陛下やアーデリア様までちゃんと守ってくれたんでしょ？　なのに、手柄も主張しないでただの猫のふりをして……それでいいの？」

俺を撫でくりまわしながら、ノエル先輩は答えのわかりきったことを聞いてきた。わかっていてもあえて、俺の口から言わせて確認したいのだろう。

「もちろんです。猫の私にとって名声なんて邪魔なだけですし、私を利用したい権力者とかに目をつけられるのもごめんです。ノエル先輩もどうか、くれぐれも私のことはご内密に」

「ん、おっけー！　……ところでルークさん、なんで私のこと『先輩』って呼んでるの？」

「……ユナさんとかアイシャさんがそう呼んでいるので、私も流れでつい」

前世でお世話になったケーキ屋の先輩に、ちょっとだけ存在感が似てる……とか言ったら、先輩にもノエル先輩にも嫌な顔をされそうである。

顔は似てない。体格も言葉遣いも違う。でも、なんか、こう……後輩達に対する距離感というか、明るくて面倒見が良くて、気ままそうに見えても意外と周囲に目配りしているところなんかは、けっこう通じるところがありそうだ。

人間的には好きなタイプでもあり、同時に『つい親身になってしまいそう』という意味では苦手なタイプでもある。

ノエル先輩との会話が一段落したところで、試着室のカーテンが開いた。

先に出てきたのはリルフィ様とアイシャさん。続いて隣からクラリス様とサーシャさん。

ノエル先輩が、にっこにっこの上機嫌で抱えた俺の肉球を振らせる。ルークさんはもはや抵抗せぬ……

「わー、思った通り！　みんなすてき！」

黒いゴスロリ衣装のクラリス様は、怜悧なお顔立ちとあいまって、まるでお人形さんのよう！　魔族のウィル君の妹、山中で迷子になっていたフレデリカちゃんをちょっと思い出した。あちらのほうがクラリス様より年上であるが、並んだら姉妹のように見えそうである。

そしてリルフィ様は、なんと男装！

軍人さんっぽい白い礼服……もちろん「女性用」の男装衣装であり、胸まわりなどは立体縫製、脚を覆うロングパンツもあくまで女性用のシルエットだ。

ちょっと気弱げな風貌のリルフィ様とは大きなギャップのある衣装で、「これはこれで！」とルークさんも拍手喝采してしまうお美しさである！

そしてサーシャさんの装いは、貴族令嬢もかくやという、黒い生地に銀糸をあしらった上品なイブニングドレス。

こちらもなかなかセンスが良い。ノエル先輩はユナさんと違い、この手のおしゃれにも詳しそうである。そういや拳闘場の景品のバニーガールポスターも、だいぶ悪ノリしてたけど似合ってはいたな……

「とてもよくお似合いです！」

猫が目をキラキラさせて褒め称えると、クラリス様のジト目とリルフィ様のビックリ顔とサーシャさんの溜め息が返ってきた。言いたいことはわかる。「ちょっと目を離した隙にどうして平然と喋ってるんだこの猫」である。ごめん。

一方、アイシャさんはノエル先輩を軽めに睨んだ。

「……先輩、なにしたんです？」

「え？　なんにも？　ルークさんと仲良くしてただけだよ？」

ノエル先輩は俺を胸に抱えたまま、にっこにこで前足を持って踊らせる。るんたったー。るんたったー。ついでに尻尾も振っておこ。いかん。視線が冷たい。

店の奥から、店主さんとユナさんが出てきた。

「すみません、おまたせしました。調整と貸出手続きが終わ……えっ、皆さんどうしたんですか、その格好……あ、ノエル先輩」

最後の名前を呟いた段階で、すべてを察した響きがあった。

メイドの店主も笑顔を見せる。

「あらあら、あらあら……皆様、よくお似合いです！　まるであつらえたみたいに……お買い上げになりますか？」

ゴスロリクラリス様がちょこんと頭を下げる。

「いいえ、申し訳ありません。今日は持ち合わせが少ないので、試着だけで」

「そうでしたか、これは失礼を――でも本当によくお似合いで！　三着とも、少しだけ着る人を選ぶデザインの服なので、こうまで似合ってしまうと製作者として嬉しくなっちゃいますね。ご用命の際にはぜひ！」

あながち商売トークでもないようで、笑顔がガチである。実際、本当によくお似合いである。ノエル先輩の見立てすげぇ。

メイド店主が来たため、俺も素知らぬ顔でお口にチャック。追及はいったん、ここで途切れた。

ユナさんが王者に視線を向ける。

「えっと……ノエル先輩は、この後、どこかでお茶でもしていきます？」

ノエル先輩は軽く手を振った。

「ううん、今日はドレス受け取った後、ジェシカさんとこに顔出す約束してるからパス。明日のアルドノール侯爵邸の夜会には、ユナも出るんでしょ？　ちゃんとエスコートしてあげるね！」

「……先輩と一緒だと、すごい目立つんで……ちょっと考えさせてください」

ノエル先輩が俺をユナさんに手渡しつつ、呆れ顔に転じた。クラリス様達はまだ試着衣装姿なので、猫の毛がつくのを避けるためであろう。

「ユナさぁ……去年までならともかく、王国拳闘杯の準優勝まで行ったら、さすがにもう夜会で目立つのは避けられないよ？　そこは諦めな？」

「いえ。諦めの悪さが私の武器ですから」

リングの上ではかっこいいセリフなのだろうが、この場面でその返しはちょっとどうか。

その後、我々一行は試着の衣装を着替えて返却し、そそくさと貸衣装店を後にした。

リルフィ様の抱っこはやはりおちつく！

ぬくもり、安定感、柔らかさ、いい匂い、すべてがパーフェクトであり、またクラリス様より視点も高いので周囲がよく見える。猫の姿になって実感したことの一つだが、やはり視点が低いと周辺を確認・警戒するのに不便である。そもそも猫さんは高いところがすき。キャットタワーの最上段とか特等席である。

王都の街並みを横目に歩きながら、アイシャさんが溜め息まじりにぽつり。

「……で、ルーク様。一応、言い訳を聞きます」

……ですよねー。

「……すみません。なんか普通にバレてました」

最終的には誘導尋問に引っかかったよーな形になってしまったが、しかし『普通の猫ではない』と明確に気づかれていたのは間違いない。

アイシャさんはお疲れ気味の表情で天を仰ぐ。

「あー……ノエル先輩は動物じみたところがあるので、ルーク様の称号の『獣の王』のほうに反応したかもしれませんね……」

「それはないと思いますけど、うちのヨルダ様も、私のことを初対面の時から警戒していたようです。やはり戦闘能力が卓越《たくえつ》している方は、そういう勘が働きやすいのかもしれません。あと彼女の場合、なんか『星の眼』という、変わった特殊能力をお持ちだそうで……」

ユナさんがきょとんとして、何かを言い淀んだ。

その反応が気になり、俺はユナさんに視線を向ける。

「ユナさん？　何か思い当たる節が？」

「……あー。ええと……あの、そもそもルークさんって、普通の猫とはちょっと違うので……サーシャさんとの練習の時点で、私も『変だな』って思ってましたし、バレる人には普通にバレると思いますよ？」

なんですと。

「……それはつまり、『ユナさんも強者だから気づいた』とかではなく……？」

「そういうのじゃないですね。ルークさんは、見た目は猫なのに挙動がたまに猫っぽくないというか……練習を見ている時の真剣な顔つきとか、人の話に相槌《あいづち》を打つタイミングとか、ちょっと眼が合った時に会釈《えしゃく》が返ってきたりとか、まわりの人達に目線で相談してる感じがしたりとか……一番、『あれ？』って思ったのは、考え込む時、口元に肉球をあてて、首を傾げるとこですね。仕草と表情が妙に人間っぽいんですよ。あと、興味がある話題だと露骨に眼がキラキラしますし」

……………………ルークさん、愕然《がくぜん》。

クラリス様とリルフィ様は「あー」みたいな納得顔であるが、俺にとってはすべて完全に無意識の

仕草である……！　そんなことになってた⁉

リルフィ様に抱っこされた俺の喉を撫でながら、ユナさんは苦笑い。

「ノエル先輩はただでさえ猫好きだから、普通の猫との違いにはすぐ気づいたと思いますよ。私もモーラーを飼ってるから、ルークさんの挙動が普通の猫と違うのは、すぐにわかりました」

クラリス様も頷く。

「うん。普通の猫は、女の子に抱っこされてもあそこまでデレデレしないかな。あと変なところで紳士的っていうか、あんまり触らないようにしてるみたいだし」

「……そうですね……ルークさんは……少し……かわいい女の子に、反応しすぎだと思います……」

リルフィ様がほんのちょっぴりお怒りである……あくまでほんのちょっぴり（致死量）

集中砲火を受けて手負いのルークさんは、カタカタと震えながら虚無のお顔に転じた。

今まで、ちゃんと猫っぽくできていると思っていたのに……！　そう思っていたのは、もしや俺だけだった……？

ルークさんは必死に自分へと言い聞かせる。

猫だ……猫だ……お前は猫になるのだ……

「あ、それ！　その表情なら大丈夫ですよ、ルーク様。何も考えてない感じがにじみ出てます！」

……………ほんとに？　気休めじゃなく？　ちゃんと猫になれてる？　アイシャさん、この場限りの慰めの嘘とかついてない？

クラリス様が俺の尻尾を撫でた。

「大丈夫だよ、ルーク。少しくらい違和感があっても、かわいければだいたいごまかせるから」

そして真顔でサムズアップ。

……それはクラリス様なみのかわいさがあって初めて許される危険思想ではなかろうか？

明日の夜会へのそこはかとない不安を抱えつつ、俺は改めて「猫」たる我が身を省みて、猫仕草《ねこしぐさ》の完全なる習得を心に誓ったのであった。

87　奇跡の導き手

猫仕草《ねこしぐさ》むり。

むずかしい。

ルークさんあきらめた。

三行で絶望に至ったが、事の流れはこうである。

クロスローズ工房に戻ったルークさん、モーラーさんに教えを乞う↓「よくわからん」「どーでもいい」と突き放される↓とりあえずモーラーさんの真似をする許可を貰う↓移動↓丸くなる↓移動↓水を飲む↓移動↓寝る↓移動↓寝る↓移動↓寝る…………

罪悪感ッ！　罪悪感すごいのこれっ！　鋼メンタルでないとこんな生き方できないッ……！

……昼寝や惰眠《だみん》とは、労働の喜びがあってこそ、より輝く概念《がいねん》なのだとしみじみ悟った。ここにはトマト様のお姿もないため、寝ながら畑の番すらできぬ。

特訓の間、放置気味になってしまったリルフィ様もだんだん表情がなくなってきてしまったし、これは良くない流れであると早々に察し、俺はリルフィ様のお膝に戻った。

リルフィ様は俺をぎゅっと抱きしめて一言。

「……ルークさんは……ルークさんのままで、いいと思うんです……」

……たいへんありがたいお言葉ではあるのだが、これはこれでダメ男にハマる全肯定《ぜんこうてい》系女子感あるな……？

俺はペットとして皆様を甘やかすのがお仕事であるが、リルフィ様はもうちょっとルークさんをケダモノとして疑うべきだと思うのです。なんかもう警戒心がなさすぎて逆に不安……

さて、徹夜明けの状態からダウンしていたクイナさんのお目覚めを待って、晩ご飯をご用意。

今宵は寝起きのクイナさんのためにちょっと軽めにして、野菜たっぷりポトフと山菜の炊き込みご飯、焼き鳥各種にふわふわのスフレオムレツという和洋折衷《わようせっちゅう》なメニューにしてみた。

一応、アスリートであるユナさんにも配慮したつもりであるが、こちらの世界の日常食を見る限り、あまり気を使う必要はないかもしれぬ。

焼き鳥……とゆーか鳥の串焼きは、こちらの世界にもある食べ慣れた味だ。塩が主流で、タレは唐辛子を使った辛めのものもある。胡椒《こしょう》がないため一味足りぬが、じゅうぶん美味しい。鶏肉は偉大である。

なお、前世にもあったタイプの甘い「タレ」は、砂糖の代わりに水飴で甘くしており、ちょっと高級品なのでレストランなどに行かないと出てこない。こちらはもう「焼き鳥」というより、「チキンステーキ」に近い扱いか？

お出しした焼き鳥は、コピーキャットの仕様上、串には刺さっていないものの前世由来の品であり、たいへん喜んでいただけた。

そして山菜の炊き込みご飯は、単純にルークさんの好物である。

友人の山で貰ってきたゼンマイ、ワラビに加えて、市販の芋づるやきくらげ、親戚に送ってもらった姫竹などをいー感じに混ぜ合わせ、水と白出汁、醤油、みりんで炊き込む——素朴《そぼく》ながらも実に優しい味わいで、心が落ち着く。

山菜の醍醐味《だいごみ》は歯応えにある、と、ルークさんは思う。

コリッとした、あるいはシャキッとした植物の繊維質《せんいしつ》がもたらす歯応え——これに山菜が内包するほのかな旨味と繊細な風味が加わると、畑のお野菜とはまた違った感動が訪れる。

ポトフとスフレオムレツ以外はガチ和食であったが、ネルク王国の方々は醤油の味付けに慣れている。ただ、米と山菜はけっこう珍しがられた。

そしてデザートにご用意したのは、メロンとスイカのフルーツポンチ。イチゴやキウイの細切れも入っているが、メインはあくまでメロンとスイカ。甘みと香りの強いフルーツである。

スイカやイチゴはこちらの世界にも存在するのだが、みずみずしさは同じでも、「甘さ」や「香り」「舌触り」が全然違う。

品種改良とは人類の偉業《いぎょう》である。前世のフルーツの多くは、こちらの世界ではケーキに匹敵《ひってき》するオーパーツになり得るのだ。

そんな晩ご飯はクロスローズ工房の姉妹やアイシャさんにも大好評であったが、クラリス様からは「トマト様の布教はしなくていいの？」と、少し不思議がられてしまった。

でも、お昼にミートソースと一口オムライスを食べましたし……あまりトマト様にばかり頼りすぎると、レパートリーがそれしかないと思われてしまいそうだし、味覚の市場調査のためには、いろいろなモノを皆様に召し上がっていただき感想を聞く必要がある。痛《いた》し痒《かゆ》しである。

晩ご飯が終わると、アイシャさんが妙なことを聞いてきた。

「ところでルーク様、ノエル先輩の称号って、もう把握してます？『白銀の拳聖』ってヤツなんですけど」

「はい、いちおう知ってますけど。それが何か？」

「あの称号、何年か前に、先輩が王国拳闘杯で勝って、王者になったのをきっかけに付与されたみたいなんですが……ぶっちゃけ、歴代王者でも『称号持ち』ってそんなに多くないはずなんですよ。称号がつく人とつかない人の違いってなんなのかなー、って、ちょっと気になってまして」

そんなん俺に聞かれても……むしろ俺も戸惑っている側である。

「そういうのはよくわかんないですねぇ。アイシャさんも『水精霊の祝福』って称号を持ってますよね？」

「各種精霊からの祝福は、ある意味、一番わかりやすくてよくある称号なんです。精霊と会話して、気に入ってもらえたら付与される、っていう流れなんで……でも、『リングの精霊』とか『ボクシングの精霊』とかがいるわけじゃないですし、ノエル先輩の称号って誰から貰ったもので、どういう効果があるのか、さっぱりなんですよね。なんかそういうのって気になるじゃないですか」

……ふむ。称号については、俺も割と気にしている。

特に今、悩ましいのはクロード様について。

リーデルハイン家の皆様には、クラリス様の『亜神の飼い主』を筆頭に、『亜神の信頼』や『亜神の加護』といったルークさん由来の称号が既についている。

王都で合流したばかりのクロード様にはまだなのだが……もしもクロード様にも『亜神の〇〇』という称号がついた場合、ちょっと困ったことになるのだ。

というのも、士官学校の学生は入学時と卒業時に『魔力鑑定』を受ける。

通常の魔力鑑定で把握できるのは、「属性魔法に関する適性の有無」と「特殊能力」「称号」だけであり、他のステータスや弓の腕前などは表示されないのだが――その時に『亜神の〇〇』みたいな称号をクロード様が獲得していた場合、おそらくちょっとした騒ぎになるだろう。

場合によっては卒業のタイミングで何か理由を作り、鑑定者にルーシャン様やアイシャさんをねじ込んでいただき、クロード様の鑑定結果を捏造《ねつぞう》する必要があるかもしれない。

リーデルハイン家の事例から察するに、おそらく俺のような亜神には、『人に称号を付与する能力』があるのは間違いない。地水火風の上位精霊の皆様も同様である。

一方でヨルダ様が持つ『隊商の守護騎士』や、ルーシャン様の『魔剣の鍛冶師』『猫の守護者』などは、「きっかけ」は予想できるものの、一体誰から与えられたものなのか、どうも判然としない。

俺自身が持っている称号もそこそこ怪しい。

現在、『どうぶつずかん』に記載されているルークさんの称号は、えーと……以下の六つである。

奇跡の導き手。猫を救いし英雄。風精霊の祝福。トマトの下僕。英検二級。うどん打ち名人。

祝福と下僕はこちらの世界で獲得したものだが、他の四つは超越猫さんからのオマケと前世由来であろう。英検なんてまさに……

……ん？　ん？　『二級』？

俺は慌てて『どうぶつずかん』を二度見、三度見した。

……おい待て。いつの間に昇級試験受けた⁉

ルークさんが所持しているのは、「日本英語検定協会」からいただいた「実用英語技能検定・三級」のはずである。

異世界に来てから、語学系の検定試験などもちろん受けていないし、日本英語検定協会様が異世界に進出しているとも考えにくい。また、勝手にレベルアップする類のものでもない。

しかし何度見返しても、やはり称号欄に燦然《さんぜん》と輝く『英検二級』表記……

——近況欄を確認すると、理由はすぐに判明した。

『純血の魔族アーデリア・ラ・コルトーナの狂乱から、ネルク王国の王都ネルティーグを守りきった功績により、「英雄検定二級」を獲得』

英雄検定。

……そっか。

ふーん。

そっかぁ……

「英語技能」検定じゃなかったかー……

……略称がッッッ!!　紛らわしいッッッ!!

ガチギレして思わずクッションに猫パンチをお見舞いしてしまったが、よくよく考えてみればそもそも最初から妙な話ではあった。

転生で「英語技能検定」が称号化されるワケがない。あんなもん前世のしがらみそのものである。

……あ、大丈夫ですリルフィ様。なんでもないです。

この分だと「うどん打ち名人」も疑ってかかる必要がありそうだが……

この衝撃の事実を前に、ルークさんは改めて、他の称号にも目を向けた。

俺が持つ六つの称号の中で、一番わけのわからんモノ……

奇跡の導き手。

リーデルハイン領で拾われた当初は謎だらけだったが、この王都に来て日々を過ごすうちに、「なにかがおかしい」と、さすがのルークさんも気づき始めた。

運が良すぎる……？　いや、ちょっと違う。拳闘場での試合予想なんて全敗した。

なんというか、俺個人の運がどうこうでなく、「他人の運命が変化する瞬間」に立ち会う確率が、妙に高い気がするのだ。むしろ、俺の存在がそのトリガーになっているよーな感覚さえある。

——運命というものは時に、「たった一つの行動」で大きく変転する。

たとえばもし俺が、「缶詰製造」を志すことなく、王都にも来ていなかったとしたら……？

英雄候

おそらくリオレット陛下は、オズワルド氏かシャムラーグさんのどちらかに殺されていただろう。

狂乱したアーデリア様は王都を滅ぼしていた。

ライゼー様やヨルダ様、クロード様もそのタイミングで亡くなっていたはずである。

ユナさんやクイナさんも同様で、水を弾く紙や接着剤など、ペーパーパウチにつながる研究成果も失われていた。

王都の唐突な壊滅によって、王家と有力な諸侯をまとめて失ったネルク王国は乱れ、国境ではレッドワンドの侵攻が始まり、そして……

そんな状況、考えただけで全身の毛が逆立つ。

これはちょっと極端な例であったが、前世でも「あの日、あの時、あの場所にいなければ、事故に遭わなかったのに」といったような悲劇は、それこそ世界中で毎日繰り返されていた。俺自身、そんな感じの突発的な事故のせいでこちらへ転生してしまった身である。

……『称号』には、所持しているだけで何らかの特殊な効果が――いわゆる「バフ」や「デバフ」があるらしい。

ゲーム的に言うと、特殊能力がアクティブスキル、称号はパッシブスキルみたいな感覚か？　例外もありそうだが、基本的に称号の効果は『本人の意識』とは無関係に影響を発揮してくる気がする。

アーデリア様の狂乱を止めたあたりまでは、自分から首を突っ込んでいた事態でもあるし、流れに沿った行動としか思っていなかったが……

この広い王都で、ペーパーパウチという革新技術の芽にピンポイントで巡り会えたことは、単なる偶然とは片付けにくい。なんというか、こう……ちょっと「運命」さんが仕事しすぎな気がする。

推論として。

この称号『奇跡の導き手』とは……もしや、「俺の周囲にいる人達の運命」を、俺との出会いによっていい感じに導いてしまう、一線級の超絶チートスキルなのでは……？

この世界で、俺の関与によって運命を大きく変えられてしまった人は、たぶんそこそこ多い。

まずはクラリス様のお母上、ウェルテル様。結核で亡くなる運命だったが、投薬によって快癒しつつある。

ウィル君の妹、山で迷子になっていたフレデリカちゃん。サーチキャットを使わなければ、捜索が手遅れになっていたかもしれない。

リオレット陛下やアーデリア様についても、僭越《せんえつ》ながら俺がキューピッド役を果たしたといえよう。

結果、王都の全住民も死なずに済んだ。

密偵から足を洗ったシャムラーグさん。人質として捕まっていた、その妹のエルシウルさんと旦那のキルシュさん。彼らにはリーデルハイン領という新天地もご用意している。

こうして実例を並べてみると……ルークさん、実は意外に、そこそこ神様っぽいお仕事をしている可能性が微レ存……？

俺としては、ただひたすらにトマト様の覇道に邁進しているつもりだったのだが、その過程で運命を捻じ曲げて死亡フラグをへし折る系統の人助けをいくつかやらかしている感がある。

そして今回、せっかくの大発明を成し遂げつつも、自分ではそれに気づかず埋もれそうになっていた紙職人、クイナさんと出会った。

ユナさんが持ってきてくれた接着剤の職人さんとはまだ顔を合わせていないが、会えばなんらかのお礼をせねばならぬであろう。

おそらく彼女達の運命も、俺との出会いによって、これから大きく変転するはずだ。もちろんお互いにとって良い方向へ進んでいきたいものだが、それはさておき……

(……『亜神』の役割って、もしかして……こういうことだったりする……?)

落星熊《メテオベアー》さんと一緒に人類討伐! というルートも一応はあったようだが、小心者のルークさんにそんなサイコな野心はなく、結果、心正しき人々へのちょっとした助力、という雰囲気で日々が過ぎている。

亜神としての自覚、などという大仰《おおぎょう》なものを背負う気は毛頭ないのだが、亜神である俺はもう少し、積極的にこの世界と関わり、人助けを頑張るべきなのかもしれない——つまり『奇跡の導き手』とは、俺をそういう状況へ強制的に直面させるための、パッシブ運命操作スキルなのではないだろうか……?

周囲の人々に『奇跡』を導く存在。

——人、それを『招き猫』と呼ぶ。一気にファンシー感増したな?

「……ルークさん……? 難しい顔をして、考え事ですか……?」

いつの間にか始まっていたブラッシングを終え、リルフィ様が俺を抱きかかえた。うにゃーん。

……あたたかい、やーらかい、いいにおい……ここまでの思案がすべて無に帰す勢いで、全身が弛《し》緩《かん》してしまう……やはり猫としての本能には抗えぬ――

「あれ？　アイシャさんやユナさん達はどちらへ？」

「お二人は、奥でシャワーを浴びています……クイナさんは工房に戻られて……クラリス様は、ピタゴラス様と眠ってしまいました……」

白い毛玉状態のピタちゃんから、クラリス様のおみ足がちょっぴり生えている……埋もれたか。

ちょーどいいので、俺は一連の気づきについて、リルフィ様にご相談してみた。魔導師的な偏差値が高い方の見解が気になったのである。

リルフィ様は何度も頷きながら、丁寧に俺の話を聞き――

「……『奇跡の導き手』という称号が、周囲にいる人々の運命を正しく導くためのものという解釈は、理にかなっているかと思います……ルークさんが私の傍にいてくださること自体が……私にとっては、『奇跡』みたいなものですから……」

そう仰って、俺を強めに抱き締めた。にゃーーーーーーーん。

……いかん。リルフィ様の破壊力は心臓に悪い……！

「そ、そう言っていただけるのは光栄ですが、真面目な話、そんな効果のある称号って有り得るんでしょうか？」

「……以前にもお話ししたかもしれませんが、それが『神来《しんらい》の称号』ならば、充分に有り得るかと思います。神専用の称号は、人が持つ称号とは格が違うものとされていますから……神話に出てくる神々の称号には、たとえば『創世の使者』、『空舞う風神』、『青き大海』などがあり……」

リルフィ様いわく。

創世の使者は、天地の創造を成し遂げ、人々をこの世界に導いた流浪の雲の神・ハタニアスの称号。

空舞う風神は、この世界に『気候』をもたらした風神・クラッカライカの称号。

青き大海は、水をもたらし海を形成した海神・リュティエの称号。

……ということらしいが、天地創造神話レベルの神様達と比較されましても、その……ルークさん、さすがにそういうのではない……

ていうか、この場合の「称号」って絶対、神話を編纂《へんさん》した人が作った後付け設定だよね……？　さもなくば神様ご本人がわざわざ名乗ってた感じ？

もし歴史的事実であるならば、上には上がいるという話であろうが、ここはさすがに話半分に聞いておきたい。

……その後、シャワーから戻ってきたアイシャさんとユナさんを交え、明日の夜会に備えた講習会が行われた。

これは夜会初体験のユナさんとリルフィ様のためである。

講師は「そーいう場に慣れている」と自称するアイシャさん。

……大丈夫？　嘘ついたりしない？

ちなみにクラリス様は、ライゼー様に連れられて、領地近隣貴族の小規模な夜会などには既に出られたことがあるらしい。

とはいえお子様なので、ぺこりと頭を下げて、あとはおとなしくしている程度。今回も基本的にはそれで充分なため、特に危機感はない。

それでも講義内容に興味はあったようで、一応、ピタちゃんの中から起きてきて俺をモフっておられる。

挨拶とか会話術が必要になるのは、主にユナさん。彼女は貴族ではないため、そもそもマナーに疎い……

練習生時代に一通りの一般常識を学ぶ講義もあったようだが、「練習で疲れていたので、だいたいうとうとしてました……」とのことで、まぁそんなもんである。広報官のジェシカさんからも付け焼き刃の講習を受けたらしいが、その上でジェシカさんがライゼー様にわざわざ救援を頼むくらいなので——まぁ、赤点レベルだったのだろう。

アイシャさんは普段かけない伊達《だて》メガネをかけて、俺が用意したホワイトボードの前に立ち、俺が貸した『祓いの肉球』を指示棒のように使って、ピシリと講師っぽい立ち方をした。遊んでやがる。

「さて、貴族の夜会において、一番大切なこと。それはなんだと思いますか？　ユナさん、答えてください」

ユナさんは思案顔。

「えっ。ええと……失礼がないように……？」

「三十点。リルフィ様、どうですか？」

「えっ。ええと……愛想よく対応する……？」

「二十点。それはむしろ危険です」

……体育会系と文化系で、生き方は正反対なはずなのだが、このお二人は根っこの人間性に似通った部分がありそう。基本姿勢がマジメとゆーか……

そしてアイシャさんは、真顔で厳《おごそ》かに答えを告げた。

「貴族の夜会で一番大切なこと。それは『言質《げんち》をとられないこと』です。はい、復唱！」

『げんちをとられない……？』

……ユナさんとリルフィ様は戸惑い気味だが、ルークさんは確信した。

この講師ッ……！　ガチだ！　頼れるぞ！

「はっきりとした返事は避ける！　のらりくらりとかわす！　社交辞令で安請け合いをしない！　その上で拒否すべきことはしっかり拒否！　時間が惜しいので、即座に実践に入ります。私が見知らぬ貴族役をして話しかけるので、二人はそれに対応してください。ルーク様は言いたいことが山程出てくるかと思いますが、しばらく見守っていてくださいね？」

「承りました！」

この有能講師に任せておけば安心であろう。

クラリス様も俺をモフりながら聞き耳を立てておられる。この講義は聞いておいて損はあるまい。

そして明日の夜会に備えたアイシャさんの臨時講習は、その後、深夜にまで及び――

翌日、我々は仲良くみんなで朝寝坊をしたのであった。

余録5　姫と外交官

拳闘の女子王者、ノエル・シルバースターは、日頃は選手寮で生活をしているが、たまに母の暮らす実家へと様子を見に戻る。

実家といっても、元は家賃安めの賃貸物件で――ノエルのファイトマネーで中古の集合住宅をまるごと購入し、現在、母のメリーはそこの管理人業務をしながら家賃収入でのんびりと暮らしていた。

「母さん、ただいまー。あれ？　お客さん？」

シンザキ様式を採用した住宅では、玄関で靴を脱ぎ、室内履きに履き替える。掃除が楽になるし、靴を見れば来客の有無もわかる。

奥のダイニングから、母が顔を出した。四十歳を越えてもまだ若々しく、ノエルと並ぶと姉妹のように見られる。

「あら、ノエル、おかえりなさい。リスターナ様がいらしてるの」

ホルト皇国の外交官、リスターナ・フィオットは、母娘にとって共通の知人であり恩人だった。

ノエルは先日、王国拳闘杯優勝のお祝いとして、クランプホテルのディナーをご馳走してもらった。

その時にも少々、込み入った話はあったが……

リスターナは子爵という立場にもかかわらず、洗いざらしの商人風の短衣姿だった。さらに伊達メガネに加え、髪型までわざと崩して一般人に変装している。

目立つのを避けたのだろうが、この分だと護衛も連れていない。王都は治安もいいし、本人も火属性の魔導師だから大概の事態には対応できるだろうが、そうまでして直接、母を訪ねてくれたことはありがたく思う。

「ノエル様、お邪魔しております。菓子折りを持ってうかがいました」

ディナーの時には「姫様」などと呼ばれたが、ここでは名前を呼ばれる。万が一、隣人などに聞かれても「拳闘の王者」に敬称の「様」をつける商人は珍しくないため、不審がられない。これが「姫様」となると、さすがに不自然である。

「菓子折り？　何の話？」

「ノエル様がおっしゃったことですよ。先日のディナーの時、窓から見かけたという『城よりも巨大な三毛猫』……確かに、ノエル様以外からも複数の目撃情報がありました。酔っ払い扱いしたことをお詫びいたします」

わざとらしく頭を下げて言われたが、そういえばディナーの時、そんな話をしたような気がしないでもない。会話の流れの中でのテキトーな発言だったのですっかり忘れていた。

母のメリーも、ノエルの分のお茶を用意しながら笑う。

「大きな三毛猫さんのことは知らないけれど、何日か前の不思議な猫さんの群れはすごかったわよね。うちの前の道路にも、剣を装備した猫さん達が何匹も来ていたのよ？　中心部での戦いには参加しないで、カードゲームか何かで楽しく遊んでたみたいだけど」

「え、何それ見たかった……あ、でも私の頭の上にも、急に魔導師っぽい黒猫さんが出てきたよ。友達みんなで抱っこして撫でくりまわしてモフってたら、すごいご機嫌で……お空での騒ぎが終わったら、手を振って消えちゃったけど」

「え、何それ見たかった」

ノエルの猫好きは母譲《ははゆず》りである。

ダイニングのテーブルにつきながら、ノエルはリスターナに微笑を向ける。

「ともあれ、お互いに無事で何よりでしたねー。あの猫さん達がいなかったら、王都ごと滅んでいたかもしれないし」

リスターナが唸る。

「……ノエル様は気づいておいででしたな？　この王都に、『魔族』よりも恐ろしい存在がいるかもしれないと」

「恐ろしい存在なんて言ってないよ？　もっとヤバそうな存在、って言ったの」

「どう違うのです？」

「あの猫さん達、怖くはなかったでしょ？　子供なんか大はしゃぎだったし」

ノエルは猫のように手を丸め、愛らしくにゃんにゃんポーズでふざけてみせた。

いつぞや、ユナに見せたら「そのままジャブが飛んできそうです」とか言われたが、顔はそこそこいいはずなので世間の男くらいなら騙せると自負している。

……が、リスターナはもちろん「騙せないほう」に属していた。

「……なるほど。見た目はかわいくとも、中身のおそろしさはごまかせない、と――」

「違うよ？　戦力として強くても、人にとって危険な存在とは限らないっていう意味だからね？」

どうも絶対王者として君臨しすぎたらしく、最近は社交会でも、周囲から純粋に「かわいい」とは言ってもらえなくなってきた。きれい、美しい、強そう、あたりが定型句で、一部のファン（※貴族）からは「おそれおおい」とまで言われつつある。

それはそれとして――ノエルは、たとえ恩人相手とはいえ、『ルーク』のことを他言する気はない。

いや、むしろ恩人だからこそ言えない。相手は温厚ながらも魔族を超える存在であり、不用意に知ってしまえば身の危険を招きかねないとも思う。

だからこそ、彼女は口ではこう言う。

「あの猫さん達に助けてもらったのは間違いないんだし、あんまり気にしなくていいんじゃない？　せいぜい『ありがとうございました！』って、お空に向かって感謝しておくぐらいで」

リスターナは苦笑いとともに嘆息した。

「人々はそれで良いのですが、政治や外交に関わる者はそうもいきません。多少なりとも情報を得ておかなければ、思わぬ危険を招くこともありえますし……『あの戦力』が、ネルク王国だけに利するものなのか、あるいは通りすがりの偶発的なものだったのか、はたまた魔族に連なるものだったのか――アーデリア様はご無事なようですから、必ずしも魔族と敵対するものではなさそうです。いずれにしても、せめて目撃情報だけでも集めておきたいと思います」

この真面目さと慎重さは、間違いなくこの外交官の美点なのだが――彼には「好奇心は猫を殺す」ということわざを送りたい。

かといってノエルがそれを言えば、リスターナは今後、この件に関しては彼女を頼らないだろう。

（……一応、協力するふりだけしておいて――調査がルークさんに近づきそうになったら、向こうに知らせて穏便に済ませてもらおうかなぁ……)

少々悪辣《あくらつ》だが、たぶんそれがリスターナのためにもなる。

「ふーん。じゃ、私も社交会でおもしろそうな噂を聞いたら知らせてあげるね」

リスターナがいかにも外交官らしい柔らかな笑みを返した。

「それはありがたいですな。猫好きのノエル様ならば、同じ趣味のお知り合いからも情報が集まりそうです」

「あ、猫好きで思い出した。そういえば、リスターナ子爵は今夜のアルドノール侯爵の夜会には出るの？　今回は新しい陛下が来るから、特例で宮廷魔導師のルーシャン様もついてくるらしいよ」

先日の猫騒ぎは、対外的には「ルーシャンが受けている、猫の精霊からの加護」ということになっているらしい。猫の保護施設の大口寄付者《おおぐちきふしゃ》であるノエルも、同じ猫好きとして挨拶くらいはしたことがある。

「なんと……いえ、残念ながら呼ばれてはおりません。慣例的に、他国の外交官が混ざるような場ではなかったはずです。事前に希望を出しておけば、あるいは通ったかもしれませんが……」

「あ、そうなんだ。じゃ、私が代わりにいろいろ聞いてくるね！」

「ええ、よしなに願います」

特に期待されてもいないだろうが、これでひとまず、夜会の席で「ルーク」と「リスターナ」がニアミスする可能性はなくなった。

お茶菓子をつまんでいた母のメリーが、ぱちくりと目をしばたたかせる。

「え？　ノエル、今夜は夜会なの？　侯爵邸の？」

「うん。だから練習ってわけにもいかなくて、暇だったしこっちに来たの。ドレスも持ってきたから、後で着付け手伝ってね。馬車にもこっちに来てくれるよう頼んだから」

「はいはい。失礼のないようにね。」

「うん。それがまた不安でねー……」

リスターナが首を傾げた。

「ユナ・クロスローズ選手ですか？　ノエル様より、よほど常識的で落ち着いた上品なお嬢さんだと聞いておりますが」

こんな皮肉を軽く聞き流せる程度には、互いの気心も知れている。

「猫さんは見た目がかわいくても警戒するのに、それが女の子になるときれいに騙されるのって、外交官としてどうなの……？　ユナは見た目と言葉遣いのせいでいいほうに誤解されがちだけど、中身は私以上にアレだからね？」

今まで夜会に出てなかったから、社交界にはまだバレていないが――ユナ・クロスローズはひたすら「ボクシング」だけに集中して育ってきたため、一般常識や世間の感覚に疎く、また価値観のほとんどを拳闘に依存しているため、考え方もズレている。

友人としてはそのあたりがまたおもしろいのだが、貴族相手にもそれを隠蔽できない素直さを同時に持ち合わせているため――運営側にとっては、かなり恐ろしいはずである。

つい昨日も、ノエルは貸衣装屋でユナ達と別れた後、拳闘場の事務局で広報官のジェシカと会ってきた。

彼女の用件もまさにそれで、『どうかくれぐれも、夜会でのあの子をよろしくお願いしますぅ……』と、深々と頭を下げられた。どうもマナー講習で、ユナはジェシカの想定を超えるヤバさを露呈したらしい。

何の因果か、ジェシカの人脈でリーデルハイン子爵家にまで「それとなくフォローを」と依頼したようだが……ノエルが「でもその夜会、今回だけは、陛下の護衛としてアイシャも来るっぽいよ?」と教えると、脱力したように頭を抱えてしまった。

『あの子もいるなら、まぁ……そ、それでも、不安がちょっぴり減る程度なので……ノエルさんも一応、気にかけておいてくださいね……』と、再度、頭を下げられた。

少々口うるさいこともあるが、それでいてジェシカは面倒見も良く苦労性なため、選手達からはかなり慕われている。ノエルももちろん無下《むげ》にはできず、「まかせといて!」と軽く請け合ったが、それはそれで何故か不安そうな顔をされた。

「一流の拳闘士はそこそこアレなのが多い」とは、関係者の経験則に裏打ちされた俗説《ぞくせつ》だが、ユナの場合は特に見た目とのギャップがひどい上、言葉遣いは丁寧なので、少し会話をした程度ではその異常性がわからない。

もっとも……ノエルのように、その異常性に親近感や興味を持つ仲間も多いため、あながち欠点とも言い難い。

「ユナは貴族の扱い方、あしらい方を全然知らないから、特にそのあたりがねー……下品なナンパとかされたら平然と殴り返す、みたいな対応をしそうな怖さがあるっていうか……」

「え？　そんなに暴力的な方なのですか……？」

リスターナはさも意外そうだった。

「や、別に暴力的とかではないんだけど……反撃に躊躇《ちゅうちょ》がないっていうか……たぶん、何かされても声を荒らげたり悲鳴をあげたりはしないで、そのまま反撃に移ると思う。あの子、基本的に貴族相手でも、『でもボクシングだったら私のほうが強い』って、本気で思ってそうだから」

リスターナは困惑した様子を見せつつも、何故か納得顔で頷いた。

「な、なるほど……それは確かに、ノエル様と気が合いそうですな」

「あ？」

割と無礼な昔馴染みの外交官に、ノエルは淑女らしからぬ返事をしつつ、顔だけはにっこりと微笑みかけておいた。

84　侯爵邸の夜会

その日の夕刻。

ルークさんを含むリーデルハイン子爵家の一行は、馬車に揺られて「アルドノール・クラッツ侯爵」が主催する盛大な夜会へと向かった。

馬車の中でクラリス様やライゼー様から夜会に関する諸注意を受けたが、まぁ所詮は猫さんなので、

「おとなしくしておいて」以上のご指示は特になく——

「ところで夜会のほう、サーシャさんは馬車で待機だそうですが、ヨルダ様はご参加を？」

車内でリルフィ様に撫でられながら、俺はそんな話を振った。

ライゼー様が首を横に振る。

「いや、ヨルダも同じく、馬車で待機だな。一応、基準があって……伯爵家の護衛なら数名までは屋敷内の待機部屋に入れるんだが、子爵家・男爵家の護衛はそれぞれの馬車と馬を守りつつ、敷地内で待つのが慣例だ。人数の都合もあるし、『敷地の警備』という役割もある」

ふむ。つまり不法侵入者対策の一環か。実際に入ってくる輩はそうそういないだろうが、こういうのはだいたい、「ちゃんと警備をしている」という姿勢を示し、抑止力《よくしりょく》を得るのが目的である。

特に今宵の夜会の主催者、アルドノール・クラッツ侯爵は軍閥のトップであり、とても偉い人。位としては彼より上の「公爵《しょうあく》」が数人いるし、絶対的な権力者というわけではないはずだが、なにせ「軍」という国防の要を掌握しているため、実権がでかい。

そしてクーデターとか起こす系の性格でもなく、いたって常識的なお人柄であるため、諸侯からの信頼もそこそこ厚い。亡くなった先代陛下がちょっとチャラかったせいもあり、「実質的な影響力は王より上」などとも目されているようである。

俺も先日から何度か見かけているが、外見はなかなか威厳あふれるおっさんだ。オールバックの黒髪に、きちんと整えられた口髭、さらにカッチリとした軍人の礼服。これぞ「軍閥！」という佇まい。

なお、ステータスはこんな感じ。

■アルドノール・クラッツ（52）人間・オス

体力C　武力C
知力B　魔力D
統率B　精神C
猫力61

■適性■
政治B　用兵B　兵站管理B　馬術C　槍術C

大将軍とか名軍師とか、そういった傑物ではないようだが、そこそこ平和な国の軍務職としては過《か》不足《ふそく》なく、充分に逸材《いつざい》であろう。

特に「兵站《へいたん》管理」というのが良い。実にルークさん好みの適性である。兵站は大事。食料の確保はすべてに優先される。

このアルドノール侯爵の王都における邸宅は、城からちょっと離れた郊外にあった。

三階建て＋中央に物見の塔を備え、屋上にも弓兵が上がれる仕様となった、まるで砦のような豪邸である。

実際、「老朽化した砦」を改装したらしく、「天災などで城が使えなくなった場合には、この侯爵邸を臨時の司令部として活用する」という役割も備えているらしい。

……しかしぶっちゃけ、建築時に想定していたのは天変地異よりもクーデターへの対応であろうか。

ひとまず今回、王位を巡っての内乱は避けられたわけだが、長い目で見れば将来的には何か起きるであろうし、過去にもいろいろあったことは想像できる。

さて、今宵の夜会は、この砦みたいな邸宅の、巨大な庭に面した大広間で行われる。

広間にはシャンデリア風の魔道具の照明がいくつも吊るされており、隅々までかなり明るい。

夜風にあたれるよう、テラスにも複数の椅子とテーブルが用意されており、なかなか良い雰囲気である。

一口に夜会といっても、その中身は晩餐会、舞踏会、音楽会、夜のお茶会などいろいろあるようだが、今夜は「舞踏会」を兼ねた懇親会。

立食形式で酒はそれなりに、軽食はおつまみ程度に用意されているが、いわゆる晩餐は出ないため、皆、夕食を食べてから来ている――はずなのだが、きついドレスを着られるように晩飯抜きで来ている御婦人方もそこそこ多いと思われる。

夜会の出席者は三百人以上。

軍閥の貴族の当主や官僚、他派閥からのゲストに加え、その奥さんや息子さん、娘さんなども大量に来ている。

嫁探し、婿探しの場みたいな側面もありそうだが、うちのクラリス様とリルフィ様に邪《よこしま》な目的で近づく不埒者《ふらちもの》にはルークさんが容赦せぬ。ツメはしっかり研《と》いでおいた。

「……ルーク。何かあっても引っ掻いちゃダメだからね？」

「……にゃーん」

かわいらしいドレス姿のクラリス様に釘を刺されてしまった。

……まぁ、いい子にしていないとリーデルハイン家の家名に傷がつく。ペットは飼い主に似るとも言われるし、俺の振る舞いがクラリス様達への印象にも影響を与えると思えば、決して迂闊《うかつ》な真似はできぬ。

頑張って愛想笑いを浮かべると、士官学校、制服姿のクロード様に頬肉をむにむにとほぐされた。

「……ルークさん、表情が出てます。普通に、猫っぽくお願いします……」

……い、意外とむずかしい。

どうにか虚無のすまし顔を頑張り、ドレス姿にめかしこんだリルフィ様に抱えられて会場入り。

さすがは軍閥の夜会、一見して軍服率がそこそこ高い。クロード様と同じく、士官学校の制服を着た子達も幾人か見受けられる。

領主課程に属するお仲間はおそらくほとんど揃っているはずで、クロード様と目配せをしたり、ちょっと手を振り合ったり、仲は良さげだ。

ただ、それぞれが自身の父親と一緒に挨拶回りに忙しく、「ゆっくりご歓談」という雰囲気ではない。

我々もライゼー様に付き従い、有力な伯爵・子爵勢と会っていき――

一時間ほども経って、挨拶回りが一通り済んだ頃、別室に待機していた「軍閥」以外のゲスト勢のご登場となった。

司会のおねーさんが、魔道具の音響機器を通して声を流す。

『さて、お集まりの皆様。今宵の夜会には、特別なお客様をご招待しております』

楽隊による優雅な音楽が響き、大広間への入り口に照明があたった。

そこから腕を組んで現れたのは、二人の美女！

かたや銀髪、かたや黒髪の美少女拳闘士、ノエル先輩とユナさんである。

どちらも筋肉質なため、他のご令嬢達とは少し違った存在感を放っているが、プロポーションは抜群に素晴らしく、ドレスもとてもよくお似合いだ。

『戦乙女の園よりお招きいたしましたのは、無敗の絶対王者、ノエル・シルバースター様。そして王国拳闘杯決勝にて、ノエル選手と激戦を繰り広げた挑戦者、ユナ・クロスローズ様――この場には、当日、あの試合を観戦されていた方々も多いことでしょう。盛大な拍手にてお迎えください』

演奏をかき消すほどのどよめきと拍手が、大広間に響く。やはりこの国におけるボクシングの人気にはずば抜けたものがある。

ノエル先輩は余裕の微笑で手を振っておられるが、ユナさんにとってはこれが夜会デビュー。ガッチガチに緊張しているのが丸わかりである。いかにも初々しくてキュンとくるが、しかし本人は必死であろう。ちょっと気の毒。

お二人は主催者であるアルドノール侯爵のもとへ歩み寄り、そこで傍に控えた。

さらにゲストの紹介が続く。

他の派閥の公爵、侯爵、伯爵が数人、そして魔導閥からは我らが宮廷魔導師ルーシャン様！　アイシャさんも他の弟子とともに後ろへ連なっている。

そして最後に出てきたのが、リオレット陛下とアーデリア様。

素性を隠しているアーデリア様に個別の紹介はないが、ほとんどの貴族は、既に彼女の顔と名前をご存知だ。社交の季節も既に終盤であり、各貴族のパーティーその他にもお二人は顔出しをされていた。

それに加えて貴族間の情報交換も進んでおり、的外れな推測や噂話も含めて、「リオレット陛下に謎の多い恋人がいる」というネタはもう広がりきっている。

アルドノール侯爵がリオレット陛下の前に膝をつき、招待へ応じていただいたことへの礼を述べる。

そしてリオレット陛下がその手を取って侯爵を立たせる。

この一連の流れは儀礼的なモノで、こうした夜会でのお約束らしい。皆が拍手するのに合わせて、ルークさんもつい肉球を叩きあわせた。

慌ててリルフィ様が俺の手を掴む。

「……ル、ルークさん、あの……」

やべ。ユナさんが言ってた『たまに猫っぽくない』とはこういうことかっ……！

空気を読む、その場に合わせる、長いものに巻かれる――ルークさんが前世で磨き上げてきたそれらの処世スキルが、獣と化した今もなお、業としてこの身に宿っているというのか……

幸い我々は壁際にいたため、誰にも気づかれてはいない。が、夜会の間はことさらに無我の境地を保つ必要があろう。

反省して猫っぽく毛繕いをしているうちに、いよいよ本格的に夜会が始まった。

そこかしこで会話の輪が生まれ、楽隊の演奏をバックに中央のスペースで陽キャどもが踊りだす。

ククク……陽キャめ……優雅だな？（褒め言葉）

ダンスが始まってすぐ、我々の前にも見知らぬオスが現れた。

「バラーク子爵家の次男、ゼリオと申します。リルフィ様、ぜひ私と一緒に踊っていただけませんか？」

「……ごっ……ごめんなさい……私、ダンスは苦手でして……この子もいますので……」

今のルークさんは盾である。

かつて古代エジプトに侵攻したペルシア兵は、猫を信奉するエジプト兵への盾として、「盾に猫をくくりつけ、エジプト兵からの攻撃を封じる」という、神をも恐れぬ悪行をなした。

それとはだいぶ様相が違うが、今のルークさんはリルフィ様を守る盾となる！

……傍目には単なる邪魔なペット扱いであろうが、細かいことは気にしない。

その後も幾人か声をかけてくる者はいたが、リルフィ様はきちんとお断りできた。

これはとんでもない成長である。以前のリルフィ様であったら、口ごもって何も言えず、震えながら泣き出してしまっていたやもしれぬのだ。昨夜のアイシャさんからのご講義の賜物《たまもの》であろう！

声をかけてくる陽キャどもは、リルフィ様のお美しさに眼が眩《くら》んだのはもちろんだが、同時に『リーデルハイン家』に価値を認め、近づこうとしている方々でもある。

家を継げない次男坊、三男坊が、リーデルハイン家への婿入りを狙って、というパターンもあるだろうし、逆にリルフィ様を娶《めと》ることで縁戚に、みたいな例もありそうだが、いずれにしても現時点では我が家にとって好意的な方々であり、あまり敵視するわけにもいかぬ。

……とはいえ、精査するとただの女好きの遊び人とか、良からぬ心算《しんさん》で近づいてくる輩も混ざっているのは間違いなく、とりあえず「全員お断り」という方針に変更はない。フシャー。

そうこうしているうちに、貴族への対応を一段落させたアイシャさんとルーシャン様、弟子の皆様が続々と合流してくれた。

「リルフィ様、どうもです！　やっぱりモテてましたねぇ」

「か、からかわないでください、アイシャ様……ルークさんがいてくれて、助かりました……」

これでリルフィ様はもう安心である！

これにあわせて、クラリス様も近い年齢のお友達を見つけて移動し、クロード様も士官学校の御学友達と合流した。クラリス様には念のため、竹猫さんを護衛につけたが、まぁ大丈夫であろう。

そして合流したルーシャン様は、リルフィ様から手渡された俺を抱えてご満悦。

「会場に猫を見つけて、たまらず近づいた」という設定であるが、これは既定路線だ。亜神たるルークさんはこの会場内における最重要動物であり、その加護を受けるリルフィ様も超重要人物である、というのがルーシャン様達の見解らしい。

そんなんじゃないです、とは重ねて申し上げているのだが、この場でリルフィ様を守護していただけるのはありがたいので、ご厚意には甘えてしまう。

……あとぶっちゃけ、現在のルーシャン様は「リオレット陛下のお供として、軍閥のパーティーに出た」という友好実績解除を必要としてはいるのだが、一方で「軍閥のその他の貴族と、あまり親しくなりすぎるのも良くない」という微妙な立ち位置であり、「夜会にはちゃんと出たけど、ずっと猫をかまってました！」というのは理想的な落とし所なのだとか。

トリウ伯爵もそのあたりをぜんぶ計算ずくで「できれば猫を連れてきて」とライゼー様にご依頼した模様。これは『じんぶつずかん』情報である。

そんなわけでルーシャン様に抱っこされ、いいように撫で回されながら、俺は皆様の魔導師的な会話をぼんやり聞いていた。

周囲が貴族ではなく魔導師ばかりになったせいか、リルフィ様も心なしかリラックスされているように見える。口数は決して多くはないが、アイシャさんが上手く会話を回してくれているし、ルーシャン様も孫達を見守るおじーちゃん的な立ち位置でニコニコされている。

ちなみにルーシャン様のお弟子からこの夜会に来ているのは、陛下とアイシャさん以外に三人。

一人目はマリーン・グレイプニルさん。子爵家のご令嬢で十六歳。気が強く、言葉遣いも少々厳しいのだが、高貴で華やかな純度の高い世話焼き系ツンデレである。

二人目のお弟子さんはナスカ・プロトコルさん。プログラマーさんがぴくりと反応しそうなファミリーネームであるが、このプロトコル家は貴族ではないものの、代々、学者を輩出している優秀な家系らしい。ちなみに拳闘場の広報官、ジェシカさんの姪御《めいご》さんである。

研究だけは熱心に着実にこなすが、日常の性格は無口、無愛想、怠惰、無気力と、非常にマイペースな御方である。『じんぶつずかん』情報によれば年齢は二十歳らしいのだが、背も低く、見た目はせいぜい十五歳くらいにしか見えぬ。

かといって子供っぽいわけでもなく、なにやら超然とした年齢不詳の賢者のよーな佇まい……

最後の一人、フォルテン君は、リオレット陛下の助手というか、小姓のような立場の少年だ。彼だけは今も陛下の傍に待機しており、ルークさんの視界にもさっきからちらちらはいっている。

王様はこういう場ではあまり動き回らず、一箇所にとどまって次から次へとやってくる貴族達に対応するものらしいので、夜会中にこちらへ来ることはなかろう。

ついでに、陛下の隣のアーデリア様も悠々と会話をしているが――アレはおそらく生来の陽キャなので、貴族への対応にも非常に安定感がある。その傍に執事のように控えた澄まし顔のウィル君もうるわしい。

向こうは向こうで大丈夫そうなので安心し、ルークさんは意識をこちらへと戻す。

見た目がツンデレのマリーン様は、いかにも子爵家の令嬢らしく、話題の振り方にもそつがなかった。

「リーデルハイン領はドラウダ山地の近くなのですよね？　あのあたりでは希少な薬草も採れると聞きます。薬学の研究には便利な土地なのでしょう？」

田舎とバカにしているわけではない。このマリーン嬢のご実家も僻地の子爵家であり、むしろ似たような境遇に親近感を持っているご様子である。

この方、同僚達相手にはがっつりとツンデレ気質なのだが、初対面の貴族、しかも同性相手にはさすがにＴＰＯを心得ており、アイシャさんよりよほど常識人といってよい。

「……そう、ですね……研究というほどのことはしていませんが……魔法水の製作に使う、ホタル草や月見苔《つきみごけ》の自家栽培はやっています……少し気を抜くと全滅してしまうのですが……すぐに山で採取し直せるので、その意味では助かっていますね……」

ナスカさんがぼんやりした眼でリルフィ様を見上げる。

「月見苔の栽培は……国内では、まだ成功例がなかったはず……？」

「はい……成功しているとは言い難いです。まだ条件を探っている段階ですし……最長で二年ですね。よく枯らしてしまいます……」

ルーシャン様が、ほう、と唸った。

「いやいや、二年もたせたというのは素晴らしい成果ですぞ。あれは採取しても、せいぜい一ヶ月で枯れてしまう難しい植物です。山地の、それも清流の岩肌でしか育たず、一説には、水の精霊が通った跡にしか生えぬという伝承まであるようですが……」

「増やすのは、そこまで難しくはないんです……ただ、生息地と同じ水を使わないといけないみたいで……違う場所の地下水や雨水などを使うと、すぐに枯れてしまいます……あと、日光にはなるべくあてず、そのかわり、月の光にしっかりあててあげると……増えやすいみたいです……これは、伝承にも触れられている通りですね」

アイシャさんが手を叩いた。

「あ！　だから『月見苔』なんて名前なんですね。納得しました！」

「それを実証できたというのは大切なことです。月見苔の栽培は、月明かりがどうこう以前の問題でしたからな。なるほど、課題は水でしたか……」

「……はい。水の中のどんな成分が、どう影響しているのか……できればそれを突き止めたいのですが……まだ、至っていません……あと……」

貴族の夜会というより魔導師の交流会みたいになってしまったが、リルフィ様が楽しそうならばそれでヨシ！

頬を染め、一生懸命喋っておられるリルフィ様はとても尊い。この御姿を見られただけで、ルークさんとしては王都へ来た甲斐があったというものである。……ペットのくせに保護者目線だな？

その後も寄ってくるオスはちらほらといたが、ルーシャン様達が傍にいたためか無礼を働く者は一人もおらず、この夜の夜会は滞りなく進んでいった。

……少なくとも、表面上は。

85　クロードの夜会警備

クロード・リーデルハインは、その日の夜会に若干の警戒心をもって臨んでいた。

士官学校の制服を着た生徒は、軍閥の夜会では慣例的に「ゲスト兼警備役」として扱われる。

飲食やダンス、会話には普通に参加しつつ、何か起きた場合には現場で即応する――有り体にいってしまえばつまり、「酔っ払った貴族の喧嘩の仲裁役」を期待されている。

そうそう起きる不祥事ではないが、何か起きそうな気配を察したら、未然に会話へ割り込んで防ぐようにとも指導されている。

他人の喧嘩に割り込むなど、一般の貴族にとってはリスク要因でしかなく、また平民の衛兵には『相手が貴族』という時点で少々荷が重い。

士官学校の学生というのは、その点、実にちょうどいい立ち位置にいる。

学生に止められてもなお暴れるようなら、周囲からの視線も「子供相手に大人気ない」となるし、学生達は一通りの教練も受けているため、体術に関しては素人よりももちろん強い。

特に領主課程の生徒ならば、将来は家を継いで爵位を得る立場でもある。子供だからといって粗略《そりゃく》に扱っていい相手でもなく、酔っ払いへの抑止力としてはまさにちょうどいい。

実際に騒動を起こす酒癖の悪い貴族は、人数としては決して多くないのだが――要注意人物が、今夜の夜会にも数人いた。

たとえば、農業閥からのゲストであるカルテラ・アーマーン侯爵。暴力的ではないが、若い女性へのセクハラ癖が酷い。派閥違いのゲストであるため、強く注意しにくいという問題もある。

ただし記憶が飛びやすく、飲酒中の無礼は自分の所業も他人の所業も概ね忘れがちなため、いざとなったら羽交い締めにして休憩室で簀巻《すま》きにしても文句は言われない。素面《しらふ》であれば、ただの陽気な愛想のいい老爺である。

もう少し厄介なのが、税務閥のペズン・フレイマー伯爵。日頃はおとなしいが、酒が入ると性格が一変し、ひどく的を射た痛烈な罵詈雑言《ばりぞうごん》が出てくる。酒席で喧嘩騒ぎを起こしたことも一度や二度ではないが、彼が手を出したことはほとんどなく、その言動に激怒した他の貴族から殴られた例が多い。他派閥の重鎮《じゅうちん》であり、怒らせて良いことは一つもないし、もちろん怪我をさせるのもまずい。扱いの難しい貴族の一人である。

そしてもっとも警戒を要するのが、亡き前王の甥、ハインラット・イブル伯爵。

二十代前半のこの青年貴族は、亡き前王にとてもよく似てしまった。すなわち女癖が悪くお調子者で、後先を考えない快楽主義者である。

落馬で亡くなった前皇太子のロックスとも、従兄弟《いとこ》として昵懇《じっこん》の間柄で、軍閥の貴族でありながら正妃ラライナとも親しい。

おそらくは、今回の王位継承騒動に絡んで、「立身のために内乱を望んでいた貴族」の一人だった。

顔はそこそこ良い上に、口も上手い。

彼に誑《たぶら》かされた令嬢、使用人は数多《かずおお》いため、恨まれる心当たりも多い。つまりこうした宴席では「ハインラットの動向を監視する」のと同時に、「ハインラットに恨みを持つ者から、彼が刺されないように警護をする」という、二重に面倒な対応が必要となる。

一回刺されたほうが良い薬になるんじゃないか――とは、多くの人間が思っているはずだが、一応は王家の縁戚《えんせき》だけに放置もできない。

継承権の順位もそれなりに高く、もしもリオレットとロレンスが潰し合っていれば、彼が王位につく可能性も少しはあった。そして「そうならなくて良かった」と、ほとんどの貴族がしみじみ実感してしまう程度には人望がない。

そのハインラット伯爵は今、そこそこ酒が回った状態で、「目当ての女性」を探している様子だった。

それが誰なのかまではクロードも知らないが、従姉妹《いとこ》のリルフィあたりには絶対に声をかけて欲しくない。亜神ルークの怒りが爆発してしまう。

また、ゲストの拳闘士達に目をつけるのも勘弁して欲しい。身分の違いが大きい上、彼女達のファンである他の貴族達と揉めると大事《おおごと》になりかねない。

かのハインラットは、自分の欲望に忠実すぎて、そういった政治的な配慮ができない人物だとも聞いている。

そんな要注意人物の動きをこの場で気にしているのは、クロードだけではなかった。

「……クロード、アレ、今のうちに縄掛けてしょっ引けないかな？」

「……ラン様、ほんとにあの人のこと嫌いですよね……気持ちはわかりますけど」

すぐ隣から耳打ちをしてきたのは、軍服で男装した美少女——もとい美少年の、ランドール・ラドラである。

ラドラ伯爵家の次期当主となる彼女——彼は、士官学校におけるクロードのルームメイトであり、軍閥における若手の代表格でもあった。

いつもの女装ではなく、今日は凛とした軍服姿であり、つい先程までは興奮した令嬢達に囲まれていた。

令嬢達はもちろん、ランドールが男だと知っている。その上で扱いは「男装の麗人」になるという、少々ややこしい関係性ではあったが、ランドール・ラドラにとっても周囲の女性達は「大切な友人」であり、彼女達に毒牙を向けかねないハインラット伯爵は明確な敵だった。

ランは人当たりが良く、立場もあるため、その嫌悪感を態度に出すことはない。が、気心の知れたクロード相手にはあえて隠しもしない。表情だけは優美な微笑である。

「……あのクソ野郎、私の知り合いのご令嬢にも声かけてたんだよ。まじめな子だから、フザけた誘い文句を『伯爵からの要請』だと思って、すっかり青ざめちゃって……あっちは遊びのつもりだから無視していい、って、さんざん説明したけど、それでも怯えちゃってさ……クロード、弓は持ってきてる？」

ランは輝くような笑顔と甘い囁き声で物騒なことを言った。

クロードは眉間を押さえる。

「こんな場所には持ち込めないですし、危ないことにも荷担《かたん》しません。何をやらせる気ですか」

「あのクソ野郎を仕留めてくれたら、私の代で領内の通行税とか今以上に優遇してあげるんだけどなー」

「対価が現実的すぎて冗談に聞こえないので勘弁してください」

クロードの耳元で囁くランの姿は、周囲からはふざけているようにしか見えないだろうが、発言内容は少々どころでなく不穏だった。

陽キャにも二種類いる。

良い陽キャと悪い陽キャであり、ランやアイシャは前者だが、亡くなった前王やハインラットは明らかに後者だった。本人に罪悪感はなく、ただ自分が楽しいことをしているだけのつもりだから余計に始末が悪い。

そんな要注意人物達に警戒しながら、二人は夜会の会場を適当に歩き回る。

「……んー。あっちの人は、今日は大丈夫そうだね」

呟くランの視線の先には、税務閥の重鎮、ペズン・フレイマー伯爵の姿があった。

酒が入ると口が悪くなる、という噂の老人だが、今日は酒ではなく水のグラスを手にしている。もう高齢でもあるし、他派閥の夜会ということもあって、おそらくは自重《じちょう》しているのだろう。現在はランの祖父、トリウ伯爵と談笑しているが、その表情はやや固い。

ランが軽食のハムサンドをかじりながら、耳元で話を振ってきた。

「クロード。そういえば、ルークさんのことなんだけど……この間のアレ、ルークさんだよね？」

「なんのことです？」

曖昧な問いには、曖昧にすっとぼける。もちろん「王都を守った猫の大群」のことだとわかっているが、この場で口にするような話でもない。

ランは苦笑いして、ぺろりと舌を出した。

「秘密にするのは別にいいんだけど、そっちの耳には入れとくね？　ちょっと前に、『猫の精霊』様が、邪悪な何かの精霊から王都を守ってくれたらしいんだけど……実はあの日、ホルト皇国の外交官が王都に滞在していてさ。アレを見て滞在予定を延長して、今も何か調べ回ってるみたい。そうそうバレないとは思うけど……ルークさん、割とうかつなところがありそうだから、気をつけるように言っておいてね」

「……ありがとうございます」

勘の鋭いランには、『王都を守ったのはルークだ』ともう気づかれている。人語を喋る猫などそうそういるものではない。

それでいて「秘密を守る意志」を示し、なおかつ「情報提供」までしてくれた。友人としてはすべてを話せないのが心苦しい反面、ありがたくも思う。

「その外交官の名前ってわかりますか？」

「リスターナ・フィオット子爵。人当たりは良くて悪い噂も聞かないけど、意外に切れ者だって評判。宿はクランプホテルね」

この世界の国々に、前世にあったような「大使館」などはまだない。同盟国に限って、それに近い役所を首都に置く例はあるが、これも極めて珍しいし、ネルク王国には存在していない。

一応、非公式ながら、外交官の指示に従う間諜《スパイ》のような人々もいるし、王都には彼らの拠点もあるようだが——こちらは外観も設備も一般的な民家とさほど変わらないので「爵位を持つ外交官」の滞在先としては使いにくい。

だから外交官の多くは常駐《じょうちゅう》せず、旅人のようにやってきて、王侯貴族の屋敷やホテルにしばらく逗《とう》留《りゅう》して帰国する。

おそらく今回は、「王位の行方」を気にして、情報収集のために赴《おもむ》いていたのだろう。そのタイミングでルークの起こした「奇跡」を目撃してしまい、背景を探っているものと思われる。

(リスターナ・フィオット子爵か……)

このことは後でルークにも知らせる必要がある。

思案するクロードの肩を、ランが軽く叩いた。

「――あ、クロード。ヤツが動いた」

ヤツ呼ばわりされたハインラット伯爵は、目当ての女性を見つけたのか、取り巻きを引き連れて迷いのない足取りで歩き始めていた。

彼が向かう先は、会場内でも特に人の輪が分厚い一角――

そこには、今夜が夜会デビューとなるうら若き女性拳闘士がいる。

慣れない社交の席に戸惑う彼女の名は、ユナ・クロスローズ。

クロードはつい先日、知り合ったばかりで、幼馴染のサーシャにいたっては何故かスパーリングの相手までこなしたが、はからずもルークの正体を知る同志になってしまった娘である。

もしも彼女に何かあれば亜神ルークが激怒するのは間違いない。広報官のジェシカからもそれとなく見守るように頼まれたし、この会場内ではリルフィやクラリスに続く警護対象となっていた。

ハインラットの視線は、明らかにその「ユナ・クロスローズ」へ向いている。

(うわぁ。まずい、まずい――！　よりにもよって、なんでそんな有名人に……！)

むしろ有名人だから狙われたのだろうが、いかにも拳闘一筋で生きてきたらしいユナが、遊び人として名高いハインラット伯爵をうまくあしらえるとは到底思えない。クロードも不自然ではない程度の早足で、その現場へと向かう。

先程まで彼女と一緒にいたはずの王者ノエルも、今はダンスに誘われて、広間で音楽に合わせ優雅に踊っていた。

相手役は子爵家の令嬢である。

ノエルのファンサービスは基本的に子供か女性だけに向けられる。成人した男性貴族からのダンス申し込みにまで対応していると、希望者が殺到して切りがないのだ。

限られた時間でそれをさばこうとすれば不公平感も生まれるし、爵位や人間関係が絡めばいずれは政治問題化しかねない。

それならいっそ一律で断ってしまったほうが角《かど》が立ちにくいのも事実で、これは「拳闘士の特権」として、歴史的にも広く黙認されている。拳闘士は、貴族からのダンスの誘いを断っても失礼にはあたらない――という特権である。

一方、ユナのほうはそもそもダンスを苦手としているらしく、女性や子供からの誘いも、先程から申し訳なさそうに断り続けていた。代わりに握手をしたりサインをしたりと対応自体は丁寧で、なかなか忙《せわ》しない。

ハインラットは、その流れが一段落し、邪魔が入りにくくなる時間帯をわざわざ待ってから動いたのだろう。

案の定、知らない伯爵から親しげに声をかけられたユナは戸惑い気味である。

会場全体が騒がしいため、その会話はまだクロード達に聞こえていないが、歯の浮くような世辞とあわせて「内々の話がある」とか「ぜひ二人きりでテラスへ」とか「我が家の夜会にも来て欲しい」とでも言われているのだろうと察した。

クロードとランは、無礼を承知で人混みに割って入り——たちまち、大柄な二人の貴族に進路を阻まれた。もちろんハインラットの取り巻きである。

「これはこれは、ランドール様、今日もお美しい！　先日の夜会ではトリウ伯爵にもご挨拶をさせていただいたのですが、ランドール様はご不在だったようで……」

「やや、こちらはリーデルハイン家のクロード殿ですな？　武名は聞き及んでおりますぞ。士官学校でも大層なご活躍とか！」

「えっ。い、いえ、そのような、あの……」

想定外の事態に、クロードは戸惑った。

子爵クラスの当主から挨拶をされれば、こちらも相応の返礼をしなければ無礼にあたる。この二人を無視してユナとハインラットのもとへ向かうわけにはいかない。

見ればランドールも、笑顔をまじえて「恐縮です」などと応じつつ、舌打ちを漏らす寸前のヤバい目つきに転じていた。

彼らはハインラットと連携《れんけい》し、「士官学校の学生が邪魔をしに来る」可能性を見越して、それを遮《さえぎ》るためにわざわざ絡んできたのだろう。

相手が貴族だけに、まさか殴り倒して突き進むわけにもいかない。人混みをも利用したこの防壁は単純な策ゆえに厄介だった。

同時にこの小癪《こしゃく》な連携は、ハインラットが「本気」でユナを狙っているという証明でもある。

「いやぁ、クロード殿は実に聡明なお顔立ちをなさっておられますな。ライゼー子爵にそっくりです！」

「ランドール様も、以前にお目にかかった時よりもずいぶんと大人びた雰囲気になられましたな。やはり伝統ある士官学校へ通い始めると、皆顔つきが変わるようです」

目つきが険しいのはお前らのせいだ、とはさすがに言えない。

この二人、ハインラットからの指示で動いているのは間違いないが、その一方でクロードやランに対する隔意《かくい》や敵意があるわけでもなく、傍目《はため》にはむしろ好意的なのがまた厄介だった。

クロードはつい、助けを求めるようにルークがいる方向を見た。

宮廷魔導師ルーシャン・ワーズワースに抱えられ、その弟子やリルフィを含む女性陣に囲まれた猫は、素知らぬ顔であくびをしていたが――

クロードの脳内には、彼からの「メッセージ」が届く。

(クロード様、ユナさんのほうは大丈夫です！　ちょうど今、救援を求めました！)

神は――もとい、猫はすべてを見ていた。

黒い礼服をまとった怜悧《れいり》な少年が、まるで流水のような足取りで人混みをすり抜け、ユナへ近づいていく。

魔族の少年、ウィルヘルム・ラ・コルトーナ――

家名は伏せているため、その素性を知る者はこの場にもほんの数人しかいない。

ウィルは足止めされたクロード達をちらりと見て……「任せてください」とでも言いたげに笑顔で片目をつむり、ユナと伯爵の間へ割り込む。

その背の心強さにひとまず安堵して、クロードは事の成り行きを見守った。

余録6　貴公子と拳闘士

ユナ・クロスローズは慣れないドレスに身を包み、うっかり拳を握らぬよう、必死に自制していた。

いわゆる「ファン」への対応は問題ない。あまりファンサービスに熱心なほうではないが、握手にもサインにも頼まれれば適度に応じるし、応援してもらえるのは単純に嬉しい。相手が令嬢や子供であれば微笑ましいし、ある高齢の子爵などは、ユナのファイトスタイルから往年の名選手を思い出したと言って、戦い方そのものを褒めてくれた。貴族相手でも拳闘の話題なら対応できるし、ユナとしても割と楽しい。

困るのはボクシングにあまり興味がなく、ユナの容姿やドレスを褒めてくる手合《てあい》で――そんなところを褒められても「はぁ……どうも……」以外の対応を思いつかない。どうでもいい話をぐだぐだと、という印象しかなく、これに笑顔で対応するのはなかなか骨が折れた。

あと「王国拳闘杯」の後、観戦していたアーデリアという他国の貴族から「褒美」として貰った銀色の髪飾りを、いろんな人からやたらと褒められた。どうも宝飾品としてかなり高価なものらしい。

炎に対する耐性をあげる魔道具の一種だとも聞いている。

それは左耳の上につける、細い羽のようなデザインの髪留めで——羽の部分には複数のダイヤモンドが散りばめられ、根元には親指大のルビーが光っている。

サイズは小さめで、チェーンを通せばペンダントにも変更できるデザインだが、「このドレスにあわせるなら髪飾りのほうがいい」とノエルから助言を受けた。

（これをくれたアーデリア様も、会場に来ているから……後で、ご挨拶に行かなきゃ）

そのアーデリアは今、新しい国王陛下の傍で、挨拶に来る貴族達への対応をこなしていた。

物腰は傲岸不遜《ごうがんふそん》なようでいて、直に見ると何故かかわいらしい。威張り方に裏表がなく、天真爛漫《てんしんらんまん》な愛嬌《あいきょう》がある。

（あれぐらい社交的だったら、こういう会も楽しいんだろうなぁ……）

あくまで平民のユナには、少々どころでなく眩《まぶ》しい。

そしてもう一方の眩しい対象である王者ノエルも、つい先程、十歳くらいのご令嬢からダンスに誘われ、今は広間の一隅で音楽に合わせ踊っている。彼女は夜会へ参加する機会も多いため、慣れたものだった。

そしてユナは、誘われても踊れないため——先程から、申し訳なく思いつつも断り続けている。

——なるほど、これは苦行だ。

「ダンスは断ってもいい」と聞いた時には安堵《あんど》したのだが、むしろ「踊っていれば体を動かせる」「踊っている間は他の対応をしなくていい」「必然的に、面倒な会話に費やす時間を減らせる」とあって、利点のほうが大きいとさっき気づいた。

運営側が拳闘士にダンスの練習を勧めているのも、「貴族のご機嫌をとるため」ではなく、「踊っていたほうがむしろ気楽だから」という親心だったのだと、続いて気づいた。

ジェシカさんごめんなさい、と内心で謝りながら、でもやっぱり試合やってたほうがいいな、だけどそういえばサーシャさんのステップワークもダンスの教本がヒントになったって言ってたな――などと、虚無の笑顔でどこぞのお貴族様達をやりすごし、ユナは夜会とはまったく関係ないことを考え始める。

「ユナさんはリングの上では凛々しく果敢ですが、こうして佇んでいるとまるで深窓の令嬢のようですね。あまりこうした場には、慣れていないご様子ですが――」

「ええ、はい――夜会そのものが初めてです」

「それは心細いことでしょう。よろしければ、私の知人達をご紹介したいのですが――」

「あ。いえ。あの、そんな、おたわむれを……？」

これつらい。

どう返したらいいのかわからず、とりあえずジェシカからの講義で聞いたような気がする定型句を返す。たぶん使い所を間違えた。

この国でモテるのは、ノエルやアーデリアのような陽キャである。が、モテるので競争率は高い。

一方で、ユナのような愛想がないタイプも……需要がないわけではないらしい。というか多分、「一流の拳闘士」という時点でそこそこちやほやされる。

一般論として、「軍閥の貴族」は嫡子にもなるべく武勇を求めたがる。若くて強い母親は理想的であり、ユナの場合はさらに顔もいい。

また性格も……（傍目には）常識的で、特に破綻はしていない。今は借りてきた猫のようにおとなしくしているため、立ち居振る舞いも必然的に上品となり、クラリスに選んでもらった優美なドレスの印象もあいまって、想定以上にモテていた。

……ぜんぜん嬉しくない。戦わせろ。たぶん目の前にいる目つきに下心満載のコイツなら、軽いジャブ一発でKOできる。

そんな内心を押し隠して、愛想笑いだけはどうにか頑張っていたが、たまに、こう……すごい虚無感にさいなまれ、つい溜め息が出そうになる。

来年までにはダンスの練習もしておこうと、切実に思った。子供やご令嬢達と踊っていたほうがおそらくぜんぜん楽しい。

「失礼。私もユナさんとお話をさせていただいても？」

新たな挑戦者……なら良かったのだが、普通に厄介そうなのが来た。

視線を向ければ、見るからにチャラい雰囲気の、ニヤけた顔の青年貴族がいる。赤い髪はきれいにセットされ、メイクもバッチリでたぶん見目麗《みめうるわ》しいのだが、ユナの価値基準に照らすと「弱そう」以外の感想が出てこない。

いや、別に弱いのはどうでもいい。大事なのはあくまで中身、性格である。職人街の友人達だって拳闘なら弱いが人間的には尊敬できるし、広報官のジェシカにも頭が上がらない。

ただ――「弱い」上に「めんどうくさい」のは、本当に困る。

「どうも、はじめまして……」

本人はもう挨拶が面倒になっているだけなのだが、そんなユナの声を、周囲は上品かつお淑やかなものと受け取る。負の連鎖である。

青年貴族はユナの手を取り、そっと手袋の甲に口づけをした。とっさに殴りそうになったのをこらえたのは、褒められて然るべきだと思う。ついでに酒臭いのも厳しい。

「お初にお目にかかります、ユナ・クロスローズ嬢。私はハインラット・イブル――イブル伯爵家の当主で、先代陛下の甥にあたる者です。ユナさんの素晴らしい試合には、いつも活力をいただいております。先日の王国拳闘杯でも大善戦でしたね」

「……いいえ。自分の課題とノエル先輩との差を、改めて実感しただけでした」

相手は違うが、さっきから何度も同じことを言っている気がする。ノエルとの差――これはまだまだ歴然としている。準優勝であっても決して追いつけてはいない。

ハインラットは軽薄な笑顔で微笑みかける。

「ユナさんは自分に厳しいのですね。なるほど、そうした精神性が、努力を支える根本になっているのでしょうか……いかがでしょう？　ダンスを一緒に、とは申しません。少しだけ、あちらで二人きりで、内々の話をさせていただけませんか？」

ハインラットがバルコニー側を示した。周囲の貴族達は男爵、子爵、あるいは伯爵家の嫡子ばかりで、「ハインラット伯爵」の意向には逆らえない。したがって、これを積極的に止める者はいない。

昨夜のアイシャからの講義でこの流れを想定していたユナは、そそくさと身を引いた。

「いえ、あの、そんなごじょうだんを……」

声がやや単調なのは、照れや羞恥のあらわれと周囲は思うだろうが――演技が下手なだけである。

無意識のうちに一歩引いたのは、腕を振る距離を確保して「有効打」を打ちやすい位置に立っただけであり、ここはユナの得意とする間合いである。

自分が絶体絶命の境界線に立っていることに気づかぬまま、ハインラット伯爵はユナの肩へ、気安く手を回そうとした。

「そうおっしゃらずに。決してお時間はとらせま……」

あっ。これはもしかして殴っても大丈夫なやつでは……？

ユナの本能が、反射神経でそんな間違った結論を導きかけた矢先――ハインラットとユナの間に、するりと小柄な人影が入り込んだ。

肩に回りかけたハインラットの手をそっと受け流し、同時に拳を握りかけたユナの手をそれとなく押さえ――

その少年は、あまりに温厚な、一切の瑕疵《かし》が見当たらない社交的な微笑をハインラットへと向ける。

「ご歓談中に失礼いたします。私はリオレット陛下の小間使《こまづか》いでして――陛下が、ユナ様からぜひ、先日の王国拳闘杯のお話を聞きたいとご所望なのです。失礼ですが、ユナ様をお借りしても？」

新国王から直々に呼ばれては、さすがに誰も逆らえない。

ハインラットは一瞬だけ眉をひそめたものの、すぐにつくり笑いを浮かべ直し、肩をすくめた。

「やはり陛下も、あの激戦にはさぞ感動されたのでしょうね。もちろん構いませんとも。ユナさん、ぜひまた後ほど」

「あ、いえ――他にもご挨拶しないといけない方がいますので、これで失礼します」

アイシャにも言われたが、貴族相手には「言質《げんち》をとられない」ことが重要らしい。

きっちり拒否すると――ハインラットは「意外と手強い」とでも言いたげにニヤリと笑い、素直に道をあけてくれた。言った後で「無礼だったか」と一瞬思ったが、女癖が悪いなりに引き際は心得ているらしい。なるほど、アイシャの助言はこういうことかと納得もする。

「それではユナさん、どうぞこちらへ」

黒い礼服を着込んだ品のいい美少年が、ユナを先導して歩き出す。

彼の前には自然と道があいた。その背に、ユナはこっそりと囁きかける。

「……あの。ありがとうございました。助けてくれたんですよね？」

年下だと思い込んだせいで、やや声は気安くなった。少年の背丈はユナよりもほんの少しだけ低く、顔つきも落ち着いてはいるが、ややあどけない印象がある。

少年は振り返って、くすりと笑った。

「お礼には及びません。『ルーク様』のご指示です」

彼は壁際の一団へちらりと視線を向けた。

そこにはアイシャやリルフィ、それに宮廷魔導師ルーシャンとその弟子達が揃っている。猫のルークはルーシャンに抱えられ、おとなしく丸まっていた。

どういう関係かを問うには人目が多すぎたが、どうやらあの怪しい「猫」の知人らしい。

そしてユナ・クロスローズは、『新国王リオレット』と、その恋人『アーデリア』の前へ連れ出される。

……あれ？　これはこれでけっこうピンチなのでは……？

一瞬だけそう思ったが、そんな懸念を吹き飛ばすように、アーデリアがまるで旧知のような満面の笑顔で迎えてくれた。

「おお、ユナ！　よく来てくれた！　先日の王国拳闘杯では、実に素晴らしい試合を見せてもらった！」

ユナから挨拶をする前にいきなり両手を握られてしまったが、この素直で熱烈な歓迎ぶりにはほっとする。

他の貴族からの値踏みするような、あるいは下心の入った視線とは違い、純粋に「あの試合はすごかった！」と心から思ってくれている、心地よい熱量の視線だった。

「倒れても倒れても立ち上がる、そなたの不屈の闘志には心から感服した！　あの王者ノエルはなるほど、格の違う強さではあったが……それに届かず立ち向かい続けたそなたの勇姿からは、いずれあの高みにも届きそうな予感を覚えた。また来年の拳闘杯でも、より強くなったそなたの姿を見られるものと期待している！」

悠然と胸を反らすその姿から、「わらわが認めた以上、そなたは絶対に強くなる！」と、根拠もなく保証されたような錯覚を覚える。

初めての夜会で緊張していたユナにも、その熱は確かに伝わった。だから、対応の言葉も自然に出てくる。

「たいへん光栄です。がんばります」

シンプルで飾り気のない、いかにもユナらしい決意表明――簡潔《かんけつ》だからこそ、そこに嘘が入り込む余地はない。

アーデリアも満足そうに頷いた。

「あ、それと、あの――贈り物の髪飾りも、ありがとうございました。宝飾品をほとんど持っていなかったもので、たいへん助かっています」

礼を言いながら、ユナは自らの銀色の髪飾りにそっと触れる。

「おお、さっそくつけてくれたか！　やはりよく似合っておる。リングの上のそなたを見て、これなら黒髪に映えると思うてな。のう、リオレット、どうだ？　わらわのセンスはなかなかであろう？」

「あ、うん。ファッションのことはわからないけど、よく似合っていると思うよ」

新国王リオレットは、アーデリアの勢いにやや戸惑いつつ、苦笑まじりに話を合わせてくれた。

この青年からは、下卑た視線を感じない……というより、たぶんあまり興味を持たれていない。つまり「陛下が王国拳闘杯の話を聞きたがっている」というのはユナをあの場から引き剥《は》がすための方便で、むしろ話したがっていたのはアーデリアのほうなのだろう。

この新国王は、親友アイシャの兄弟子でもある。いつも練習に出ていたユナは会った記憶がないものの、少年の頃には、職人街にもよく来ていたらしい。

いかにも柔和な印象で、王という雰囲気ではないが、間違いなく好人物ではある。

「確かその髪飾りは、ウィルが作ったものだったね？」

国王の口から出た知らぬ名前に、ユナは首を傾げた。若き王の視線は、ユナの斜め後ろ――自分をここまで連れてきてくれた少年に向いている。

少年が浅く一礼した。

「申し遅れました、ウィルヘルムと申します。そちらのアーデリアの弟でして……ユナさんにお贈りした髪飾りは、確かに私も製作に関わった品です。具体的には、細工部分を当家の工房の職人に整えてもらい、私がそれを魔道具として仕上げました。ですので、性能に関しては私の責任ですが……デザインに関しては、当家の職人を褒めていただければと思います」

どうやらこの少年は『魔導師』らしい。

そういえば以前、「リオレット陛下の恋人は魔族かもしれない」と、王者ノエルが言っていた。他言は禁じられたため、もちろん誰にも言っていないが――このウィルヘルムもその一族なのだろう。

ユナは魔族について詳しくないが、世間では恐れられる存在らしい。だが、アーデリアやウィルヘルムからこれといった危険性は感じない。むしろ魅力的な人々だと思う。

ユナは改めて、ウィルヘルムに頭を下げた。

「素敵な品をいただき、ありがとうございました。でも……本当に、私のような者がいただいても良い品なんでしょうか？　とても貴重なものだと聞いたので」

運営から預かり物として渡された時、「小さい家が買えるくらいの宝飾品です」と脅された。家に置いておくのはさすがに怖いので貸金庫に預けるつもりだが、そもそも自分のような無骨者が身につけてもいいものなのか、自信がない。

ウィルヘルムが、ユナの不安を和《やわ》らげるように微笑んだ。

「私としてはむしろ光栄です。ユナさんの美しい黒髪に銀色が映えて、とてもよくお似合いですよ」

そつがない。（たぶん）年下なのにすごい。

アーデリアの弟らしいが、姉と違って偉ぶったところは一切ない。むしろ従者のように控えているのに、それでいて揺らがない存在感も備わっている。

そのままアーデリアや国王陛下と少し雑談をかわした後、国王の前を辞去しようとしたタイミングで、ウィルヘルムが耳打ちしてきた。

「ルーク様とアイシャ様から、しばらくユナさんのエスコートをするようにと頼まれまして……もしよろしければ、バルコニーで少し風にあたりませんか。あの場へ戻るのも少々ご不安でしょうから」

この後はそれこそアイシャやルーク達のもとへ逃げ込もうかと考えていたので、正直助かる。

――ルークとの関係など、少々聞きたいこともある。

頷いて、ユナはウィルヘルムについていった。

バルコニーは幸いにも無人だった。

室内から漏れる明かりと月光とで、充分に明るい。

外へ出るなり、ウィルヘルムはわざとらしく肩をぐるぐると回し、室内とは違った気安い苦笑いで振り返った。

「ユナさん、だいぶ気詰まりだったでしょう？　ここでは誰も見ていませんから、肩の力を抜いて大丈夫ですよ」

人の目がないことにほっとして、自然と深い吐息が漏れる。

「……助かりました。夜会とか初めてだったので、本当に緊張してしまって」

「わかります。私も正直に言って助かりました。さすがに初めての夜会というわけではありませんが、他国で、知り合いも少ない場なので……姉はあの性格ですから、どんな場でもだいたい勢いで馴染んでしまうのですが、私はご覧の通り、つい体裁《ていさい》を保ってしまうもので――ユナさんを助けるふりをして、一緒に抜け出させていただきました」

いたずらっぽく笑う少年の無垢《むく》な笑顔に――ユナは、試合の時に感じるものとはまた別の、自身の心音の変化を感じた。

その正体にまだ気づかぬまま、会話が続く。

「ウィルヘルム様は、ああいう場に慣れていそうですが……」

「ウィルで構いません。慣れているなんてとんでもない。表情を作りすぎて、もう顔の筋肉ががちがちです」

ウィルヘルムがおどけて自身の顔を揉みほぐした。

つられてユナもくすりと笑う。

彼はユナが気を抜けるように、わざと気安い態度をしてくれている。その気安さは、先程、ユナを口説きにかかっていた貴族達とはまるで異質なもので――はっきりいえば、「下心」ではなく「気遣い」から生まれたものだった。

二人はバルコニーの手すり際に並ぶ。

「ウィル様は、ルークさんとは親しいんですか？」

「ルーク様は私にとって恩人です。迷子になっていた妹を助けていただき、また姉のアーデリアも救っていただきました」

先日、王都を守った奇妙な猫の大群――あれもルークの仕業《しわざ》だと、ユナはもう知っている。ある意味、王都の住民すべてにとっても、ルークは恩人――あるいは恩獣といえた。

「知り合ってからまだ日は浅いのですが、既に返しきれない恩を受けています。ユナさんは、どういう経緯でお知り合いに？」

「アイシャとの縁で、つい一昨日《おととい》、メイドのサーシャさんと練習をさせてもらったんです。その後、ルークさんとクラリス様達が、うちの実家の工房へ見学に来て……あと、私の試合も見てくれていたみたいですね」

姉が作った特殊な防水紙については口止めされている。相手がルークの知人とはいえ、まずルークに確認してからでなければ話せない。

「そうでしたか。私は拳闘の試合を見たことはないのですが――ユナさんとノエルさんの試合は、姉が絶賛していました。陛下と出会ったのも、その拳闘場でのことだったようです」

「王国拳闘杯ですね。あの……試合を見たことはないとのことですが、拳闘はお嫌いですか？」

ウィルヘルムは、答えるまでに一瞬の間をおいた。

「……いえ、わかりません。見たことがないのも他意あってのことではなくて、単純に機会がなかっただけでして――まだ国外から来たばかりなのと、今は陛下の書類仕事を手伝う秘書の真似事をしているものですから、外出の機会そのものがほとんどないのです。王都の観光すらまともにできていません。最近は姉のアーデリアが陛下にべったりなのですが、その姉は書類仕事が一切できず、それでいて陛下につきまとって気まぐれな猫のように仕事を邪魔してしまうので……せめてものお詫びに、私がお手伝いをしている次第です」

肩を落として嘆息するウィルヘルムの姿に、ユナはつい噴き出してしまう。

彼はおそらく気遣いの多い苦労人である。広報官のジェシカあたりとも話が合うかもしれない。

笑うユナを見て、ウィルヘルムも頬を緩めた。

「今日、ユナさんとお会いして、ぜひ試合も見てみたくなりました。近いうちに拳闘場へうかがいますね」

「ええ、ぜひ！　今日助けていただいたお礼に、関係者席もご用意しますから。えっと……連絡は、ルークさん経由で大丈夫ですか？」

「そうですね――ルーク様の手を煩《わずら》わせるのが恐れ多いようでしたら、アイシャ様やルーシャン様経由でも問題ないかと」

思わぬ名が出てきたため、ユナは慌てて首を横に振った。

「アイシャはともかく、ルーシャン様なんて……！　恐れ多くて、とても、とても――宮廷魔導師ですよ？」

たちまちウィルヘルムが、不思議そうな顔に転じた。

「え？　……あぁ、なるほど……ユナさんは、ルーク様のことをまだ詳しくご存知ではないようですね。あの方はこの国で……いえ、この世界において『最上位の存在』です。国王陛下や宮廷魔導師ですら、ルーク様の御威光の前にはひれ伏すしかありません。もちろん、私や姉も同様です」

丸々とした、愛嬌《あいきょう》たっぷりなあのキジトラ猫の姿を脳裏に思い浮かべ――ユナはしばらく呆けた。

最上位も何も、アレは猫である。

「えっと、あの……ルークさんって、ただの喋る猫さんでは……？」

「ただの猫はそもそも喋りませんが……あの方は『亜神』、地上に降臨された神々の一柱です。まだ地上においでになられたばかりのようですし、正体を隠して立ち回っておられますので、世間に名を知られてはいませんが……『トマト様』という神々の作物を、地上に広めるのが目的とのことです。もっとも、それだけが目的ではないと推測していますが――」

ユナはしばし思考を停止させた。

……神様？　あの猫が？　路上で自分やノエルに抱っこされて、即座に「にゃーん」と甘えてきた警戒心の欠片《かけら》もないクソチョロのあの猫さんが……？

抱き心地は良かった。それは認める。が、抱っこされて喜ぶ神様というのはあまり聞いたことがない。

「神」という概念に対する疑問を少なからず抱きながら、ユナは困惑のまま声を漏らす。

「……猫さんが神様……神様なのにリーデルハイン家のペットで、飼い主はクラリス様……あの、もしかして、まさかとは思いますけど、リーデルハイン子爵家の人達も実は神様だったりしますか……？」

「……いえ、あの方達は普通の人間ですね……ルーク様の加護を得ていますが、神様ではないはずです」

あまり大声で話す内容ではないため、ウィルヘルムが声をひそめる。二人の距離は自然と近づいた。

「……つまり、『神様』が人間の……それも幼女のペットになっている、と……？」

「……そこは、まぁ……私も疑問に思う部分がないわけでもないのですが、外見が猫なのも事実ですし……ルーク様はあの通り、非常に人懐《ひとなつ》っこい方なので」

あの猫の人懐っこさはユナもよく知っている。思えば男女問わず、人に懐いているところしか見たことがない。今も広間では宮廷魔導師ルーシャンに抱えられ、そこそこご満悦である。たぶんウィルヘルム相手にも懐いているのだろう。

顔を寄せ合うようにしてひそひそと話をしていたユナは——不意にその肩を、ウィルヘルムの手に抱き寄せられた。

突然のことに驚いたが、悲鳴は出ない。拳も握っていない。そのことを彼女が自覚する前に、彼は真剣な顔で屋内を振り返り、ユナの耳元で囁いた。

「……失礼、先程の面倒な方が来たので……魔法で我々の姿を隠しました。申し訳ありませんが、しばらく声を出さないでください」

彼の視線の先を見れば、ハインラット伯爵が取り巻きを連れて、バルコニーへ出てくるところだっ

た。

ウィルとユナの前には、薄い半透明のカーテンにも似た「魔力の障壁」が垂れている。

姿隠しの結界です——と、ウィルヘルムがまた耳元で囁いた気がしたが、自分の心音がうるさくてこれはよく聞こえなかった。

視界にいるはずのユナ達を見つけられないまま、ハインラット達が軽口を叩き合う。

「なんだ、誰もいないじゃないか。見間違いだったんじゃないか？」

「となると化粧室か、あるいは控室か……いずれにしても、また逃げられましたな？」

「ハインラット様の浮き名は今や有名ですからなぁ……若い拳闘士達にも要注意として知れ渡ってしまったのでは？」

「浮き名などとは人聞きの悪い。私はすべての女性に対して敬意を持っているぞ？　それを素直に口にしているだけだ。ま、仕方があるまい。今日のところは他をあたるとしようか」

勝手なことを和気藹々《わきあいあい》と言いながら、彼らはまた屋内へ戻っていく。

思ったよりしつこい……と驚いたが、当人達は徹頭徹尾《てっとうてつび》、ただの遊び感覚なのだろう。傍迷惑《はためいわく》な話だが、若い貴族などそんなもの——などと言ったら、メイドに一途なクロード・リーデルハインや、眼の前のウィルヘルムに対して失礼にすぎる。

ウィルヘルムの手が肩から離れた。

「もう声を出しても大丈夫です。姿は向こうから見えないままですので……急だったとはいえ、大変な失礼をいたしました」

「い、いいえ。大丈夫です。問題ないです」

ウィルヘルムはあくまで紳士的だった。そこに下心などがなかったのは間違いない。

ユナにしてみれば、年の近い異性に肩などを抱かれたのは初めてのことで――それでいて、嫌悪感や警戒心を持たなかった自分に驚く。

相手が（おそらくは）年下だという点も影響しているかもしれないが――年下に対してよく感じる「子供っぽさ」が、彼にはない。むしろ態度と言動は年上のように思える。

傍にいると妙な安心感があるし、正直に言えば、現状をなんとなく「楽しい」とさえ感じてしまっていた。

ユナが自身の感覚に戸惑っていると、バルコニーに再び余計な来訪者が現れた。ただし、今回は知り合いである。ウィルヘルムもあっさりと、姿隠しの結界を解いてしまった。

駆け寄ってきたのはドレス姿の絶対王者、ノエル・シルバースターである。

「あ！　ユナ！　放置しちゃってごめんねー。会場にいなくて焦ったわ。ルークさんに聞いたら、こっちにいるって聞いたから……そろそろ閉会みたいだよ」

余計なことを――と、ほんのちょっとだけ思ってしまった。

ウィルヘルムが笑顔で、ユナの背を軽く押した。

「エスコート役はここまでですね。一緒に戻ると人目に触れますので、私は先に失礼いたします。ユナさん、またいずれ――ノエルさん、こちらのお嬢様をよろしくお願いいたします」

一礼してするりと歩み去るウィルヘルムに、ノエルが声をかける。

「ユナのこと、ありがとうございました！　今度また、ゆっくりご挨拶させてくださいね」

「ええ、ぜひ」

執事のようにそつなく去っていくウィルヘルムを、たいして気の利いたことも言えないまま、ぼんやりと見送ってしまい――

しばらく立ち尽くしていたユナは、ノエルの指に頬をつつかれて我に返った。

「なになに、そんなに夜会疲れちゃった？　魂抜けたみたいな珍しい顔してるよ？」

ノエルに言われてから、自らの頬を軽く叩く。少々、気は緩んでいたかもしれない。

それでもあまり思考がすっきりとしないまま、ユナは小声で呟く。

「あの、ノエル先輩……」

「何……ちょっと待って。なんでそんな困った顔……え？　もしかしてさっきの子に、何か言われた？」

「いえ、そうじゃなくて……今まで自覚してなかったんですが――私、もしかしたら、『年下の子』が趣味なのかもしれません……」

「…………おっとぉ……？」

王者ノエルの、珍しくドン引きした――むしろ対応に困り果てている表情を、他人事のように眺めつつ、ユナは自身の髪飾りに触れた。

アーデリアから貰った宝飾品ではあるが、それは彼の手作りの品でもある。よく似合うとも言ってもらえた。

自身の心音に戸惑いながら、ユナは年上の身近な友人に問う。

「あの……こういう時って、どうしたらいいんでしょう？」

「私に聞かないで!?」

想定外の事態に巻き込まれたノエルの悲鳴じみた声が、他に人のいないバルコニーに虚しく響く。

屋内から聞こえる楽隊の演奏は、いつしか閉会を知らせる最後の曲へと切り替わっていた。

《了》

あとがき

　お久しぶりです、猫神信仰研究会、庶務の渡瀬です。

　おかげさまでこのたび、会報の第五号をお届けできました。いつも応援ありがとうございます！

　これまでの既刊では、ＷＥＢ版と比べて、「余録」という形での追加エピソードを差し込む流れで進めてきたのですが……今号あたりから「サブタイトルが同じでも中身が違うな？」という展開が入ってきました。

　ストーリーそのものの大きな分岐というわけではないのですが、具体的には、ノエル先輩がルークとの関係性を深めていたり、ユナのエピソードが増えていたり、それに伴っていろいろと細部が変化したり……

　次巻以降はもう「章タイトルからして違う！」という変化が混ざってきそうな気もしますが、ノリと空気感はさほど変わらないはずですので、引き続きご愛顧いただけましたらこれ幸いです。大丈夫です、ルークが人間になったりとかそういうのは今後もないです。そもそも猫様って人類を超越した完全体なので、わざわざ退化させる必要なんてどこにも……（狂信）

　そういえば、この小説版会報四号から五号までの期間に、三國大和先生のコミック版『我輩は猫魔導師である』の三号（巻）も発売されまして――こちらもたいへんご好評をいただき、感謝にたえません。ヨルダ様やノルド執事、ウェルテル様の登場に加え、最後のページには満を持してあの子も登場！　というサプライズもありました。
さらに昨年に続き、ＬＩＮＥスタンプの第二弾も配信されまして、今回は「謹賀新年」や「メリクリ」等の時候の挨拶に加え、使いやすさを重視した「神」「カッ」「ショック！」など味のある図柄が……使いやすいか？　本当に使いやすいか？（※使いやすい絵柄が多めなのは本当です）
ついでに「キレッ」とか「よきにはからえ」とか「見なかったことに」などは、ビジネスの現場でも積極的に使いたい……ところではありますが、そこそこ問題もありそうなのであえてお勧めはできかねます。お察しください。猫好きの優しい上司ならかろうじてイケると思います。

さて、今回の小説版第五号でも、たくさんの方々のお世話になりまして――

今巻でも素敵な表紙と多彩な挿絵を描きあげていただいたハム先生、また一二三書房にて初期からご担当いただいているＨ氏、新たにサポートに入っていただいたＦ氏をはじめ、直接、やりとりのない方々にも支えていただき、こうして書籍の形でお届けできています。

特に挿絵のほうでは、ユナとサーシャのスパーリングなど動きのある場面に加え、貸衣装屋や舞踏会など一場面限りの衣装も多く、デザインの手間もかかる中でたいへん魅力的な作品をいただけました。いつもありがとうございます！

また、こうして続刊を出せるのも会員の皆様からのご支持と応援があってのことですので、感謝を重ねつつ、改めて身が引き締まる思いです。猫にたとえると、目を細めてゆっくりまばたきしている状態というか……逆に伝わりにくいな？

それではまた、次号にてお目にかかれることを祈りつつ――

２０２４年　春　猫神信仰研究会

唯一無二の
最強テイマー
～国の全てのギルドで門前払いされたから、
他国に行ってスローライフします～
著 赤金武蔵
Illust LLLthika
1～3巻好評発売中！
幻の魔物たちと一緒に
大冒険!!
【無能】扱いされた少年が成り上がるファンタジー冒険譚！
©Musashi Akagane

バートレット英雄譚
スローライフしたいのにできない弱小貴族奮闘記
上谷 岩清
Illustrator 桧野ひなこ
1～4巻好評発売中！
用無しとなった少年たちの辺境開拓!!
異世界転生してもチートなしな少年の成り上がりスローライフ！
©Iwakiyo Kamitani

転生貴族の異世界冒険録
〜カインのやりすぎギルド日記〜
原作：夜州
漫画：香本セトラ
キャラクター原案：藻
レベル１の最強賢者
原作：木塚麻弥
漫画：かん奈
キャラクター原案：水季
我輩は猫魔導師である
原作：猫神信仰研究会
漫画：三國大和
キャラクター原案：ハム

捨てられ騎士の逆転記！
原作：和田 真尚
漫画：絢瀬あとり
キャラクター原案：オウカ
身体を奪われたわたしと、
魔導師のパパ
原作：池中織奈
漫画：みやのより
キャラクター原案：まろ
バートレット英雄譚
原作：上谷岩清
漫画：三國大和
キャラクター原案：桧野ひなこ
コミックポルカ
COMICPOLCA
話題のコミカライズ作品を続々掲載中！
毎週金曜更新
公式サイト
https://www.123hon.com/polca/
Twitter
https://twitter.com/comic_polca
コミックポルカ
検索

我輩は猫魔導師である5
～キジトラ・ルークの快適チート猫生活～

発　行
2024年4月15日　初版発行

著　者
猫神信仰研究会

発行人
山崎　篤

発行・発売
株式会社一二三書房
〒101-0003　東京都千代田区一ツ橋2-4-3 光文恒産ビル
03-3265-1881

印　刷
中央精版印刷株式会社

作品の感想、ファンレターをお待ちしております。
〒101-0003　東京都千代田区一ツ橋2-4-3 光文恒産ビル
株式会社一二三書房
猫神信仰研究会 先生／ハム 先生

Printed in Japan, ISBN 978-4-8242-0154-6 C0093
※本書は小説投稿サイト「小説家になろう」（https://syosetu.com/）に
掲載された作品を加筆修正し書籍化したものです。